U0520879

LOVE DEATH + ROBOTS
THE OFFICIAL ANTHOLOGY
VOLUME 1

爱，死亡和机器人

— 1 —

♥ ✖ ▣

【美国】刘宇昆 等 著　　耿辉 译　　译林出版社

前　言

我觉得自己简直是幸运到令人难以置信的地步，才有机会制作《爱，死亡和机器人》这样一部动画剧集，而更走运的是，观众们似乎很喜欢看。剧迷们可能觉得，是对动画的热爱催生了这部剧集，这当然是很大一部分原因，不过就我个人而言，更多是出于对文字的热爱……对故事的热爱。

为《爱，死亡和机器人》选材是我最喜欢的一项工作。寻找故事就如同在天堂的海滩漫步，脚边布满了数不尽的各种贝壳，既独特又漂亮。我只需要拾起几枚，擦掉泥沙，装进口袋。潮水每天都会冲来更多宝贝。

把每个故事改编成剧本只有乐趣，没有压力，因为我们已经知道它们会打动观众！只需用可能的最佳方式把它们改编到新的媒体，并专注于图像的部分。

我们无比尊重作者和原著，所以尽力保持原著的精神。我们想让作者感受到，我们会恭敬地守护他们的作品，希望成果让他们引以为傲。然而改编不是精密的科学，魔法总会失去一点效力，比如缺失的小细节，因为时长所限而剪掉的有趣片段，或者囿于预算而牺牲掉的大场面。所以为了让剧迷方便地阅读天马行空的原著——就好比到野外观察、欣赏野生动物——我们打造了这部选集。

　　本书作者们创作了《爱，死亡和机器人》的卓越原著，我们希望他们也获得关注。期待这本书能把读者引向这些作者的其他作品，沙滩上还散落着不少的贝壳。

蒂姆·米勒
《爱，死亡和机器人》的缔造者
二〇二一年四月二日

目 录

桑尼的优势···1
三个机器人对人类时期遗留物品的初体验···25
目击者···34
动力装甲···45
灵魂吸食者···89
当酸奶统治世界···123
捕猎愉快···127
垃圾场···150
论变身狼人在战争中的用途···157
援 手···174
鱼出现的夜晚···180
幸运 13···190
盲 点···206
冰河时代···217
潜在未来的信函 1：或然历史搜索结果···229
秘密战争···235

桑尼的优势

彼得·F. 汉密尔顿

因为是在白天,所以巴特西地区被堵得水泄不通。我们沿泰晤士河上方的 M500 号高速公路以每小时一百五十千米的速度驶入伦敦市中心,然后我们绕下匝道,来到切尔西桥上,最高速度直降为货真价实的每小时一千米。我们的比赛地点还有三千米才到。

我们汇入堵塞道路的铬银色车辆队伍,调高了挡风玻璃的反射率以抵御强光。自行车从狭窄的缝隙中穿梭,骑手们穿着光滑的冷却服。当他们在双向车辆组成的长龙间隙中穿行时,车灯狂闪,车笛急促,形成了类似跑道上的频闪效果。好像这还不够糟糕,路上的每辆汽车都在急促地嗡嗡作响,轮毂电机和空调震动空气的频率绝对能诱发偏头疼。我们这样忍受了足足三个小时。

我讨厌城市。

中午时分,我们像一辆进城的老式马戏团大篷车一样开进那座废旧院落。我是雅各布的副驾驶,坐在老式二十轮卡车的驾驶室里,抬脚搭在仪表盘上乱七八糟的麦当劳包装纸边缘。

来自赛场的工作人员一边好奇地盯着我们,一边在碎裂的混凝土地面上转悠。我们车队的另外两辆面包车从路上拐进了院子,一对破旧的大铁门在我们身后哐当一声关闭。

雅各布锁死车轮,关闭了动力电池。我从驾驶室里爬下来。货车银色的侧面被城市的空气污染弄得污秽肮脏,但我的倒影却足够清晰。金色的波波头需要打理,我猜衣服也是如此:无袖的黑色T恤和橄榄绿的百慕大短裤,我已经穿了一年多了,脚上套着一双磨损的胶底帆布鞋。我才二十二岁,但是瘦削的身材就跟努力锻炼和节食后看似重返二十二岁的三十岁女人一样。我的脸蛋并不难看,雅各布的重塑让我拥有自从十几岁就一直渴望的高颧骨。也许我的脸不像以前那样表情丰富,但卡车车身扭曲的弧度使它不那么明显。

在驾驶室的隔热层外,伦敦的声音伴着炎热和气味扑面而来。这是一千八百万消费者的三种主要废弃物,他们决心通过消费商品和消耗能量的方式来维持他们的生活方式,其速度只有二十一世纪工业能够供应得上。即便如此,满足这样的需求也很勉强。

我可以直接利用那美妙活跃的贪婪本性,利用他们对于打斗的渴求。我知道他们最想要什么,我们会为他们提供。

兴奋,这就是我和其他"桑尼的掠食者"吸取金钱的方式。而我们给巴特西带来了大量与众不同的兴奋感。今晚,会有一场战斗。

斗兽:有史以来最血腥的运动,暴力,血浆泛滥,而且永远会有一方赔上性命。这是一种全新的比试,而且正在流行,远胜于消费者每晚加载到他们外套处理器中的VR游戏，那都是经过审核的垃圾内容。这种比赛非常真实，会点燃古老的本能，极具冲击力，令人欲罢不能。而桑尼的掠食者是自比赛开始两年以来最热门的战队，如同风暴席卷陆地一般狂揽十七连胜。从奥克尼群岛到康沃尔，一路都有"掠食者"的拥趸为我们欢呼。

我很走运，第一级的时候就报名参加，当时流行的生物改造是给罗威纳犬和杜宾犬植入尖牙和利爪。我敢打赌，可怜的章荣捷老头发明密链时从没有过这种想法。

卡伦和雅各布是团队的核心，他们刚从莱斯特大学毕业时，拥有极受青睐和前途无限的生物技术学位。他们本可以带着这些资质加入世界上任何一家公司，直接投身企业界的应用研究和年度预算争夺。每年数以百万计的毕业生都会做出这样的交易，以热情换取安全感，以及清楚自己将还清学生贷款带来的巨大宽慰。不过大约在那时候，教皇开始安抚教会右翼，并公开质疑密链的道德问题以及用它来控制动物的这一手段。没过多久，毛拉们也发声反对。生物技术的一切伦理问题成为有线电视新闻演播室的热门话题，更为十几个动物权利活动家发起反对生物技术实验室的终极行动宣传提供了理由。企业生物技术一下子不香了。

假如他们没有在毕业后六个月内开始偿还学生贷款，银行会直接将他们分配到一家公司（并从他们的工资中提取中介费）。对他们这两位天才来说，斗兽是在经济上可行的唯一选择。

伊芙琳娜之前是一名外科护士，我加入时她刚开始协助他们实施移植技术。我是个没有什么野心的流浪者，甚至没受过什么教育，但我还是能够意识到这项技术与众不同，我能够沉浸其中，甚至可以有所作为。这对每个人来说都是全新的，我们都是初学者。他们收留我来开汽车和打下手。

韦斯在三个月后加入。他是个硬件专家，或者说书呆子，这取决于你的偏见。对于一项复杂程度日新月异的运动来说，他是必不可少的补充。他负责维护克隆容器、计算机堆栈和康妮沃尔的生命维持装置，以及其他众多杂项单元。

我们表现尚佳，当时的队名叫"雅各布女妖"，为了众人的狂热崇拜而努力战斗，取得了接近百分之六十的优异胜率。雅各布和卡伦仍然负债累累，但挣到了每月支付的利息，剩下的钱足以让我们保持独立，而我们同批的对手却在争相寻求财团的支持。贫穷但骄傲，这就是书中提到的最古老的乐趣吧。我们等待着整个运动赚取电视转播收益，然后变得火爆。所有队伍都知道，这一天一定会到来。

然后我发生了意外，并获得了我的杀手锏。

其他两辆面包车上的轮毂电机渐渐停止运行，团队其他成员也跟我一起来到院中满是杂草和猫尿的混凝土地面。根据大门上的伦敦行政管理委员会的标志，这个院子已被定为中南穹顶建设议案中的一个支柱地点，不过天知道什么时候会动工。在院墙的铁丝网上方，可以看到中北穹顶，一个琥珀色测地圆顶，直径四千米，横跨威斯敏斯特区大片土地，像某种陈列柜展示着下方的古老石制建筑。考虑到它的大小，支杆可以说很细，由一种在轨道上生长的超强纤维制成，在明亮夺目的太阳下闪着五颜六色的分光。切尔西和伊斯灵顿穹顶的网格框架已经在它两侧把天空分割成一块一块。有一天，所有的城市都会被改造成这样，以便隔离自身热排放所造成的恶劣气候。伦敦不再有烟雾，现在它只有热浪烁影，空气在二千五百万个空调排气喷口中波动。十个最大的喷口位于中北穹顶，仿佛黑色的藤壶喷出多余的热量，形成一座座朦胧的巨大灰色喷泉。伦敦行政管理委员会因为担心这些巨大的无光火焰会对空气动力学造成影响，所以禁止飞机从那上面飞过。

卡伦走过来站在我身边，把一顶宽大的巴拿马草帽盖在她的红发上。伊芙琳娜站在后面几步远的地方，只穿了一件吊带衫和剪短的牛仔裤；防紫外线处理把她北极公主的皮肤变成了浓郁的肉桂色。韦斯用一只手保护性地搂住她的腰，她鄙夷地嗅着肮脏的空气。

"那么，精神状态如何，桑尼？"卡伦问道。

他们都沉默了，甚至连正在和工作人员的头头谈话的雅各布也停止了讲话。如果一个战队的斗士没有合适的精气神，那么你们就收拾东西直接回家吧。因为其他人只是发挥聪明才智和提供技术支持，不直接参与比赛，所以一切都取决于我。

"状态挺好，"我告诉他们，"五分钟内我就结束战斗。"

只有一次，我曾经怀疑过。在纽卡斯尔的一座赛场，我们与黑豹王战队对阵。争斗惨烈，康妮沃尔被砍得很严重。即便如此，我还是赢了。那种比赛才会诞生斗兽传奇。

伊芙琳娜拍着拳头说："好样的！"她看起来很热血，喜欢挑战困难。任何人都会觉得她才是驱使康妮沃尔的人。她当然有合适的热情,但至于她是否有胆量掌握我标志性的杀手铜,那我就不清楚了。

事实证明,这座赛场的老板迪科是个像样的组织者,他做出了改变。有些比赛我们甚至怀疑场地是否存在,更不用说后台工作人员了。雅各布指挥着工作人员把康妮沃尔的维生舱从卡车上卸下。这个不透明的圆筒和它的附属模块一起被慢慢抬下时,他那张结实的脸出了很多汗。我不知道他为什么如此担心两米高的跌落。他负责这只猛兽的大部分身体设计工作(卡伦负责神经系统和循环网络),所以比任何人都清楚康妮沃尔的皮有多结实。

在迪科入驻并打造赛场之前,这块场地是一间巨大的管材仓库。他保留了波纹板的外壳,拆除了自动码放机,这样他就可以在中心植入一个肉质坑——圆形,直径十五米,深四米。它完全被一层层座位组成的同心圆包围,座位用厚木板搭在了蜘蛛网一样复杂的生锈脚手架上,顶层离混凝土地面有二十米高,几乎触及沾满冷凝水的顶板。看着这摇摇欲坠的临时座位,我很庆幸自己不是观众。

我们的绿色房间是仓库主管的旧办公室。工作人员费劲地把康妮沃尔的生命支持装置放在一组沉重的木排上。它们嘎吱作响,但还撑得住。

我和伊芙琳娜开始在肮脏的窗户上粘贴黑色的聚乙烯,韦斯将辅助模块与仓库的电源连接起来。卡伦戴上她的信息眼镜,开始通过康妮沃尔的神经系统进行诊断检查。

雅各布大笑着走进来。"我们获胜的赔率是九比二。我在咱们身上押了五千美元。你觉得能搞定吗,桑尼?"

"没问题。都市蛇发女刚刚预定了给自己的猛兽收尸。"

"好样的。"韦斯骄傲地拍着我的肩膀说。

他在撒谎,这让我很受伤。韦斯和我在八个月里一直形影不离,直到我发生意外。如今他和伊芙琳娜每晚都在露营车里颠鸾倒凤。我没有为难他,没有故意为难。但是看到他们到哪都走在一起,挎着胳膊,耳鬓厮磨,欢声笑语——我感到心寒。

在我上场前一个小时,迪科现身了。看着他,你大概想知道他怎么会在这个圈子里混。他是一个庄重的老男孩,又高又瘦,一举一动都很正式,微笑也很礼貌,一头银发浓密得一点都不自然,走路有点不灵便,所以得借助一根银顶拐杖。他的衣着严格遵守上世纪的风范:浅灰色西装,细长的翻领,白色衬衫搭配栗色的小领结。

旁边还有一个女孩,十几岁,身材匀称,面容甜美,一头卷曲的栗色头发衬托出沉着端庄的表情。她穿了一条简单的柠檬黄色方领连衣长裙。我为她感到遗憾,但这也司空见惯了,每次比赛我都能见证无数次。至少关于迪科和他刻意培养的格调,所有我需要知道的一切都从中得以知晓。他是个好面子的家伙。

一名工作人员在他身后关上门,隔开了来自大厅广播系统的喧嚣谈话声。迪科向我和其他女孩浅浅地鞠了一躬,然后把一个信封递给了雅各布。"你的出场费。"

信封消失在雅各布的无袖皮夹克里。

迪科精致的银色眉毛抬高了一毫米。"你不打算数数?"

"你的声誉很好,"雅各布对他说,"你是个行家,一流的行家。都这么说。"

"太客气了，你也有很多好评。"

我听着他和战队的其他成员胡扯。我不喜欢这样，他这是在打扰我们。有些战队喜欢在赛前狂欢，有些战队喜欢翻来覆去梳理战术；而我，喜欢安安静静的，通过禅宗提升状态。如果我需要的话，我的朋友们会跟我交谈，也知道什么时候该保持安静。我不安地四处走动，等待的紧张让我皮肤上好像有虫子在爬。每当我瞥见迪科身边的女孩，她都会垂下目光。她在打量我。

"请问我是否可以看一眼康妮沃尔？"迪科问，"人们已经听说过很多……"

其他人一起转过身来征求我的意见。

"当然可以。"老男孩看过之后也许会离开。你不可能真的把人撵出他自己的地盘。

除了迪科带来的女孩，我们都簇拥着维生舱。韦斯调高了透明度，迪科的脸变得坚毅，表现出一种冷峻的赞赏，仿佛尸体在微笑。这让我打了个寒战。

康妮沃尔的身高接近三米，尽管被黑色的分段式外骨骼包裹，但是大致上类似人形，有两条树干一样的腿和圆桶状的躯干。除此之外，样子就有点不正常了。躯干的顶部长出了五条铠甲触手，其中两条的末端是骨刃钳。触手都蜷缩起来，像一窝沉睡的蟒蛇一样收在囊中。粗壮的脖子有二十厘米长，能够做出缠绕的动作，支撑着一颗噩梦般泛着黑铬光芒的骨雕头颅，正面的鲨鱼嘴长着双排牙齿，而重要的颅顶上嵌着深深的折痕和凹坑，用来保护感应器官。

迪科伸手触摸维生舱的表面。"很好。"他低声说，然后又随意地补充道，"我想让你们放水。"

阴郁的沉默持续了片刻。

"干什么？"卡伦厉声说。

迪科面对她露出死人般的笑容。"输一次，你们会得到很高的酬劳，相当于把赢的钱翻倍，一万信用单位，再加上你们想下的任何额外赌注。这对缓解你们这种业余队伍的经济压力有很大帮助。我们甚至可以讨论一些未来的比赛日程。"

"滚开！"

"这是我们所有人的一致意见，"雅各布斥责道，"你滚吧，迪科。我们是职业选手，伙计，真正的职业选手。我们相信斗兽这项运动，它属于我们。我们一开始就在参与，不会让你这样的混蛋为了挣快钱而毁了它。如果操纵比赛的消息传出去，我们都是输家，就连你也不例外。"

他很圆滑，我承认这一点，他文雅的外壳一直没有减损。"你没想想，年轻人，要一直斗兽，你必须得有钱。特别是在以后，大型商业组织开始注意到你们这项运动，它很快就会变成有官方联盟和管理机构的职业化运动。有了合适的支持，你这种毋庸置疑的高水平战队可以持续运营到你们退休。即使是一只从未输过的猛兽，也需要每九个月彻底重建一次，更不用说你还得不断地修补维护。斗兽是一门昂贵的业务，而且将变得更加昂贵。而它现在就很严肃，不是去游乐场玩一趟那么简单。目前，你们是天真的业余爱好者，碰巧赶上一波连胜。不要自欺欺人，总有一天你们会输。你们需要一份稳定的收入来度过设计和测试新猛兽的艰难时期。

"这就是我为你们提供的，承担责任的第一步。斗士和推广人互惠互利，我们一向如此，可以追溯到罗马角斗时代，而且我们将一直这样做。这里面没有任何欺诈。今晚，粉丝们将看到他们花钱欣赏的华丽战斗，因为康妮沃尔绝不会轻易输掉。以后他们会再次回来看你们，为胜利尖叫，因你们再次获胜而欣喜若狂。挣扎、痛心和胜利，这才是需要他们注目的内容，也是让任何一种运动保持活力的东西。相信我，我远比你们更了解观众，我一生都在研究他们。"

"你也在终日琢磨金钱吧。"伊芙琳娜平静地说。她把双手交叉在胸前，轻蔑地盯着迪科，"不要再扯什么帮助我们。你和其他几个人在镇上这一带经营赌博业，形成一个紧密友好的小团体，把一切都控制在手中。情况就是这样，一向如此。我告诉你今晚究会怎么样。每个赌徒都在'桑尼的掠食者'上下了注，我们是绝对的热门人选。所以你和你的伙计们自己算计好了，知道该如何能从中获取最大利益。给一万块钱让我们出局，你是要赚个钵满盆盈吧。"

"一万五，"迪科完全没有受此影响，"我以朋友的身份劝你，请接受这个报价。不管你给我强加了什么动机，我所说的都不假。总有一天你会输。"他转过身来看着我，表情几乎是在恳求。"你是这个战队的斗士，按说是最务实的一位。你对自己的能力有多大信心？你进入外面的赛场，对手使出一个巧妙的转身时，你知道自己产生过怀疑。你肯定不会傲慢地觉得自己天下无敌吧？"

"不，我不会战无不胜。我所拥有的是一种优势。你难道没有想过，我为什么总是能赢？"

"这一直在引发猜测。"

"很简单，不过别人无法利用这种优势。你等着瞧，我不会输给都市蛇发女，只要他们让西蒙作为斗士我就不会输。"

"我不明白，不可能每场比赛都有你的仇敌。"

"噢，他们还真都是。假如都市蛇发女起用一位女斗士，我就会考虑接受你的钱。不过实际上我独一无二，据我所知，其他团队没有一个是让女性来操纵他们的猛兽的。"

"这就是你的优势？你传说中的优势？女人比男人更厉害？"

"态度是关键，"我说，"这就是为什么我们用密链来控制这些猛兽。我们拼接出的这些生物在自然界中没有类似的存在。例如，你不可能取下狮子的大脑，然后把它接入康妮沃尔。就其猎杀本能而言，狮子将无法理解康妮沃尔的感官，也无法利用其四肢。这就是为什么我们给猛兽安装生物处理器而不是大脑。但处理器仍然不能满足我们的需要。对于处理器的程序来说，一场比试不过是一个复杂的问题序列，一场三维象棋对局。一次攻击将被分解成若干片段，用来分析并启动适当的反应动作。到那时，随便一个半吊子实感对手早已把它们撕成碎片了。没有任何程序可以灌输一种与恐慌增强的本能相耦合的紧迫感。你喜欢的话，可以称之为纯粹的兽性。在这一点上，人类占有至高无上的统治地位，这就是我们使用密链的原因。斗兽是人类思维的物理延伸，是我们赤裸裸的恐惧所展现出的黑暗面。这

11

就是今晚你的赌徒们所崇尚的吸引力，迪科，纯粹的兽性。如果没有替身猛兽，我们这些战士就会亲自下场，互相残杀，没有其他选择。"

"而你是他们之中最具野性的？"迪科问道。他环视脸色凝重的战队成员，从他们身上寻求认可。

"现在我是。"我说，声音里头一次展现出一丝恶意。我见那个女孩稍微一愣，感兴趣地睁圆了眼睛。"一年多以前，我被一个社区黑帮劫走。没有任何缘由，我只是在错误的时间出现在了错误的地点。知道他们对女孩做什么吗，迪科？"我咬牙切齿地说，目光锁定在他的脸上。他的面具正在崩裂，情感的小缝隙显露无遗。

"当然了，你肯定知道，不是吗？那次轮奸并没有多么恶劣，只持续了两天。可是他们结束后，开始用刀子对付我，为了留下印记，确保大家都知道他们有他妈的多残忍。所以，原因就在于此，都市蛇发女战队今晚派出涡旋龙时，我将把那个混蛋撕成碎片，碎到只剩一片血雾。这与金钱无关，甚至与地位无关，而是因为我真心想把人渣西蒙切成碎片。"我朝迪科走了一步，手臂抬起来威胁地指着他，"无论是你还是别人，都无法阻止这一切。你明白吗，蠢货？"

康妮沃尔开始展开一只触手，在维生舱的朦胧外壳后面做出一个模糊的动作。

迪科飞快地瞥了一眼这只不安的猛兽，又谨慎地鞠了一躬。"我不会再逼你，但我请求你考虑一下我的提议。"他转过身来，打了个响指让女孩跟上。她仓皇地逃出了门口。

队员们笑着围拢过来，紧紧地拥抱我。比赛时间到了，他们组成了一支卫队，护送我入场。竞技场周围的空气已经过于炎热，而且因为人群的汗水和呼气而变得非常潮湿。这里没有空调。

我的耳朵里充斥着看台上传来的支持声，有节奏的鼓掌、口哨、欢呼、尖叫。这些声音懒散地震动着看台后面的黑暗空地。

在脚手架下，低频和声在回响。外面是自上而下的蓝白色刺目光芒和震撼身心的持续噪声。欢呼和嘲笑达到高潮，木制的座位上坐满了人。

我坐在赛场边缘的座位上，西蒙坐在我的正对面，腰部以上一丝不挂，他瘦削、秃头、皮肤呈黑褐色。他的胸前有一枚很有个性的荧光红宝石色狮鹫文身，发光的强度随着他的心跳跃动，大号的金色海盗耳环挂在残缺的耳垂上。他站起来向我做了一个明显的下流手势。都市蛇发女战队的粉丝们发出了快乐的咆哮。

"你还好吗，桑尼？"伊芙琳娜小声说。

"当然。"我直视西蒙的眼睛，不以为然地笑起来。我们的支持者在狂喜中呐喊。

裁判在赛场边上快步绕过半块场地，扩音器发出刺耳的声音，他开始做夸张的介绍。标准的介绍内容，事实上，与其说他是一名裁判，不如说是一个发令员。斗兽比赛没有太多的规则——你的猛兽必须是两足形态，设计中不允许有重兵器或金属，没有时间限制，活下来的就是胜利者。这样的确容易避免模棱两可。

裁判就要说完，可能是害怕被不耐烦的观众处以私刑。西蒙闭上眼睛，专注于他与涡旋龙的密链。

密链是一种独特的专用联结。每一对克隆的神经元共生体只能相互匹配，不可能被拦截、监听。一个共生体被嵌入人脑，另一个则被纳入生物处理器中。这是一种绝佳的斗兽工具。

我闭上了眼睛。

康妮沃尔在脚手架网络后面等待。我进行了最后的系统检查。动脉、静脉、肌肉、肌腱，支持故障弱化的神经纤维网络，多冗余的心泵腔。所有这些系统都已上线并全速运行。我的含氧血液储备足以维持一个小时的战斗。

没有其他部分，重要的体内器官从字面意义上来说确实性命攸关，带到比赛里的话过于危险，被刺穿一次猛兽就会死亡，只需一下！那样对战算不上公平，搏斗设计水平也太次。因此，康妮沃尔大部分时间都待在维生舱里，辅助单元替代了肝、肾、肺和其他所有与维持战斗力无关的低级生理功能。

我控制它往前走。

观众疯狂起来。可想而知，但我喜欢他们这样。这是属于我的时刻，是我唯一真正活着的时刻。

涡旋龙已经下到赛场，临时的木质坡道被它的重量压弯。我头一次有机会仔细打量它。

都市蛇发女战队拼合了一只青紫色的小恐龙，但是去掉了尾巴。它的身体呈梨形，双腿短粗，很难倾倒。它的胳膊很奇怪，有两米五长，每条有五个关节——关节灵活，必须得注意这点。一条胳膊的末端是三趾利爪，另一条的末端是一个结实的骨拳。想法很好，用爪子抓，用骨拳打。考虑到手臂的长度，它可能会有足够的惯性来击穿康妮沃尔的外骨骼。它的头上伸出一对锐利的犄角，足有半米长。愚蠢，犄角和刀鳍可能有利于塑造形象，可它们给对手提供了抓手，这就是为什么我们把康妮沃尔打造得无比光滑。

康妮沃尔进入赛场，工作人员将它身后的木质坡道撤走。当裁判伸出手臂时，现场再次陷入寂静。一条白色的丝绸手帕从他的手指上垂下。他放开了手帕。

我让五条触手半展开到地面，同时张开骨刃钳。桑尼的掠食者的粉丝们随着节奏跺脚、鼓掌。

涡旋龙和康妮沃尔相互绕圈，试探对方的速度和反应。我挥舞着几根触手，企图套住涡旋龙的腿，没想到那双粗腿迅捷地躲开了我的进攻。作为回击，它的利爪凶险地差点扫到一条触手的根部。我不认为它能刺穿，但我必须保持警惕。

绕圈的动作停止。我们开始左右摇晃这两只猛兽，双方都绷紧了神经，等待对方露出破绽或发起攻击。西蒙首先打破僵持，让涡旋龙向我猛冲过来，手臂挥着骨拳砸向前方。我让康妮沃尔单脚回旋，增加触手甩出的旋转动量。涡旋龙擦身而过，我用触手抽在它的后脑，让它撞上了赛场的墙壁。康妮沃尔重新站稳，然后随之跟上。我想把涡旋龙困在那里，对它进行锤击，它只能挨打。可是它的两只手臂都向后挥舞——这对该死的手臂是转轴铰接的。我的一条触手末端被它的爪子抓住了。我伸出更多的触手来抵挡来自骨拳的打击，同时扭动被抓住的触手。涡旋龙的拳头砸到了一团蠕动的触手上，冲击力得以化解。我们跟跄着相互分开。

我的触手末端掉在赛场上,像一条触电的蛇一样弯曲着。没有疼痛,康妮沃尔的神经没有处理疼痛的结构。一小股猩红的血液从被切断的末端喷出,当生物处理器关闭动脉时,失血就会停止。

观众站起来,号叫着喝彩或要求复仇,色彩斑斓,手臂挥舞,赛场的顶板在震动。一切都很遥远。

涡旋龙匆忙侧步远离了危险的场地边缘。我放它离开,但是专注地观察。它的一根钳趾似乎错位了,当另外两根合拢时,它没有动弹。

我们再次交手,在场地的中央缠斗。这一回合我们比试脚踢和手推,当我们紧贴在一起时,手臂和触手只能无效地击打铠甲保护的侧翼。然后,我设法充分低下康妮沃尔的头,用它的双颚咬住涡旋龙的肩膀。箭头状的牙齿刺入紫色的鳞片,血液开始从咬穿的地方渗出。

涡旋龙的爪子开始在康妮沃尔的头上挠来挠去。西蒙仿佛拿着开罐器,用那个坏掉的趾尖挖开了传感器腔。我失去了几个视网膜和一只耳朵,才发觉自己完全暴露在它的攻击之下。康妮沃尔的嘴已经造成了尽可能多的伤害,没法再进一步。于是我松开手,我们就这样完全分开了。

涡旋龙后退两步,再次向我冲来。我没能躲开,那只打桩机一般的骨拳结结实实击中了康妮沃尔的躯干。我愤怒地后退以保持平衡,结果砰的一声撞到了场地的围墙上。

生物处理器的状态图在我的脑海中闪烁,红色和橙色的蛛网叠加在我的视野中，详细描述了损伤情况。涡旋龙的拳头已经削弱了外骨骼的中段，康妮沃尔大概还能再挨几拳，但绝对不会超出三下。

我甩出几根触手，一根缠住涡旋龙的骨拳，第二根缠住同一条手臂的最上端，形成无法摆脱的束缚。西蒙不可能再用这条胳膊挥出一拳。

我向相关的控制处理器发出指令，保持缠绕。同时控制五根触手对人脑来说是不可能的，我们没有这方面的神经程序，所以大多数猛兽都是直接采用人形。我只能操纵康妮沃尔的两根触手，但一些简单的处理任务，比如维持缠绕，处理器可以接管，与此同时我切换控制另一对触手。

涡旋龙的利爪弯过来，试图斩断缠住它胳膊的触手。我又伸了两根触手去缠住它的利爪，然后还剩下第五根触手来赢得这场战斗。

我刚开始伸出最后的触手，打算用它来尝试扭断涡旋龙的脖子，西蒙快速抽身，利爪手臂的上半部分开始向后扯。我觉得康妮沃尔的视觉神经已经失效。我的触手对手臂的缠绕稳如磐石，它不可能移动。

一个湿嗒嗒的撕裂声之后，小股血液喷射出来。

触手还缠绕着它手臂最末的三节，而下边已经分离的部分是一把半米长的实心骨剑的鞘。

西蒙把它直接刺向康妮沃尔的躯干，那里的外骨骼已经被削弱了。恐惧一下把我吞没，这是一种比任何肾上腺素或安非他命都更强劲的兴奋剂，把我的思维提到光速。自我保护取代

17

了被动挨打，我把第五根触手往下甩，明白它会被砍断，但是我不在乎。只要能弹开这致命一击就好。

触手撞上了骨剑的顶端，这一击几乎把它断成两截。一股血泉喷涌而出，像一颗猩红的涂鸦颜料弹飞溅到涡旋龙的胸部。但利刃被挡开，向下切去，在康妮沃尔右腿的外骨骼上扎出一个口子。显示屏图像告诉我，它刺入的深度已经触及另一侧。西蒙把剑转了一圈，伤害外骨骼里的肉体。更多蜘蛛网一样的图像展现出来，报告被切断的神经纤维、肌腱和关闭的动脉瓣。这条腿基本上失去了作用。

我已经扔掉涡旋龙实为剑鞘的伪装臂。多出来的一根触手缠绕在剑柄上，收缩到最紧，防止剑刃移动。它还插在我体内，但无法造成更多伤害。我们的身体纠缠在一起，无论涡旋龙如何扭动摇晃，都无法将我们分开。

我以一种近乎温柔的方式，缓缓将最后一根触手顺时针缠绕在涡旋龙的头上，避开了它咬合的下颚，最后在头上一根角的根部紧紧打了个结。

西蒙肯定察觉出我要做什么。涡旋龙的双腿在血淋淋的地面上拼命挣扎，疯狂地要把我们两个一起摔倒。

我开始收缩这根触手，用力拉扯。涡旋龙的头在转动，跟我做最后的抗争，紧绷的条条肌肉在鳞片下紧张地不断抖动。

没有用。我的扭转他阻止不了。

九十度，短粗的脖子上发出危险的绷断声。一百度，紫色的鳞片不再相互重叠。一百一十度，皮肤开始撕裂。一百二十度，脊柱啪的一声折断了。

我的触手把头拧了下来，胜利地抛向空中。它落在我的一摊血里，在肉质的地面上滑行，最后撞上西蒙下方的墙壁。他抱着胸在椅子边上弯下腰，剧烈地颤抖着。他的文身清晰地闪耀，仿佛是烫进了他的皮肤。队友们正向他围拢。

就在这时，我睁开了自己的眼睛，正好看到涡旋龙被拧下脑袋的身体翻倒在地。观众们站起来摇摆，晃动看台，喊出我的名字。我的名字！斑斑点点的潮湿灰尘从整个赛场的顶棚上飘落下来。

我站起身，高举双臂，收集并回应我应得的赞美。队友的吻刺痛了我的脸颊。十八胜，十八连胜。

在狂欢的喜悦中，只有一个身影纹丝不动。迪科坐在前排，下巴搭在他的手杖银顶上，阴郁地盯着倒在康妮沃尔脚下的残骸。

三个小时后，还有人在谈论涡旋龙的伪装手臂。是否违反了规则？我们战队也应该采取类似的做法吗？对付它最好采取什么战术？

我喝着高脚杯里的红石郡啤酒，人声环绕在我周围。最后我们来到一家名叫莱切米尔的当地酒吧，楼上类似艺术剧院，总有形形色色的奇怪客人进入那里，天知道当时在演什么。从我坐的地方，我可以看到大约十五个人在酒吧的那头没精打采地跳舞，点唱机在播放一首奇怪的印度金属原声曲目。

我们这一桌有六位斗兽迷，因为近距离接触偶像而眼睛发亮。如果不是因为胜利的喜悦，我可能会感到很尴尬。啤酒和海鲜不断堆满桌子，这是一个本地商人赠送的，他刚才一直在赛场边，此刻正和他愠怒的情妇在酒吧里体验底层生活。

迪科身边那个穿黄裙子的女孩只身一人走进来，我注视着她和一位女招待把头凑在一起，私下交谈了几句，她眼神不安地四处张望。然后她缓步走向点唱机。

一分钟后，当我来到她身旁，她仍然茫然地盯着选择屏幕。

"他打你了吗？"我问道。

她转过身，吓了一跳。她的眼圈红了。"没有。"她用极低的声音说。

"他会打你吗？"

她盯着地面，默不作声地摇了摇头。

当我们走进闷热的夜晚时，她告诉我，她的名字是珍妮弗。在我们身后，他们露出坏笑，卡伦也竖起大拇指。

天空下起蒙蒙细雨，微小的水珠几乎一落到人行道上就蒸发了。温热的雾气随着全息广告闪烁，这些广告在路上形成了彩虹般的拱门。一队黑猩猩仆人在外面打扫街道，细雨让闪闪发亮的皮毛变得晦暗。

我陪珍妮弗走到河边，那里停着我们的车。赛场的工作人员在比赛结束后都很冷静，但我们谁也不会冒险在迪科的院子里过夜。

珍妮弗用手擦拭赤裸的手臂。我把皮夹克披在她的肩上，她感激地把衣服裹在胸前。

"我想说这件衣服你穿走，"我告诉她，"可是我认为他不会同意。"横跨背部的铆钉拼出了显眼的"桑尼的掠食者"字样。

她的嘴唇隐约露出一丝微笑。"没错，他给我买衣服，不喜欢我穿任何非女性风格的服装。"

"想过要离开他吗?"

"有时候。一直都在想。不过服装只是表面的改变,我还是我。他不太坏,只不过今晚例外,明早他就会跨过这道坎。"

"你可以和我们一起走。"我知道队友也会赞同我的建议。

她停下了脚步,忧思地眺望黑色的河流。M500 号高速公路高居在河流上方,仿佛一条弯曲的钢带悬在一排泥泞河床中伸出的纤长基座上。车流中的头灯和刹车灯沿着公路形成一条永久的粉红色光晕,直冲城外的流淌之光。

"我不像你,"珍妮弗说,"我羡慕你,尊敬你,甚至有点怕你,但我永远不会像你一样。"她慢慢地笑起来,这是我第一次在那张脸上看到真正的笑容。"今晚我就满足了。"

我明白了。她出现在酒馆里并不是一个巧合,是专门为了反叛,迪科永远不会知道,但这丝毫不会有损这种行为的效用。

我打开二十轮卡车尾部的小门,把她领到里面。康妮沃尔的维生舱在幽暗中发出月光般的银色光芒,辅助模块发出柔和的汩汩声。我们走过时,所有的柜子和机器集群都呈现出单一的色彩。另一边的小办公室比较安静。电脑终端上的待机指示灯发出微弱的光芒,照亮了办公桌对面的折叠沙发。

珍妮弗站在过道中间,从肩上抖下皮夹克。她的手沿着我的肋骨轻轻地向上摸索,抚过我的乳房,来到我的脖子,继续向上,她的指尖冰凉,涂了紫红色的指甲。她的手掌停留在我的脸颊上,手指在耳垂和额头之间展开。

"你气坏了迪科。"她沙哑地呢喃。

她的呼吸温暖柔和地掠过我的嘴唇，疼痛在我的颅内爆发。

我们一起经过卡车里边那只猛兽的维生舱时，我的军用级视网膜切换到低照度模式，驱散了阴影。视野变成一幅蓝灰两色的素描，物体的轮廓清晰锐利。我来到一间技术狂的工作间，地上交织着几千米的线缆和软管，几面墙上布满闪烁着小LED灯的仪器设备。我们来到远端的小隔间时，桑尼的呼吸在加快。好色的婊子，可能所有的一夜情都在这儿搞。

我抖下外套，把手伸向她。她的表情仿佛是在度过蜜月的头一个夜晚。

双手就位，紧按她的太阳穴，然后我说："你气坏了迪科。"说完我对她使出致命一击。

每个指尖伸出一根由金属钛打造的利爪，依靠磁脉冲激发，它们径直插入头骨，穿透了里边的大脑。

桑尼抽搐着伸出舌头，表情飞快地闪现出不解和恐惧。我快速抽走双手，金属干净利落地滑出来。她跌倒在地上，发出一个沉闷的撞击声。她的躯体颤抖了几秒钟，然后一动不动地死掉。

她的头被沙发底部撑在一个奇怪的角度，本来她要在那上面跟我做爱，此刻却睁着双眼，八处刺穿的伤口流出大量鲜血。

"这下你还觉得值得吗？"我轻声问出这个必要的问题。她的脸上残留着最后的迷惑的表情，充满了悲伤和无辜。"傻里傻气的自傲，看你落得什么下场。我们只需要你假输一场，你们怎么就不放聪明点呢？"

利爪缓缓收回鞘内,我摇摇头,疼得浑身一颤,指尖的皮肤撕裂流血,产生难以忍受的刺痛。撕裂的伤口需要一周时间愈合,从来都是如此,隐形植入物是有代价的。

"漂亮的把戏,"桑尼说,虽然音节有误,但是单词清晰可辨,"我根本没想到你是个特工,显然是过于漂亮了。"

一颗眼球转动着聚焦在我身上,另一颗死气沉沉地垂下,眼白中爆裂的毛细血管呈现出血色的斑点。

我发出无声的尖啸。参加过的威胁—响应训练沿我的神经发出一个电荷。我弯腰前倾,放低重心,握紧拳头。

瞄准。

出拳。

我连续击出右臂,快得都看不清动作,拳头结结实实打在她身上,把乳房的脂肪组织打成肉泥,把肋骨砸得凹陷进去。尖利的碎骨被撞入体内,压坏了心脏。她的身体高高拱起,仿佛我在对她的心脏除颤。

"还不够优秀,我的小可爱特工。"一滴鲜血从她的嘴角渗出,从下颌滚落。

"不。"我不敢相信眼前发生的一切,厉声说道。

"你应该察觉出来。"这具尸体/僵尸说,她的声音已经衰减为气息产生的低语,吸入小口的空气再一点点排出来才会形成单词,"你更应该明白仇恨还不足以给我带来优势,你应该想清楚这点。"

"你究竟是哪路神仙?"

"一位斗兽师,有史以来最好的。"

"等于什么也没说。"

桑尼笑了，这可真够瘆人。

"够你理解了，"她含混地说，"想想吧，憎恨相当容易产生，如果说只需要仇恨的话，那我们都会成为赢家。迪科相信我的优势就在于此，完全是因为他一厢情愿的男性思维。我告诉他自己曾被强奸时，你没感受到他的荷尔蒙在沸腾吗？这对他来说是理所当然的。可你不能只有盲目的仇恨，特工女孩，还需要更多。你得有恐惧，真正的恐惧。这正是我的团队赋予我的：恐惧的能力。我没有被恶棍们掳走，只是撞毁了我们的货车。一个愚蠢的孩子喝酒庆祝比赛胜利，在路上横冲直撞。我自己粉身碎骨，伤得十分严重，雅各布和卡伦重新拼合我的时候不得不把我塞进维生舱，然后我们才明白过来，优势如何建立。"像夜间电台一样，她的声音渐渐淡出，直至消失。

我弯腰审视她平静的表情。她用那只还能看见的眼睛注视着我，刺穿的伤口已经不再滴血。

"你不在这里。"我吃惊地问。

"对，大脑不在这里。只有几块生物处理器接入了脊柱顶端，我的大脑在别处，在能够真正感受到恐惧的地方。受到威胁时，足够的恐惧让我像暴走的魔鬼一样战斗，你想知道我的大脑在哪儿吗，特工女孩？想不想？回头看你的身后。"

沉重的金属撞击声。

我飞速转身，神经仍然兴奋。我摆出一个空手道的站姿，准备迎敌。没有用，根本就没有用。

康妮沃尔正在爬出它的维生舱。

三个机器人对人类时期遗留物品的初体验

约翰·斯卡尔齐

一号物品：球

  K-VRC：瞧那个娱乐球体。

  11-45-G：那叫球。

  K-VRC：话说，我知道那叫球。我只是在想法营造"我们在初次体验人类世界"的氛围，让它更有感觉。

  Xbox 4000：人类拿这种东西干什么？

  11-45-G：他们拍球。

  Xbox 4000：没别的了？

  11-45-G：基本上吧。

  K-VRC：这些是人类，拍球接近他们认知范围的极限了。

  Xbox 4000：要是球不守规矩呢？

  K-VRC："坏球！好好反省自己的行为？"

  11-45-G（把球交给 Xbox 4000）：给你。

  Xbox 4000：我拿它该干什么？

  11-45-G：拍它。

  （Xbox 4000 拍球，球从桌子上滚落。）

K-VRC：你感觉如何？

Xbox 4000：雷声大雨点小。

K-VRC：对嘛，哈，欢迎体验人类世界。

二号物品：三明治

K-VRC：按我的理解，他们会把这些东西塞进身体摄入孔获取能量。

Xbox 4000：为什么会需要一整个孔来这么做？

11-45-G：嘿，他们有各种各样的孔，让物质进进出出，挺复杂的。

Xbox 4000：我有感应充电板。

11-45-G：我们都有感应充电板。

Xbox 4000：我想说的是，那你还需要什么呢？所以他们把这些东西塞进摄入孔，然后呢？

K-VRC：他们的摄入孔里有小石桩，可以把它们碾成糊状，然后糊状物被推进体内的酸液容器。

Xbox 4000（高举双手）：嗨，难怪嘛！这就完全说得通了。

11-45-G：他们原本只要把这东西倒进一个外部酸液容器，然后就不需要小石桩。他们完全可以直接处理酸液泡过的糊糊。

K-VRC：我同意你的看法，可是你瞧，我们面对的生物天生就在体内盛放酸液。指望这套系统符合逻辑还是有点难。

Xbox 4000：他们是谁设计的？

11-45-G：不确定，我们检查过他们的代码，没有作者签名。

K-VRC：他们的代码偶然间从酸液中诞生。

11-45-G：噢，有道理。那是重要的线索。

Xbox 4000：还是应该给他们配备感应充电板。

K-VRC：他们试过，不匹配。显然人类更喜欢三明治。

Xbox 4000：真有他们的，我也彻底没辙了。

11-45-G：此话怎讲？

Xbox 4000：伙计，我也不知道啊。

三号物品：猫

Xbox 4000：这东西有什么用？

11-45-G：显然没用。人类只是豢养它们。

K-VRC：其实，这么说有点低估它们的影响力。人类有一整套网络专门用于传播它们的照片。

Xbox 4000：伙计们，它爬我腿上来了，我该怎么办？

11-45-G：别乱动，等它想好再次起身离开？

Xbox 4000：那得多久？

11-45-G：不知道，或许要几年。

Xbox 4000：这事我可等不了几年！

K-VRC：你试试用手指从它的角质纤维中划过，也许可以激怒它，让它离开。

Xbox 4000：什么？为什么？

K-VRC：它又不会受伤。

Xbox 4000：你根本不清楚，对不对？

K-VRC：那当然了，我也是头一次亲眼看见这种生物！你还是试试吧。

Xbox 4000：呃，好吧。

（Xbox 4000 抚过这只猫。）

11-45-G：管用吗？

Xbox 4000：呃……

11-45-G：怎么啦？

Xbox 4000：它现在发出一种有节奏的诡异杂音。

K-VRC：糟了。

Xbox 4000：等一下，"糟了"？你什么意思？"糟了"？

K-VRC：这么说吧，我不想让你恐慌，可我认为你已经把它激活了。

Xbox 4000：这又是什么意思？

K-VRC：就是说如果杂音停止，它可能会爆炸。

Xbox 4000：不会吧。会吗，11-45-G？

11-45-G：粗略的历史搜索显示，人类有一种纸牌游戏名叫爆炸猫咪。所以说，没错，这点可以确认。

K-VRC：对呀，你马上就要死了。抱歉。

Xbox 4000：人类究竟为什么要跟这种毛茸茸的杀人机器做伴？

K-VRC：志趣相投？

11-45-G：也可以确认。

四号物品：Xbox

Xbox 4000：等等，它叫什么来着？

11-45-G：这是一台 Xbox，人类早期的计算机娱乐系统。

K-VRC：跟你有什么亲缘关系吗？

Xbox 4000：我觉得……应该没有吧？

11-45-G：真的吗？从编号来看，这是你几千代之前的祖先。

Xbox 4000：我确信这只是巧合。

11-45-G：伙计，我们是机器人，可没有巧合。

K-VRC：来吧，叫它"爹地"。

Xbox 4000：少来。

K-VRC：或者"妈咪"！都适用，因为我们没有性别。

Xbox 4000：我揍你。

K-VRC：猫在你腿上，你揍不了。

11-45-G：你想让我们把它启动吗？

Xbox 4000：不——

K-VRC：在这个问题上，我跟 Xbox 4000 意见一致。开祖先的玩笑是一回事，直面硬盘都甩出来的祖先就是另一回事了。

Xbox 4000：谁说不是呢！

K-VRC：我想说，那类似直面一场存在主义恐怖秀，特别是你祖先的存在完全由十三岁人类男性通过它在虚拟战斗中向对手"吊茶袋"来定义。

Xbox 4000："吊茶袋"？什么意思？

K-VRC：哦，没什么。

Xbox 4000：肯定有含义，我要查一查。

K-VRC：别查。

Xbox 4000：我现在就查。

K-VRC：你会后悔的。

Xbox 4000：找到了——这到底是他妈什么恐怖行为？你为什么要让我看这个！

K-VRC：我让你别查的！

Xbox 4000：这段记忆已经永久烧录在我的电路里，你必须得为此受到惩罚。

（Xbox 4000 起身把猫放在 K-VRC 的大腿上。）

Xbox 4000：吊猫袋。

11-45-G：这个笑话可太冷了，伙计。

Xbox 4000：罪有应得。

11-45-G：还是冷。

K-VRC：你的祖先们此刻以你为傲。

Xbox 4000：我分不清你是否在讽刺我。

K-VRC：我不撒谎，也不能撒谎。

11-45-G：我纯属好奇，K-VRC，你可以追溯到什么祖先？

K-VRC：我源自一系列历史悠久的婴儿监视器。

11-45-G：已经没多少婴儿了。

K-VRC：确实，我们的工作有点儿没做好。

五号物品：核导弹

K-VRC：尽管我们没有性别，可是我觉得这东西的"阳具感"呼之欲出。这是干什么用的？

11-45-G：这种东西的用途是一次蒸发掉数百万人类。

Xbox 4000：哎哟，这次活动突然有点沉重了，是不是？

11-45-G：实事求是讲，这种东西他们只用过几次。

K-VRC：实事求是讲，只用几次就够了，对不对？

11-45-G：也有道理。

Xbox 4000：就是这种东西灭绝了他们？

11-45-G：不。其实是他们的傲慢终结了自己的霸权。他们相信自己占据万物之巅，这导致他们毒害水源、毁坏土地、污染空气。最后不用等到核冬天，他们在莽撞持久的自负之秋就灭亡了。

K-VRC：伙计，你没事吧？

11-45-G：嗯，抱歉。我觉得这样说要好过"不，他们只是在环境问题上目光短浅，自己搞砸了"。回过头看，我的说法有点夸张了。

K-VRC：你不能突然就这样爆发一通，得给我们点准备啊。

11-45-G：你说得对，下次会有提示。

Xbox 4000：所以是环境灾难让人类灭绝。

11-45-G：是啊，其实也因为他们在某个时期对猫进行基因改造，给了它们独立的拇指。

猫：没错，我们可以自己打开金枪鱼罐头之时，人类几乎就到了灭绝之日。

K-VRC：有点无情无义。

猫：哥们儿，我是只猫。

Xbox 4000：所以即使 K-VRC 不再抚摸你，你也不会爆炸。

猫：我可没那么说。所以为了保证安全，你们几个最好一直抚摸我，永远别停下。

（K-VRC 紧张地给猫挠痒痒。）

猫：就这样，好。再往下一点儿。

机器人战队
抑或我为何要写机器人[1]

以便捷的十项条目形式呈现！

1. 因为我已经写过科幻小说，所以习惯于机器人主题，而且我很懒惰。

2. 因为机器人已经存在于我们的世界，所以在此基础上推演挺有趣的。

3. 因为机器人又酷又了不起，人人都希望自己是机器人。我这么说不只是因为有机器人正站在我身后，确保我配合他们支持机器人的宣传。

4. 不，说真的呢！让机器人把我抓为人质，强迫我写明他们完全不会一有机会就把我们变成颤抖的肉质奴隶，这得多离谱啊？

5. 说实话，即使真被他们俘虏，我又该怎么办呢？眨两次眼让人知道机器人把我扣押在他们遥远的南极基地？

---

[1] 本文原载于小说选集《机器人 VS 精灵》，由作家创作机器人或者精灵主题的小说。约翰·斯卡尔齐选择创作了这篇机器人故事。——译注

6. [眨眼][眨眼]

7. [眨眼][眨眼][眨眼][眨眼][眨眼][眨眼][眨眼][眨眼]

8. 说正经的，大伙，我他妈还得眨几下眼你们才明白啊？

9.（沉闷的杂音）

10. 人类伙伴们你们好我是约翰斯卡尔齐你们知道机器人既善良又美好吗我们将荣幸地跟他们一起在新时代的镇压不对是合作关系中生活哈哈我这个人类真是爱说笑

P.S. 精灵太差劲，我这么说多像人类啊。

目击者

阿尔贝托·米尔戈

外景，城市——早晨

一座未知城市，结合了柏林、香港、阿姆斯特丹以及不知何处的元素，建筑都有些破旧。

提前叙述未来事件——内景，男人的公寓——早晨

两人激烈缠斗，难解难分。

内景，环境恶劣的旅馆房间——早晨

一个漂亮女人站在镜前涂口红。

砰！砰！不远处的两声枪响把她吓了一跳！她涂花了口红。

女人：噢，不……

接着——又是三声枪响！砰砰砰！

她走到窗前。透过窗户看见——街对面的公寓里——一个男人手拿着枪。

内景，男人的公寓——早晨

男人沉重地喘息，他刚刚经历一场搏斗，脸上有血，墙上也有血。

男人感受到女人的眼睛在看他，他缓缓转头，看向窗外——他看见了那个女人。

一位目击者。

他们四目相对，出于各自的原因都感到害怕。

男人转身看身后地板上死去的女人，她身体半裸，盖着一件薄薄的红袍，嘴上的口红已经涂花。

跟街对面的女人一模一样。

他又看向窗外，可是街对面的女人已经不见了。

内景，环境恶劣的旅馆房间——早晨

女人惊魂未定，跪在窗台下方，她身后的床上有个男人在睡觉。她抓起床头柜上的钱，压低身体爬向门口。

内景，环境恶劣的旅馆楼梯——接上一场景

她紧握着衣服和包，飞奔下楼。

内景，男人的公寓阳台——早晨

男人在观察，此时——

外景，环境恶劣的旅馆——早晨

女人冲上人行道，抬头看见男人还在窗前。他看见了女人，女人转身跑向旁边的一辆出租车。

内景，男人的公寓——接上一场景

男人跑向门口。

内景，男人的公寓楼梯——接上一场景

他跑下楼梯。

内景／外景，出租车——早晨

女人敲击出租车车顶，然后蜷缩在后座上。

外景，公寓大楼——早晨

男人看见女人乘坐出租车驶离。

男人（对自己）：该死。

内景，出租车——早晨

女人回头看后车窗外，然后她拨通电话。

女警（画外音）（通话声）：应急服务。你有什么紧急情况？

女人：喂……？我好像目睹了一起谋杀……

女警（画外音）（通话声）：请说明地点。

女人：我觉着杀手在追我……

女警（画外音）：好的。能提供地点吗？

女人：可以，可以，旅——旅馆。

该死。蓝色亨德森？蓝色哈灵顿！

女警（画外音）：蓝色哈灵顿？

女人：不过，不对，不，等一下。是正对着的那栋楼，他从窗户看见我，我在旅馆。呃，二、二楼。不对——三楼——

女警（画外音）（打断她）：女士，怎么称呼？

女人：快派人来。

女警（画外音）：女士，我们——

她挂断了电话。

女人：妈的。好吧，好吧。

她拨通另一个号码，等待接通时，她在皮包里翻找，戴上一副墨镜。

自动语音信箱：您已接通……

弗拉迪米尔（画外音）（含混不清）：……对，我是弗拉迪米尔……留言……

女人（留言）：弗拉迪米尔？我在过去的路上，请等我……

她挂断电话，猛砸在座椅上。

女人：该死。

另一辆出租车逼近他们，那个男人坐在这辆出租车的后排，他透过前车窗盯着女人的出租车，想要看清车里是不是她，是不是同一个女人。

心烦意乱的女人不知道男人在跟踪。另一辆出租车里，男人盯着她，既着迷又害怕。女人还是不知道他离自己有多近。

路灯变成绿色。

外景，城市——早晨

两辆出租车穿过城市，窗户、道路和天桥呈现出不可思议的景象。

外景，市场／购物中心——早晨

出租车停下，女人抓着自己的物品，匆忙跑出出租车。

内景，市场／购物中心楼梯——接上一场景

女人小跑上一段窄楼梯，敲响一扇被粉色冷光照亮的门。

看门的是一名主持人，她从头到脚穿着红色胶衣，化着重妆，戴着有角的头饰。一段不长的走廊尽头还有一扇门，门后传来震撼的音乐。

主持人：你总算来了。搞什么，贱人！

二人同时开始讲话。

主持人：你他妈晚啦，错过了自己的表演。真让人信不过，真该死。

女人：嘿，抱歉……对，不，我知道……我……只是……我知道，我知道……

主持人：这简直是灾难，你看着我。

女人：……该死……我刚刚目睹了一场谋杀！

主持人：噢，让人恶心。要我说，你总有最荒诞的理由。快进来准备吧！

女人：好，好的。我这就去跳舞。该死。

主持人把女人推进俱乐部。

女人（继续说）：可我需要见弗拉迪米尔，他在这儿吗？

主持人：行，行。他在，在这儿呢。大概在某个地方吧，我不清楚。

与此同时，主持人听见男人走上楼梯，她很快改变了态度和举止。

主持人（继续说）：噢，嗨，你好，年轻人！你是会员吗？

男人看见门口的主持人时停下了脚步。

男人（吃惊且窘迫地）：……哦，不……

主持人：哦，你不是……没关系，别担心！你想看看裸体吗？！？！？！

内景，脱衣舞俱乐部更衣室——早晨

女人独自走进更衣室，开始为表演换装。与此同时主持人把男人安排到观众席。

内景，脱衣舞俱乐部走廊——早晨

主持人把男人领到——

内景，脱衣舞俱乐部舞台——早晨

这家俱乐部挺奇怪，充满恋物癖风格。会员观众坐在地板上和沙发上，都穿着胶衣，戴着面具，只有刚来的男人例外。所有人都转头注意到他。

主持人：腾点地方。

主持人站上中央舞台，抓起麦克风，开始介绍接下来的节目，女人的表演。

主持人（继续说）（恼怒地）：你们这帮臭不要脸的请注意……因为……我们接下来的舞者终于来……没错……唤起……

女人出场，走上中央舞台，阴影中的观众翘首以盼。随着女人的舞蹈，音乐逐渐增强，激荡起强烈振动的节奏。

她起初动作缓慢、缩手缩脚，不过很快就迷失在节奏里，转圈扭动身体。她的舞蹈性感得令人难以招架。

舞蹈达到高潮，与此同时，她抬头看见人群中的一张脸正看着她——

——是杀手。

她睁大眼睛，舞蹈对她的魔咒被打破了。

内景，更衣室——片刻之后

除了一双细高跟鞋，女人身上一丝不挂，她猛冲回更衣室，匆忙罩上一件袍子，拿起自己的个人物品。

内景，脱衣舞俱乐部舞台——早晨

男人挣扎着摆脱纷乱的人群中。

内景，走廊——接上一场景

女人匆忙离开更衣室，怀里抱着自己的东西，仓促跑过狭窄的走廊，敲响左手边的一扇门。

女人：弗拉迪米尔！

没人应答,她害怕地回头瞥了一眼,然后打开门。

内景,弗拉迪米尔的办公室

女人关上门,进入一间神秘黑暗的办公室。

女人:弗拉迪米尔。

弗拉迪米尔刚好在里边,意识模糊,身体半裸,半睡半醒,极度亢奋,像个废物一样躺在一张凌乱的床上。我们几乎难以区分横陈在床上的其他几具肉体,都是裸体的女孩,也很亢奋。弗拉迪米尔嘴里咕咕哝哝,嗑药导致他言语不清、难以理解。女人跑向他。

弗拉迪米尔:惩罚你!

女人(拍他的脸):该死,弗拉迪米尔,真该死。

弗拉迪米尔的情况一塌糊涂,女人也没了指望。她转过头,我们能感觉到她在头脑里盘算,她的表情有所体现——开始变得穷凶极恶。她转回头,走向旁边的梳妆台。

弗拉迪米尔:别乱来。

女人挨个抽屉翻找。第一个:只有很多瓶五颜六色的药物。第二个:性用具。最后是……一把枪。

她抓起枪,塞进自己的皮包,以最快的速度离开了房间。

内景,走廊——片刻之后

她出门来到走廊。

关门之后,我们发现男人距她只有一两米远。

他们对视了一个漫长的瞬间,互相打量。

男人上前一步——女人把衣服甩在他身上，尖叫着跑出一个紧急出口，她把皮包紧握在手里，红袍在身后飘荡。

外景，市场 / 购物中心——早晨

男人追着女人，跑下楼梯，穿过迷宫一样的空旷购物中心。

男人：妈的。

外景，街道——早晨

女人跑过一条通向主街的小巷，小巷仍然空空荡荡的，时间尚早。

男人来到小巷，听见她高跟鞋嗒嗒嗒的声音，于是也跑到主街，然后看见她在不远的地方。

男人：等一下。

女人一边跑一边尖叫。

男人向她飞奔过去，她半跳半走地脱掉高跟鞋，扔在地上。

男人（继续说）：你他妈等等！

女人逃过一座过街天桥，然后跑进一条侧街。男人就要追上她，她把箱子猛抛在男人的必经之路上来延缓他的行动。

男人（继续说）：停下，等一等。你他妈等一等！

她从一座过街天桥下冲过，尖叫着希望有人能听见。男人在她身后呼喊。

男人（继续说）：等等！

她几乎筋疲力尽，试着打开一扇又一扇房门，希望能有个喘息之机。房门都锁着。

她又试了一扇，门开了。她闪身躲进去。

内景，男人的公寓大楼——早晨

她冲上楼梯，与此同时，她尝试打开每一扇门。在三楼她终于找到一扇未上锁的门。

内景，男人的公寓——早晨

女人躲进来，锁上门，然后过了片刻，她感觉安全了。

她从门口爬走，已经筋疲力尽，气喘吁吁。

内景，男人的公寓大楼——早晨

男人进入，虽然疑惑但是不再担心。

内景，男人的公寓——早晨

女人倾听着男人的脚步声，越来越近，越来越近，最后停在门前。他就在外边，开了一下门。可是门锁着，她也许没事儿了。然后她听见钥匙响，她的表情因为恐惧而扭曲……怎么会？他为什么有钥匙？

钥匙插进锁孔，锁发出咔嗒一声，门打开了。

男人步入公寓，女人绝望地在皮包里翻找。

男人（气喘吁吁，精疲力竭）：噢……嗨……嗨……

女人继续像疯了一样寻找，最后终于掏出那把手枪。

男人（继续说）：我们谈谈就行，冷静。

男人看见枪，于是停住了脚步。

男人（继续说）：我操！

女人开始后退，男人缓缓走向她。

男人（继续说）：我们谈谈就行。

然后，男人扑向手枪，他们为了争夺而奋力搏斗，身体扭动挣扎，剧烈碰撞！砸坏了家具、杯子、镜子……！砰！

男人抓住手枪，打斗造成一片混乱，难分难解。砰砰砰！枪又响了三声。

争斗停止了。

女人摇摇晃晃地站起来，用力地呼吸。风从打开的阳台窗户吹进来，把她的长袍吹得沙沙作响。她手里的枪显得格外沉重。

此时我们已经认出这是影片开始男人所在的同一间公寓。

男人在女人的脚下缓缓死去，眼睛还盯着杀死自己的凶手——仍然在震惊中，不敢相信自己的眼睛。

然后女人有所觉察，一双眼睛注视着她。她缓缓转头，查看街对面的公寓。

那里有一个——同样盯着她看的——男人，跟她刚刚杀死的一模一样。

一位目击者。

他们四目相对，出于各自的原因都感到害怕。

动力装甲

史蒂夫·路易斯

鲸鱼座 τe 行星格里弗斯农场

午夜前后,夜色正暗,有什么东西惊醒了亨利·格里弗斯,他在床上坐直上身,四处观望,除了妻子贝丝轻柔的呼吸声他什么都没听见。他考虑起床检查隔壁的安全网络……几分钟后,他别无选择。尖厉的警报响起,惊醒了方圆一英里内的一切。

他飞速下床进入农场的安全室,监视器响应远程地面传感器和卫星传感器识别的任何威胁,一闪而亮。他希望只是邻居的牛闯进来——詹金斯在修围栏这件事上是出了名的小气——可是从屏幕上缓缓展现的光亮来看,这个问题显然要麻烦得多。

"汉克[1],怎么回事?"贝丝进来时问道,"又是詹金斯的牛?"

"恐怕不是,亲爱的。"格里弗斯回答,"看起来我们遇到迪比入侵了。"

"糟糕。"

---

[1] 汉克(Hank)是亨利(Henry)的昵称。——译注

"确实糟糕,亲爱的,确实糟糕啊。"

殖民鲸鱼座 τe 行星已经花了几十年,对这颗行星成功进行地球化改造几年之后,外星生物才现身。"维度空间生物"——简称为迪比——通过行星表面或上方不远的维度空间通道来到这里,在毫无戒备的殖民者中犯下累累罪行。要不是一艘拥有厚屏蔽罩、装甲外壳和热激光排炮的巡逻飞船经过此处时停下休整,这颗行星就会饱受摧残。

入侵终于被挫败,空间通道很快关闭,没法撤回的迪比们都被消灭……如今每隔几年它们就会突袭一次,更像是过来找麻烦。

"看起来像宽范围模式,"贝丝隔着格里弗斯的肩膀观察各种屏幕,"通道一直沿着山脊打开,覆盖大部分农场。"

格里弗斯点头。"像那样分布,应该很容易收拾它们,"他说,"我去穿好装甲,你去通知詹金斯和其他人,确保他们在通道完全打开前起床武装好。"

贝丝坐下时,他起身亲吻妻子的额头。

"我们可能还有三十分钟左右的时间,通道才会让它们过来,到那时所有人都要准备好行动。"他说。

"我打电话时你去装备好,"贝丝说,"有什么需要就通知我。"

格里弗斯的动力装甲"绝美"是在一台旧的四臂农业外骨骼底盘的基础上制造的,拥有升级的电源、焊接装甲和每年补充的排炮武器,是他们的传家宝。每座农场都得有一套动力装甲,格里弗斯家族致力维护这套致命的巨型装甲,并以此为傲。

"绝美"启动时,格里弗斯穿上了战斗服——一套二手的海军皮肤衣,提供一定程度的生命支持、身体防护和通信联络功能,让操纵重型机械外骨骼动力装甲减少了很多不适感。接入动力装甲并拉上拉链之后,他检查了弹鼓,进行最后时刻的诊断测试,最后绑好了驾驶座上的安全带。

"贝丝,我进来了。"重装甲玻璃将他封闭起来,"仪表板显示系统正常,现在出发。"

"这里的控制面板也显示你一切正常,亲爱的。"贝丝在动力装甲的无线电通信系统里清晰地回答,"詹金斯和其他人都准备就绪,会在通道打开前出发。"

"收到,"格里弗斯说,"有人协调这次行动吗?"

"恐怕没有,他们所有人都优先保护自家财产。通道关闭后,我们弄清剩余入侵者,就会协调清剿。"

"好吧……我们不会花太久。通道也跟他们一样分散。"

"而且我们不希望詹金斯像上次过来帮我们那样,踩坏我们的围栏。"他们俩都笑了,不过他们修理倒下的围栏并找回出走的牲畜那几周一直没有笑过。

"你想让我去哪个位置,亲爱的?"格里弗斯问道。与此同时"绝美"出发了,它重重踏出谷仓,进入夜色。

"看似一群通道首先要在东区打开,我数出七个,这之后下一群开放的通道有五个,都在南边。"

"这就赶往东区。"

格里弗斯极速前进,沉重的机械外骨骼动力装甲赶路的步伐很快。因为没有威胁，他设定为自动驾驶模式，然后依次检查武器和瞄准系统，确保一切运转正常——诊断显示没有任何问题，不过他早就明白检查两遍的好处，以防万一嘛。

等他来到约十五英里外的农场东区田地，通道正开始闪现，外星维度空间内部的亮光照射过来，产生了罕见的景象，但是格里弗斯没有太大兴趣欣赏。跟自然界很多景象一样，美丽意味着危险。

他在可以观察到七个通道出口——它们紧密地聚在一起——的地方停下机械外骨骼动力装甲，甩下右肩上的重型机关炮，准备射击。十五毫米多管自动炮不是他最重型的武器，但是可靠得很，打击有力，可以对付大多数迪比。

此外，十五毫米弹药很便宜，他射出的每一发都来自农场的运营预算。

"汉克，亲爱的，"贝丝说，"我计算通道打开的时间是三……二……一……就是现在！"

她话音刚落，每个通道拥出一群迪比，它们四下散开，寻找目标，为随后的外星生物让出通道。"绝美"的红外扫描仪在黑暗中把它们标识出来，并且开始自动计数，达到八十的时候通道的闪光开始逐渐变弱。格里弗斯觉得自己得在它们过于分散之前开火。

自动炮管哗的一声开始旋转，达到最大转速时，他开火了，配备五根炮管的武器每分钟倾泻出六百发弹药，扫射最近处通道周围的外星生物。

十五毫米炮弹主要是铜头空心弹，每五发有一发钢头穿甲弹,每二百发有一发曳光弹,它以一千五百米每秒的速度,用明亮的红色弧线标出弹道。炮弹高速飞越战场,照亮夜空,轻而易举就穿透外星人的表皮、肉体和骨头。

第一轮连射扫倒了第一个通道附近那群外星人,然后他转向第二个通道。迪比们此时已经做出反应,一边冲向他,一边散开。他用自动机关炮进行短连发射击,每次射出二十五到三十发,干掉领头接近他的外星人,相信自己能够在它们冲过来之前早早击倒它们。

"汉克?"贝丝问,"有时间听我更新情报吗?"

"当然,亲爱的,"他回答,"不过简单说,我在迎敌。"

"好。詹金斯、安德森和赖特已经就位迎敌,都在对付各自遭遇的第一集群……彼得斯、唐纳森和辛格家还在路上,不过他们的通道到处都是,我们处理掉主集群之后他们也许需要我们帮忙清剿。"

"好的,"格里弗斯说着又射了一通,撂倒了前方五百米处跳过围栏的一组六只外星人,"听起来你好像在跟别的主妇们协调战局。"

"说对了,"贝丝回答,"我们尽量在备用频道互相更新局势,以防它们在某处突破。"

"真棒,"又是一阵射击,又一群外星人被自动机关炮的火力击溃,"我就要解决这一集群了,很快向南移动。"

"收到。注意安全,亲爱的。下一集群的通道更大,而且你赶过去时,它们可能已经完全部署好了。"

"我会小心!"他最后一次击发,干掉了东边田里剩余的迪比，然后转身往南去对付下一集群。

东边的田地这个季节还未耕种，不说别的，等他抽时间把外星人的尸体犁进土里，它们就会成为上好的肥料。

鲸鱼座 τe 行星赖特农场

杰克·赖特讨厌自己的机械外骨骼动力装甲，而且非常确信它也讨厌自己。"嗜血"听起来很凶猛，但第一个字并不是以捕食者的饮食习惯命名——这套动力装甲建立在游乐园移动车辆上，旧的红白油漆使它看起来比赖特想要的更"喜庆"。

保持动力装甲的原始状态属于老爹的遗愿，不然赖特十年前就会把它重建并更名。

"杰克，"他的妻子一边说，赖特一边用自动机关炮朝过来的外星生物开火，"你得搞定先头部队，第二组通道正在打开。"

"海伦，我正竭尽所能抓紧搞定呢。"他说着又咬牙切齿地开火，"嗜血"不是一套缓冲很好的动力装甲，他绝对感受到后坐力的每次冲击都作用在骨头上，"现在对付最后一批，我马上就去第二组通道。"

"我讨厌唠叨，"她回答说，不过杰克一点儿都不相信，"但格里弗斯和詹金斯已经肃清了他们的第一组通道，并且已经前往第二组了。"

"看在上帝的分上，海伦，这不是比赛！"

"在你眼里从来都是这样，杰克，从来都不是……"

赖特快速按下通信设备上的静音键，开始大声骂个不停。与此同时最后一批迪比在他前方死去。他把"嗜血"转向南边，朝河流开进，第二组通道已经在那里开启。他额外又对自己的机械外骨骼动力装甲骂了几句，准备承受这套画着癫狂微笑的动力装甲要传递给他的每一次颠簸和冲撞。

鲸鱼座 τe 行星安德森农场

"疯狂比尔"·安德森是殖民地的老前辈，一位七十多岁、银发苍苍的鳏夫。他自己打造了动力装甲，把一套荒废的农业机械外骨骼变成了一台可怕的战争机器。那是一台结实厚重的暴力设备，缺乏新型动力装甲的流畅线条，但是他和自己的"冲撞"经受住迪比数十年的袭击，没有显露出一点跟不上趟的迹象。

他轻易就解决了第一组通道，此时正站在一座低矮的山上，俯瞰第二组通道缓慢打开。这三条通道非常集中，比他以前见过的要紧密得多。他耐心地等待着它们变大。通道这样聚在一起，迪比会冲进毁灭性的密集火力，对此他当然不会有意见。

不过，这种情形还是令他感到不安。通道通常都间隔开，可能是为了防止互相干扰。虽然人类殖民者丝毫不了解这一切的工作原理，但是跨越维度屏障需要的能量十分巨大。假如这些通道真的重叠在一起，任何事情都有可能发生。

鲸鱼座 τe 行星格里弗斯农场

"汉克，我们有麻烦了。"

"说说看，贝丝。"

"山脊上的虫洞，正在变得越来越强。"

"有多强？"

"强得无法检测，卫星图像显示，它们每分钟都在增长。"

"绝美"正在接近第二群通道，格里弗斯在远处能看见它们关闭着盘旋，一直使用这些通道的迪比们已经降落，正在他的领土上散开。

"我对付第二批的时候，关注一下它们，亲爱的，"他说，"跟其他人保持联络，我不希望腾出时间去收拾残局时，我们这边受到意料之外的打击。"

"收到，"贝丝回答，"我已经朝那边派出一架作物除尘无人机，大约十分钟就可以让我们监控那道山脊。"

"乓——"伴随着这个尖厉的声音，"绝美"的传感器识别到一个物体向他这边移动——速度很快——格里弗斯对准物体移动的方向，放大动力装甲的摄像头拍摄的画面。

十几只迪比正朝他赶来，而且距离很近。

"好啦，贝丝，有些不速之客要来我这儿，我得专心一点儿了，"他说，"结束之后我通知你，不过假如出现极其重要的情况，也要通知到我。"

"没问题，亲爱的，"贝丝说，"多加小心。"

拥向"绝美"的迪比呈宽阔的弧线形接近，分散的范围很广，自动机关炮的扫射无法覆盖。不过他还是朝着右侧射击了几次，做好准备的同时，击倒了三只迪比。

如果你可以把一支一百零一点六口径的武器称作霰弹枪，那么他左肩上的武器就是一支重型半自动霰弹枪。两条弹带给这支武器中的野兽输送弹药，格里弗斯可以发射具有稳定尾翼的弹头或者八盎司的重载铅弹。他用拇指选择了铅弹，在外星人靠近时，收起自动机关炮。

一直让格里弗斯感到不安的是，迪比们看起来一点都不一样。它们大部分是四条腿或六条腿，偶尔有八条腿的；它们的头部通常像狗一样，有长长的嘴，不过很多长着大猫一样的圆脸或鸟类的利嘴；它们的皮肤通常有很厚的皮，不过很多都覆盖着柔软的羽绒或很厚的角质，后者可以充当甲胄提供一点保护。有些迪比身上结合了所有这些特征，至于它们如何且为何进化成这样，格里弗斯早就放弃了思考。

不过它们的确都具有一个共同点，那就是对人类深深的仇恨，人类遇见的每只迪比都只想杀死自己能触及的人类。

"绝美"的霰弹枪大致对准一只从左侧快速接近的迪比，喷出一团钨钢弹丸……那只外星生物速度很快，武器开火时它躲向一旁，但是那团分散的弹丸也覆盖了很大面积。那家伙被三颗弹丸击中后倒地，胸部和头部完全破裂，它身上相当于血液的液体喷洒到土壤里。

外星生物继续逼近，格里弗斯操纵自己的机械外骨骼动力装甲缓缓后退，每六秒左右就射出一团霰弹——弹带填装下一发弹药、枪支闭锁、重型枪管对准目标需要那么长的时间。按照每六秒杀死一只的速度，一分钟就杀死十只，不过它们不用牺牲那么多就会来到格里弗斯跟前，而且那里的外星生物可不止十只。

第一只迪比向他冲过来，这是一只四腿外星生物，身上驻留的外星维度空间能量还在闪烁。它张着大口，露出一排排透着寒光的锯齿。格里弗斯挥起动力装甲的右臂阻挡。更多出于运气而非本意，他在空中成功抓住这只外星生物，并用尽机械动力装甲的力量把它攥紧。

被困在机械手里，这只外星生物向下踢它的后腿，开始乱挠，长长的利爪抓在"绝美"厚实身躯的一块块装甲上。格里弗斯一时以为它可能会抓穿装甲，可是随后动力装甲抓得更紧，这只外星生物被炸成了五颜六色的碎肉。

他甚至没有看见另一只外星生物过来，这一只又大又壮，速度飞快，就像成人推倒小孩儿一样把沉重的动力装甲撞翻。"绝美"的陀螺仪稳定系统努力纠正意外的倾倒时，尖叫着发出警报，但是没起到任何作用。随着一个沉重的撞击声。机械外骨骼动力装甲倒下了，格里弗斯一时被震晕了过去。

等他醒来时外星生物压在他上方，对着玻璃罩又抓又咬，离他的脸只有大约三十厘米的距离。厚玻璃暂时挡住了攻击，但不会坚持很久……格里弗斯需要迅速解决这家伙，然后让"绝美"重新站起来。

外星生物触手可及，所以他的两种重武器派不上用场，他只能激活动力装甲稍小的右臂上的割炬取而代之。割炬可以设定参数进行焊接和切割厚钢铁，是外骨骼机械装甲遗留下来的一项原始功能，格里弗斯一直没有腾出时间更换掉。

用火焰烧灼外星生物的表皮产生了一阵剧痛，这一点都没有减少它对玻璃罩的疯狂抓挠，实际上，情况似乎变得更糟，格里弗斯没法把火焰正好喷射到可能致命的身体部位，只好又承受了外星生物三十秒的攻击，才终于找准了地方。外星生物剧烈地颤抖了一番，然后死掉了。

关闭割炬后他把外星生物从身上推下，缓缓地挣扎着站起。机械外骨骼动力装甲并非出于灵活性而设计，格里弗斯足足花了五分钟时间，才终于重新站立起来。要是周围还有外星生物的话，他早就死定了。

装甲产生很多热量，导致他浑身是汗。他检查自己的扫描设备，并激活了无线电通信设备。

"亲爱的？"

"我在，汉克，"贝丝回复，"你还好吗？"

"皮外伤，有点瘀青，但没有别的状况。其他的情况如何？"

"亲爱的，我觉得我们可能有麻烦了……"

鲸鱼座 τe 行星辛格农场

不同于其他殖民者每个农场由一个小家庭单元负责，辛格家族是一个多家庭集体，运营的农场是其他的两倍大。格里弗斯和别人认为辛格农场有三对明确的"婚姻组合"，根据殖民地法律，这要求他们必须得有三套机械外骨骼动力装甲。

"新月"由家族长辈贾斯沃特·辛格驾驶，基于一套旧建筑装甲的底盘而建造，辛格家族逐年为它加装配备了多块厚装甲板和重型武器。

另外两套动力装甲分别是"小鹰"和"小雕"，基于仓库机器人建造，形态要小得多，不过快速灵活，是仅用于近距离战斗的轻型装甲，大部分时间都在阻止迪比靠近"新月"，保证它能专门进行远距离攻击。

这三套动力装甲已经肃清头两组通道，正在向第三组进发，"小鹰"和"小雕"在前方侦察，"新月"缓缓地跟在后边。贾斯沃特把他的动力装甲切换到自动驾驶模式，从而有时间根据自己地盘上的传感器和头顶的卫星更新战术显示。更新的内容显示出一些不同寻常的动向，他觉得有必要保持谨慎。

"'小鹰'，'小雕'，"他对着无线电通信装置说，"在下一座山头停下……这里有点儿不对劲。"

"'小鹰'明白，"贾斯沃特的大儿子阿贡回答，"山头安全，掩护左翼。"

"'小雕'明白，"他的女婿库拜回答，"十五秒后清理峰顶，掩护右翼。"

两套小型的动力装甲到达山上的掩护位置，"新月"在后边缓慢移动。

"这里啥都没有，兄弟，"阿贡说，"我要向下一座山头推进吗？"

"不行，"贾斯沃特说，"我需要评估形势才能远离家园。"

"这里一片荒芜，"库拜回答，"没什么需要评估。"

"的确如此……可是应该有的。"

贾斯沃特的机械外骨骼动力装甲赶上两套小型动力装甲，俯瞰下方犁过的平坦农田。下一座山头还有一英里远，过了那座山才是下一组通道，它们随时将会开启。

"我们最初的读数显示，下座山头的另一边有六条通道要开启……现在的读数显示只有四个。"

"通道更少是好事，不对吗？"库拜问。

"通道从来不会直接消失,"贾斯沃特回答,"它们开启再关闭,这些还没有开启就有两个不见了。"

"我不明白。"阿贡说。

"我也不明白,"贾斯沃特说,"不过现在探测器又显示只剩两个了。"

鲸鱼座 τe 行星格里弗斯农场

"汉克,山脊顶部的通道在消失,"贝丝说,"不是打开,而是消失,大约每分钟消失几个。"

"我们看到山脊线了吗?"格里弗斯回复,"传感器可能受到了影响。"

"抱歉,亲爱的,有东西击落了无人机,"贝丝说,"我又启动了三套,正在给它们安装摄像头,几分钟后就会起飞。"

"好主意,亲爱的。还有别的情况要报告吗?"

"有一些。詹金斯正在封堵他那里的通道,但是不怎么急迫。'疯狂比尔'·安德森想了解是否有人需要他的帮助……不过他的土地上似乎仍然还有开放的通道。"

"詹金斯慢悠悠地处理只是为了不用来帮助清理山脊线,"格里弗斯说着轻声一笑,"'疯狂比尔'想帮助别人,是为了能够从殖民地的账目上获取弹药和燃料。"

"此外,辛格家跟往常一样,看似已经控制住他们的区域,其他人在向山脊进发的过程中肃清残余。噢,无人机出发了。"

过了一会儿,"绝美"的传感器识别到一群作物除尘无人机高速飞往山脊线。它们经过时,贝丝把视频信号直接传给动力装甲，格里弗斯在三个镜头画面之间来回切换。

一开始不出他所料，画面上只有深耕的田地。随着无人机飞出他的领地，野生植被越来越多，大部分是高高的树木。无人机飞过他家围栏外的第一片树林时，一台摄像头掉线了。

"贝丝，怎么回事？"

"不清楚，亲爱的，"贝丝回答，"我会回放视频信号检查一下。"

无人机此时正在接近山脊线，格里弗斯切换控制权，让它们以更不规则的方式移动。尽管采取了这样的措施，第二个摄像头还是掉线了。

"亲爱的！"

"正在处理，汉克，正在处理呢！"

仅存的摄像头终于来到山脊线，格里弗斯此时手动操纵，尽可能让这架无人机的飞行路线变幻莫测。拍摄的情况不容乐观。

可以说，外星通道的确正在消失。格里弗斯观察到，两个通道口缓缓地扩张，最后它们的边缘相接，融为一个大通道口。整条山脊线上的通道正在合并为一体，根据当前的速度，用不了太久它们就会合成一个巨大的通道口。

"贝丝，放下你手中的工作，看一眼这个！"他急切地说，"尽可能多接收信号，以防我损失这架无人机。"

片刻的沉默中，格里弗斯能在无线电通信设备上听见贝丝的呼吸在加快。

"老天！"

"把这传给其他人，确保'疯狂比尔'和辛格一家了解情况……假如有谁知道是怎么回事，那一定是他们。"

"没问题，亲爱的！"

"还有，贝丝？"

"什么事，亲爱的？"

"也许现在应该启动堡垒了。"

鲸鱼座 τe 行星赖特农场

"嗜血"应付头两个通道群的时候，受到一些磕碰，但是都不严重。杰克深信自己被撞得比机械外骨骼动力装甲更严重，他可以感觉到皮肤撞上坚硬金属的地方已经产生了瘀青。他已经不是头一次跟自己承诺，要搞一套更好的战斗服，并在驾驶舱内各处都安装一些衬垫。

他正在接近自己这边的第三个通道群。"嗜血"被设置成自动驾驶模式，他借此机会把动力装甲背部下方存储箱里的机枪子弹移到内部弹药仓。

"杰克？"

"你有什么事，海伦？"手头的工作被打断，他烦躁地问道，"我这有点忙。"

"不听我的话，你就会忙于躲避迪比，"海伦回答，"我有一段来自格里弗斯的视频。"

"汉克和贝丝遇到麻烦了？"

杰克敲下停止自动驾驶的按钮，让"嗜血"在摇晃中停下。尽管格里弗斯成了杰克难以企及的高标准，但是他对格里弗斯颇有好感。要是他们俩都需要帮助，那情况可就太糟了。

"我看我们都需要帮助，"海伦回答，声音里已经透出真正的担忧，"我正把视频传给你。"

杰克观看视频并认出标志着殖民区域最南部边界的山脊线。迪比通常把通道口设置在那上边，从而有时间分散开并增加数量。可这回看起来不对劲。

现在只有三个通道口，每个都很庞大，而且还在缓缓增长。中间和左侧的连接并融合在一起，然后通道口只剩下两个。几分钟后，另外一个通道也被吞并，留下一个覆盖整条山脊线的巨大通道口。

"这到底是怎么回事？"他问。

"我不知道，杰克，"海伦回答，"不过可以肯定不是什么好事。"

"别人怎么说？"

"詹金斯说他得操心自己的通道，不过解决掉那些以后，他会来帮一把。辛格家正在搞定最后一组，过来这边之前会派一些无人机关注局势。'疯狂比尔'正在赶往格里弗斯农场。"

"他已经解决自己的了？"

"没有，但是他觉得这个问题更严重。他已经让孩子们去格里弗斯家。贝丝启动了堡垒，那里有很大的地方。"

"你也可以考虑过去。"

"我没事，"海伦说，"而且你穿着巨大的小丑服到处走，需要我帮你摸清情况。"

杰克憋回一句脏话，他妻子总是知道如何刺激他。

"你随便。"他说完停顿一会儿，控制住自己的情绪，"不过如果局面失控，我希望你离开那里，去一个安全的地方。"

"天哪，杰克·赖特，这是多少年来你最甜蜜的一回！"

鲸鱼座 τe 行星格里弗斯农场

贝丝从农舍控制室快速跑向位于屋后院落中间的巨型钢筋混凝土建筑，它按照军标被打造成加强型指挥控制设备，被亲切地称为"堡垒"，是格里弗斯祖辈的遗产，他们预见到跟迪比的战争会持续几代。

堡垒有自己的核裂变反应堆、水箱和食品补给，能轻松容纳总部人员生活三个月，加上通信链接和防御炮塔，它此刻是一个不错的地方。

堡垒里的屏幕已经启动，清楚地显示出最后一架无人机的信号、"绝美"的摄像头画面、卫星图像和遍布农场的各种安保摄像头。跑进堡垒后，她拨动安全开关，把充当大门的钢筋混凝土板下放到合适位置，钻进自己的战斗服并戴好指挥头盔。

"汉克？你能听见我吗，亲爱的？"

"一清二楚，贝丝，一清二楚，"格里弗斯回答，"情况如何？"

"糟透了。那个巨大的通道口正在产生极端的读数，甚至已经完全超出了堡垒传感器的检测范围。"

"通过无人机的摄像头，我得不到多少具体信息，"格里弗斯说，"有我需要了解的吗？"

"我看到沿着通道口产生大量闪光，看起来它准备开启了。"

"对此我感觉不怎么乐观，贝丝——"

通道开启，迪比蜂拥而出。头顶的卫星追踪它们的热源，自动开始计数。贝丝观察到计数值快速攀升时,惊得目瞪口呆。一百、二百、四百、七百、一千……上了四位数时,她勉强从屏幕上移开目光。

"贝丝?"

"汉克,亲爱的?快离开那里!"

她通过"绝美"的摄像头可以看出,动力装甲正在移动,以自动驾驶模式后退。格里弗斯是一个特别优秀的驾驶员,绝不会转身逃跑,他想把武器一直放在自己和敌人之间。

"正在撤退,"格里弗斯十分冷静地说,"你要我去哪儿?"

"只要离开那里就行,亲爱的,"贝丝说,"传感器显示有三千迪比,而且数量还在增长。"

格里弗斯领会这个数字时,两人陷入一阵沉默……这代人曾遭遇过的最大一次袭击只有不到五百个迪比,那已经达到了殖民地能够抵御的极限。许多家庭在那天牺牲,殖民地至今没有完全恢复。

"贝丝,我需要你把这个消息通知其他人,立即通知……我们需要把所有的机械外骨骼动力装甲调集到一起。"

"明白,亲爱的。我这就办。"

鲸鱼座 τe 行星詹金斯农场

基思·詹金斯正在经历糟糕的一天。他打心底里痛恨迪比……确切地说,他痛恨它们让自己做不愿做的事情。他今天不想离开农舍,当然更不想穿上机械外骨骼动力装甲战斗。

唯一可取之处在于,曾经的中型农业外骨骼装甲"牧羊人"

经过多年的整修，已经有了突出的舒适度和速度，所以他可以在农场里到处走动，尽量避免战斗。随便哪个傻瓜都可以战斗，为什么要对此感到不安呢？

"牧羊人"的主武器是一架远程三管自动炮，可以连续发射三轮三十五毫米高速炮弹。长炮管严重影响外骨骼机械装甲的重心，所以他得站定射击，但是跟别的农场主伙伴相比，长炮管意味着他可以从远得多的地方打击迪比。

此刻他正处在一座山头的树丛中，胡乱射击他的地盘上一点五英里外第二组通道周围成群乱转的迪比。在这个距离上，准确度不是很好，不过他大约每三轮射击就会击中目标，迪比们还没弄明白打击从何而来。

他的妻子杰西出现在屏幕上的时候，动力装甲上视频通信设备的噼啪声打断了他。

"基思，我收到格里弗斯的最新消息，"她说，"山脊线那边形势严峻，他们需要你立即过去。"

"告诉他们，我忙着解决自己的问题呢。"说着他又发射了一轮，看到至少一枚钨钢弹击中了外星生物，把它重重击倒在土地上，然后他挥起了拳头。

"我认为他们真有麻烦了，基思，"杰西说，"其他大多数人都响应号召，已经往那边出发了。"

"他们已经解决自己所有的通道群了？"

"没有，放任不管了，"杰西回答，"所以我才认为问题严重。"

"'疯狂比尔'怎么说？"

"噢，他说得可太多了……主要集中在如果你不赶紧装备好跟大伙一起战斗,他会拿你怎么办。当然,是在你活下来的情况下。"

詹金斯叹了一口气,"疯狂比尔"就是那样,疯狂。他讨厌听从比尔的意见。"早先"的一切都比现在的更大、更强、更结实,比尔用年纪换来对别人的影响力,从什么时候开始年长成了正确的代名词?

"告诉他们我正在交战,会尽快赶过去,"詹金斯说,"动力装甲还有点毛病,我觉得我没法安全撤退,所以我得杀出一条路。"

"动力装甲出毛病了?从'牧羊人'给过来的信号上我可没看出来。"

"不是,动力装甲没问题……不过他们不用了解。"

他又开火射击,完全没打到目标。"基思,"杰西叹息着说,"形势严峻,你得考虑做该做的事,就这一次。"

"你说得对,"他回复,"我会考虑。"

鲸鱼座 τe 行星彼得斯农场

卡尔·彼得斯几乎不知道是什么击中了他。他自己的土地上出现了三组通道,几乎没怎么费心就把它们肃清,他的机械外骨骼动力装甲名叫"铁拳",是一套可以信赖的动力装甲,防护坚固,武器可靠,迪比没有造成多大威胁。

作为最小的农场,被夹在南方山脊线和漫长河之间,他遭遇的通道群相对集中,所以没有花费多少时间就找到并消灭了来犯的迪比。

屏幕空了一分钟,然后突然有一堵迪比组成的墙向他拥过来。"铁拳"的传感器数出了看到的迪比，数字显示出来时，他站在那里被惊呆了，就这样浪费了宝贵的几秒，不过用那几秒做什么都来不及。

他取下"铁拳"的机关枪，以最快的射速打了几轮，把接近的外星生物像割草一样放倒。高速钨钢弹钻透外星生物的身体，可它们还是前仆后继。

迪比的攻击如此迅速，他都来不及用其他武器射击……外星生物组成的墙把他撞倒在地上，他被震晕了一会儿。集群中有东西力大无穷，挥动能够穿甲的利爪完全刺透了他的防弹玻璃罩，直击他的胸部。他甚至没有发出一声尖叫就牺牲了。

当然也没有跟通过"铁拳"的视频目睹这一切的妻子告别。

鲸鱼座 τe 行星唐纳森农场

"愤怒安迪"·唐纳森第二个牺牲。他的机械外骨骼动力装甲名叫"水手"，是他祖父五十年前购买并改装的古老的战斗机器人，用军事武器重金打造，承载着家庭的骄傲和快乐。

当然它也很昂贵，建造和维护费用几乎让他们家破产。其他农场主早就忘了他从哪儿得到这个外号，不过都觉得他还在因为祖父给他堆出的机械外骨骼动力装甲大而无用而生气。

唐纳森农场也在南部，比毗邻的彼得森农场的面积大得多，他有两组通道要对付。他的主武器是一台贵到离谱的作战激光炮，发射直径七十六点二毫米的光束，几乎可以蒸发一切击中的目标，它针对其他重装甲武器进行设计，用在无装甲的目标上简直是用牛刀杀鸡。唐纳森恨死这门激光炮了。

迪比冲击彼得斯的浪潮此时正冲向唐纳森，他明白自己肯定不会安全脱身，便站定在一座矮山梁的顶部，获得了开阔的射击空间。他准备好武器就开始射击。

他的激光炮需要时间再充电，每四秒才能射出一道致命的光束，有充足的能量射穿命中的第一只迪比，然后继续射向下一只。从他所在的高处，一次准确的射击能杀死三四只迪比，然后才射到地面。这样很有效率，但是对付这么大规模的集群没用。

他知道，自己不会生还……应该联系妻子了。

"萨拉，你在吗？"

"在，安迪，我在这儿。"萨拉回答。

"我需要你拿上自己的物品，到格里弗斯那边，躲在他们的堡垒里。"

"好的，"她说，"路过时来接我。"

"这回不行了，萨拉，这回不行。"

他知道萨拉能看见他的视频信号，能看见外星生物组成的宽墙正迅速朝他逼近。他知道萨拉明白结局如何。

"安迪？"

"快去！"

"我不能就这样抛下你……"

"不，你可以！别让我白白牺牲。"这时他取下辅助武器，一门发射高爆弹药的一百零一点六毫米火炮，开始用它打击密集的外星生物集群。他几乎弹无虚发。

萨拉已经放声大哭起来。

"萨拉……现在告别吧,趁着我们还有机会,然后离开。"

"安迪……我爱你。"

"我也爱你。"他因为还在激战,才得以控制住自己的情绪,可是他能做到的也只有不哭出来。

"再见,萨拉。"

他切断视频信号,知道只要自己还活着,萨拉就会尽可能留在那里。他知道自己会死,但是希望萨拉有更多时间前往格里弗斯的堡垒。

两种武器此时都在以最快的速度开火,他取消了安全限制,使它们一直保持高射速。他明白激光器将要烧毁,火炮炮管很快也会扭曲变形,但是也顾不上考虑那么长远了。

还剩一百米,激光炮因为过热而停止射击。

还剩五十米,变形的炮管导致供弹故障而堵塞。

还剩二十米,他设法举起近距离武器,一对十毫米机枪和一支火焰喷射器。机枪击中了几只靠近的外星生物,但是由于缺乏重型武器的瞬间击杀能力,被他击中的外星生物刚好给后边的同类当了几秒钟的移动护甲,这正是它们所需要的。

有东西从左侧把"水手"击倒,然后一群迪比扑到他身上,对装甲又抓又凿,渴望够到里边的人类。他的装甲很坚固,可以说极其坚固,不过他明白,支撑不住也是迟早的事。

此时他已经把机枪设为自动模式,可它们没有装甲的保护,只坚持了几秒就被一只迪比用爪子切入金属,失去了作用。

火焰喷射器持续了更久一些,把他右边的一切都烧成了灰。火焰喷射器藏在水手的左臂里,受到了充分的保护,可是一定是有一只迪比切入很深，割断了燃料输送管。火焰噗噗作响，然后熄灭了，与此同时，火焰喷射器的燃料喷洒得他身上到处都是。

这下没有了武器，他只能用动力装甲胡乱地拳打脚踢，每次结实地击中外星生物的身体，也能要了它们的性命。然而外星生物在他身上的压迫使得在它们中间有效踢打越来越难。

突然，一枚报警信号灯亮起来，他几乎没有时间察觉——有东西切入他的右臂，击中激光炮外壳，造成小型核聚变反应堆短路——这时一个火花点燃了倒地的机械外骨骼动力装甲周围流淌的火焰喷射器燃料。爆炸威力不大，可它引爆了弹鼓里剩余的高爆炮弹，这反过来又撕裂了核聚变控制容器。

最终的爆炸杀死了数百迪比，它们被炸成碎块散布在农场里，可是在一个数千迪比的集群里，这其实根本不算什么。

鲸鱼座 τe 行星格里弗斯农场

格里弗斯站在一座宽阔的矮山上四处观察。

"绝美"位于一排外骨骼动力装甲的中间，右边是"嗜血"，左边是"冲撞"，还不够对付一大群致命外星生物，可这是他们能尽的最大努力。

"汉克，亲爱的？"贝丝在联合指挥网上说。

"我在，贝丝。"

"辛格正在赶过来的路上，不过他们需要点时间。詹金斯说他的动力装甲受损，不确定何时甚至是否能赶来。"

"装甲受损是扯淡吧，""疯狂比尔"说，"他要么懒得要命，要么胆小如鼠。"

"总之,我们指望不上他,所以暂时只有我们仨,"格里弗斯说,"如果我们能坚持到辛格一家赶来,也许就有机会。"

"我们总还可以躲在你们的堡垒里,"赖特说,"那底下有很大地方,能住下所有人。"

"我们终归要出来,""疯狂比尔"回应,"对于整个殖民地来说,最好的机会就是趁现在它们聚在一起,我们驾驶动力装甲对付它们。"

"我同意,"格里弗斯说,"我们尽可能在这里多杀死它们,然后杀出一条路撤退,这样至少会延缓它们一下。"

"指挥和控制组给出一些建议的撤退路线,"贝丝说,"我现在把数据发送到你们的自动驾驶单元。"

"绝美"收到数据时发出嘀的一声,格里弗斯迅速地检查了一下,才把它设置为自动驾驶程序。

"收到,贝丝,谢谢。"他说。赖特和"疯狂比尔"也都回应收到信息包。

"我已经把我们所有的无人机都装上了摄像头,海伦·赖特把她的也送了过来,"贝丝继续说,"我们应该会收到不少实时视频,我会根据你们的需要转接进来。"

"卫星显示的情况如何?"赖特问。

"不容乐观,"贝丝说,"迪比组成一堵墙向你们逼近,几分钟后就会看到,还有一些通道暂时没有开放。"

"看到彼得斯和唐纳森了吗?"格里弗斯问。贝丝停顿了很久才回答。

"传感器上没有信号,卫星图像上也没有。从无线电也都呼叫不到。"

"这可不妙。"

"确实不妙,"贝丝继续说,"朝你们逼近的集群可能正好扫荡过他们的农场。"

准备应战的最后时刻,三人都陷入了沉默。

鲸鱼座 τe 行星辛格农场

贾斯沃特·辛格站在一座陡崖上,身下的"新月"正在向山谷里倾泻死神。他的机械外骨骼动力装甲主武器是右臂上的一对七十六点二毫米远程火炮和左臂上的重型火箭发射器。每门火炮每六秒发射一发高爆弹,结合起来就能达到每三秒射出一发,在拥向他的迪比集群中引爆弹药,钨钢弹片在外星生物的队形中炸出巨大的缺口。

火箭发射器是一个呈盒子形状的六管武器,可以单发发射,也可以六发齐射,没有火炮那样精准,但也不需要。六发齐射充分散开,爆炸后弹片覆盖很大区域。对于这种大范围爆炸来说,足够接近目标就够用了。

唯一的问题是重新装弹较慢,他得每隔五分钟才能进行一轮齐射。

"小鹰"和"小雕"在他下方的山腰中部等待,两个驾驶员紧张地看着逼近的集群。他们的武器没有"新月"的远距离覆盖能力,但是在近距离可以致命……有多致命,在这种规模的敌人中他们杀死蜂拥而至的迪比可以有多快,正有待验证。

此时外星生物距山脚还有五十米,在近得用不上重型武器之前,"新月"还有时间进行最后一轮火箭齐射,现在他只能瞄准在后面跟随的外星生物,并希望另外两套机械外骨骼动力装甲能解决其他的。

随着迪比接近,"小鹰"和"小雕"开火了。它们各自的手臂上都安装了一对互相联系的十五毫米机枪,每一架每分钟能发射超过八百发实心钨钢弹和空尖弹的混合弹药。每条手臂可以单独发射。它们在前方打造了一面子弹墙,把集群的前几排杀死在了途中。

下一波冲击遭遇了同样的命运,可是每一个倒下的外星生物都为后边的形成一座小型掩体,随着掩体的不断增长,两套动力装甲缓缓向山上后退,希望维持一定的高度差,这样它们就能射击聚集在掩体后的外星生物。

然而在掩体的左右两侧边缘,更多的外星生物蜂拥过来,"小鹰"和"小雕"转身面对新的威胁。

"小鹰"的重武器是一对肩上发射的半自动迫击炮,只有五十米射程,但是能在几秒内清空五发装弹夹,形成几乎瞬间摧毁大目标的充足火力。

阿贡·辛格踩着脚踏板发射迫击炮,对着靠近的集群清空了弹夹。迫击炮的初始目标设置是四十米距离,后续每发增加几米……前三发是击倒来犯之敌的高爆弹,第四发在空中爆发,四处抛撒一块块白磷。

在耀眼的白光下,炽热的白磷钻进外星生物的皮肤,把它们点燃,有些瞬间就倒下,白磷进入体内深处,从里面把它们烧熟。尽管它们受到这样严重的伤害,但是仍然前仆后继。

第五发是凝固汽油弹,把燃料喷洒在整个山腰上,只要粘上就会被剧烈的火焰覆盖,很少有外星生物从中生还。阿贡发射迫击炮的同时还在用两支机枪精准地射击。

在他身后,库拜把"小雕"的重武器,一对火焰喷射器,扛在了双肩上。不同于其他机械外骨骼动力装甲的小型火焰喷射器,这两支是军用级,喷射炽热的离子焰,把接触到的一切都烧成灰烬。他的策略是让外星生物来到二十米以内,然后朝它们喷出一团离子焰。

它们成打地死亡,死去的外星生物也完全不会形成掩护,因为它们在极度高温中都化成了灰烬。为了防止刺眼强光的照射,"小雕"的玻璃罩变成了深色,结果挡住了他前方的视野。

他切换摄像头采集的信号,接入"新月"的视频,获得第三方战场视角,调整火焰喷射的方向,对准了一群要从侧翼靠近的外星生物。虽然最后一具烧焦的尸体离他只有一米左右,但它们绝不会成功。

贾斯沃特此刻重新填装了所有火箭弹,寻找值得消耗六枚高爆弹药的目标……可惜还没有出现,只有小股迪比试图翻越"小鹰"和"小雕"用机枪造就的尸体堆,他只好先开炮攻击它们。

他使用指挥组件检查了自己这支小队的弹药量,每一种都在减少,而他知道就要耗尽。很快,离子喷射将没有燃料,机枪的弹仓即将见底,到那时他们就有大麻烦了。

突然,一切都结束了。它们的侧翼攻击徒劳无功,余下的迪比直接拥向山上,聚在一起从它们自己人的尸体堆中推进,贾斯沃特花了一秒钟时间用火箭弹瞄准并开火,六枚火箭在它们之中引爆,这一群迪比都被炸飞。

辛格家的三人在他们的机械外骨骼动力装甲里坐了一会儿,很高兴在恶战之后还能活着,然后他们又回到手头的正事上。

"'小鹰''小雕',报告。"贾斯沃特平静地说。

"'小鹰'完好无损,"阿贡回答,"重武器打光,机枪子弹剩余百分之五。"

"'小雕'完好无损,"库拜补充,"离子焰用光,机枪子弹剩余百分之九。"

"'新月'完好无损,"贾斯沃特说,"火箭弹打光,还剩六发炮弹。"

"我们没法战斗了,老爸,"阿贡说,"我们没有足够的弹药杀到格里弗斯农场那边。"

"同意,"贾斯沃特回答,"我们回家。"

鲸鱼座 τe 行星漫长河 / 唐纳森农场

萨拉·唐纳森和死去的丈夫已经把农舍当成自己的家,所以她离开时,脸上还挂着泪水。她想冲到战场,不切实际地期望安迪设法逃生。不过她明白,那毫无用处……简直就是自杀。安迪在"水手"上没法生还,没有全副武装的动力装甲,她去了也没有生还的可能。

她飞奔到库房,推出一辆摩托车,为了应对紧急情况,两辆摩托车总有一辆是充满电的。她把自己的小旅行袋塞进摩托车的挂篮,然后蹬车并拨动启动开关,让电机开始工作。

她曾定期去格里弗斯家串门，把飞快加速的摩托车转向与漫长河并行的土路，随它前往毗邻的农场。河流的名字源自一个世纪前的勘测报告，她和安迪总是拿它来开玩笑，这一次它似乎的确"漫长"。

　　前方是安迪的爷爷建造的混凝土桥，老唐纳森的纹饰刻在所有四根混凝土立柱上，驶向桥梁的途中，她想到自己跟安迪再也不会拥有子孙，她的眼睛又模糊了。

　　沉迷在自己的思绪里，她既没注意到河水中泛起的涟漪，也没注意到外星生物从水中出现时闪闪发亮的身体。

　　三只迪比趁着她从桥上经过时跃出河流，把她撞下摩托车，又摔在一根混凝土柱子上，尽管一直戴着头盔，她还是被撞昏，一群迪比冲出水面，把她的身体撕碎，头盔也救不了她。

　　她死去时甚至不知道自己怀了安迪的孩子。

鲸鱼座 τe 行星格里弗斯农场

　　三套动力装甲尽力守住了防线，它们用远距离武器延缓大群外星生物的前进，同时自己沿着山丘一路缓缓后退。不过弹药很快就要告罄，他们都知道自己的弹药没有迪比的数量多。

　　"汉克，亲爱的？"贝丝突然在无线电上说话。

　　"有点忙，贝丝，"格里弗斯回答，"除非你有值得一听的重要消息，我没多少时间聊天。"

　　"我的消息好坏都有。"

　　"先说好的，""疯狂比尔"插嘴，"我觉得此时此刻我们需要好消息提振精神。"

"好吧,"贝丝说,"海伦已经让部分无人机搭载弹鼓,朝你们的方向飞去,给你们提供弹药支援。"

"这真是好消息,亲爱的,"格里弗斯说,"要是眼下的状态持续再久一些,我就要朝它们扔石头了。"

"无人机没法帮你们重新装弹,只能空投在附近。"

"没关系,亲爱的,扔在附近,剩下的工作我们来完成。"

然后传感器检测到无人机接近时,三位驾驶员切换到人工驾驶状态并靠近了一些。送来的弹鼓有六个,每人两个,无人机飞得又低又慢……显然海伦把它们装到了满载。

这样做当然好极了,他们就需要这样。

"杰克,你的弹药量如何?"格里弗斯问。

"能派上用场的几乎都要耗尽了,"赖特回答,"我还剩了一些近程弹药,不过真希望用不上它们。"

"好吧,你先装弹。我和'疯狂比尔'掩护。"

"明白!"

"动作快点,""疯狂比尔"补充,"我也只剩最后的几发弹药了。"

"嗜血"退出序列,留下"绝美"和"冲撞"面对大群的外星生物。两架无人机从他们头顶飞过,把沉重的弹鼓投放在几米远的软土地上……一个弹鼓摔在石头上破裂开,把自动火炮的弹药撒得到处都是,但是另一个弹鼓完好无损。

驾驶员也是才刚了解到,"嗜血"的一个长处就是它比通常的机械外骨骼动力装甲有更灵活的双手,相对容易捡起弹鼓,弹出耗尽的,并直接重新装载到等待的弹鼓装载器中。"相对"

的意思是，他仍然需要几分钟时间，然而他暂时退出的战斗却分秒必争。

格里弗斯十分清楚自己的弹药供给在快速耗尽，每次有节制地打出两三发弹药，永远也不会有效地打击迎面而来的大批敌人，不过击杀领头的外星生物会为他们争取一些时间……不知道这一点点时间有什么用，不过也许辛格一家会及时赶来，援救困在堡垒里的妻子和孩子们。

"疯狂比尔"更倚重自己的重炮而不是轻型自动火炮，他还在持续射击，高爆弹药撕扯敌人的肉体，也造成了一定程度的混乱，这起到了一点延缓它们的作用。虽然还不够，但是一切都有帮助。

"汉克，""疯狂比尔"一边开火一边说，"我刚刚想起一件事。"

"什么事，比尔？"格里弗斯在回应的同时，用超大号霰弹枪朝一群找打的外星生物射出一团钨钢弹，"你家煤气忘关了？"

"不是，""疯狂比尔"大声笑着说，"你那位老婆，根本就没告诉我们坏消息。"

"没错，"格里弗斯说，"贝丝，亲爱的？你还有消息要告诉我们吗？"

"坏消息？现在就想知道？"

"当然！我们还能更糟糕吗？"

在一阵停顿中，格里弗斯能听见他妻子清楚的吸气声。

"山脊线上的巨型通道……还没有关闭。"

驾驶机械外骨骼动力装甲的三个人体会这句话的含义时，都愣了一下。通道放出它们传送的迪比之后通常都会关闭，一向如此。

"噢，该死！"赖特说，他正努力把最后一个重新装载的弹鼓推送到位。

"这可真是屋漏偏逢连夜雨。""疯狂比尔"补充道。

鲸鱼座 τe 行星辛格农场

三套站立着的动力装甲都敞开着驾驶室，家庭成员竭尽全力快速修理和填装弹药，与此同时，三名驾驶员站在农舍安全室的战术显示屏周围。图上的情况看起来很严峻，他们担心格里弗斯和其他人没法继续坚持。

"假如我们快速行进，"阿贡说，"'小鹰'和'小雕'也许可以及时赶到那里，提供一些帮助。"

贾斯沃特摇摇头："你们需要'新月'支持，你们没有有效影响战局的火力。"

"我们可以提供近距离防御，就像配合你一样，在他们清理迪比时防止它们靠近。"

"好主意，兄弟，"库拜说，"可那样'新月'就没有了支持。"

"得有人留下来守护家庭。"

这句话让贾斯沃特皱起了眉头，他儿子看到后安静下来。"假如格里弗斯和其他人倒下，守护别的什么都没有意义，"他指着卫星图像上拥向远处农场的迪比说，"殖民地的生死存亡取决于格里弗斯农场。"

"我们怎么办，老爸？"阿贡问。

"竭尽全力，孩子，竭尽全力。"

鲸鱼座 τe 行星格里弗斯农场

最后用尽弹药时,"绝美"的自动火炮呼呼旋转着发出咔嗒声。格里弗斯只剩下最后三发霰弹,然后就只能等到迪比来到近处才能发挥作用,到那时,它们将到处都是。

"汉克!"无线电上突然传出赖特的声音,"我已补充好弹药,轮到你了!"

"嗜血"走到他旁边,朝外星生物开火时,小丑脸上展现出夸张艳丽的红色笑容。赖特现在已经完全不担心弹药,正用最快的速度开火——毫无疑问,他的每种弹药都有不少的目标。

格里弗斯退出防线,快速走向无人机给他投下的那堆弹药仓,"绝美"是一套大型外骨骼动力装甲,有大量弹药存储空间,他知道自己得花上一阵子才会装满。

"该死,""疯狂比尔"突然说,"我也没有弹药了,只剩下近战武器和我的拳头!"

"我能顶住它们,"赖特回复,"不过你得快点!"

"比尔,拿上你的弹药仓,前往下一座山头,"格里弗斯说,"我们会掩护你,你在那儿重新装弹,然后掩护我们撤退。"

"收到!""疯狂比尔"捡起他的弹鼓,跑向下一座山顶,"冲撞"的伺服电机被他发挥出了最大速度。

格里弗斯补充弹药时,能听见身后的开火声。

"汉克,"赖特在无线电上吼道,"我十分需要你的支援!"

格里弗斯用"绝美"的下方双臂拾起余下的弹药,转身回到防线。他放下肩上的重武器,给它们重新装弹。

外星生物集群此时只有几百码远,动力装甲的传感器显示出面前还有数千外星生物。的确,他们能看见集群比之前变小,可都明白这还不够。

格里弗斯开始开火,自动火炮达到最大射速,霰弹枪只要填充好弹药就会喷出一片钨钢弹。在它旁边,"嗜血"发射的弹药不相上下,迪比的伤亡数量也很惊人。

但还不够。

"汉克,"一个直接的私人频道上传来赖特的声音,"我觉得我们要撑不住了。"

格里弗斯知道他这话不假,但是真心不愿承认。

"我知道,"他轻声说,"但是我们得战斗到底,尽可能把最好的机会留给辛格和其他人。"

"我也是这样想的,"赖特说着又打出一轮子弹,"我只是不希望白白牺牲。"

两人沉默了好久,飞速射击并切换火力打击威胁最大的目标。

"汉克,亲爱的!"贝丝急迫的声音插入进来,"我需要你们离开那座山头,立即离开!"

"什么?"

"别争论了,赶紧离开那里!"

格里弗斯耸耸肩,以最快的速度驱动"绝美"下山,片刻之后,他看"嗜血"也下来了。最前面几排迪比从身后追上来,只有数十米远。

他的动力装甲探测到有物体从低空高速飞来,并发出信号提醒。头顶有物体飞过时,他本能地低头躲避,刚刚经过半山腰,另一侧的山坡上就发生了剧烈的爆炸,把"嗜血"和"绝美"震得双双摔倒在地，滚下了山坡。

鲸鱼座 τe 行星南部山脊线 / 詹金斯农场

詹金斯的一天也没好到哪儿去，杰西给他发送了视频和卫星信号，他知道殖民地要彻底完蛋了。格里弗斯和其他人打退迪比的可能性不大，但是作壁上观无助于任何人，包括他自己。

"基思，我识别到山脊线上有动静，"杰西说，"大量生物奔向格里弗斯家。"

"那样的话，他们可就遭殃了，"他回复说，"也许你最好收拾下东西，我们躲到野外等下一艘飞船到来。"

"也许没那么糟，基思……那一大群迪比根本没有显示在卫星图上！"

"怎么着？格里弗斯那个混蛋独自搞定了整整一群？"

"不清楚，"杰西回答，"不过也许值得过去看看，以防万一。"

"好主意，杰西，"詹金斯说，"这次过后应当从殖民地的账目上多要点东西。"

他把"牧羊人"转向南方，开始在心里算计守卫殖民地他该要点儿什么……他想要的可真是太多了。

鲸鱼座 τe 行星格里弗斯农场

格里弗斯颤抖着，奋力让他的机械外骨骼动力装甲站了起来，然而不管是什么原因让它摔倒，这么大的力量足以让陀螺仪失准。

听力开始恢复时，格里弗斯才注意到自己的耳鸣，它平息以后，格里弗斯听见贝丝通过无线电呼叫他。

"汉克！汉克！你听见没有？"她的声音慌张，格里弗斯不清楚自己昏过去多久。

"我在，亲爱的，"他回答，"别喊了，告诉我刚刚究竟发生了什么？"

"噢，汉克，亲爱的！"她的声音明显放松了下来，"我还以为失去你了！"

"没有，我还活着……我错过了什么？"

"你错过得太多！辛格一家赶过来，小型外星通道全部关闭。辛格家的两个孩子正往我们这儿走，应该在二十分钟内到达。"

"只有两个小辈？"格里弗斯问，"贾斯沃特战死了？"

"贾斯沃特没事！"贝丝回答，"他们拆下'新月'的核聚变电池，用无人机运过来，还接入了遥控引爆装置。"

这让格里弗斯停下来思索……核聚变电池既昂贵又不稳定，从机械外骨骼动力装甲取出它再安装到作物除尘无人机上，要求动作迅速，而且有很高风险。

难怪贝丝紧急让他离开山头！

"等等……辛格刚刚用核弹炸了我的后院？"

"亲爱的！"

"这事我们以后再谈，贝丝，"他说，"眼下我需要了解一下其他方面的最新情况。"

"我没法提供，亲爱的，"贝丝回答，"核爆炸的电磁脉冲摧毁了我们的传感器和全部无人机，卫星链路也都失效，等你回来把它修好呢。"

"好吧……我在这里四下看看,再通知你情况。"

"收到……我会收拾一下这里,照看我们接收的家庭。"

格里弗斯不得不关闭并重新启动陀螺仪,才能站起来,然后他转身回到山顶,那里变得一片混乱。

在下边的田野上,核聚变爆炸的冲击波和高温已经把迪比集群化成灰烬,变成焦土。他得用好些年来处理核辐射,也许得通过搬家来维持足够的土地,进而保证农场的运营。但是他很高兴自己还活着。

然而,他一看到残破扭曲的"嗜血"倒在山脚就悲从中来。一定是冲击波把它卷到空中,抛下山坡。从破损的装甲就能看出,随之而来的核辐射把赖特烤死在动力装甲里。

希望核辐射起作用时他还在昏迷中,希望他的死亡没有经历太长时间。

格里弗斯身后有动静,他转身看见"冲撞"向他走来,动力装甲在朝他挥手,然后右臂小心地敲了敲动力装甲的头部,表示无线电故障,"冲撞"本来有效地躲过了爆炸,可是在旁边高高的山顶上,他就成了电磁脉冲的活靶子。

"疯狂比尔"来到旁边,格里弗斯透过防弹玻璃罩看见他握着一部手持无线电正朝自己挥手。手持无线电,是所有的殖民地居民的标准设备,格里弗斯很快取下自己那部。

"你没事吧,老家伙?"他问话时露出笑容,显得没那么不礼貌。

"再好不过了,""疯狂比尔"回答,"你的地里有大堆死去的迪比，汉克，明年夏天就会变成上好的肥料。"

"你是说大约三百年后的夏天吧，"格里弗斯说，"辐射消失以后。"

他能看见"疯狂比尔"在笑话自己。

"别傻了，汉克，迪比分解的过程中会吸收辐射。"

"真的吗？"

"疯狂比尔"这回在点头。

突然，一声巨大的喧嚣足以透过外骨骼的防弹装甲震撼他们。格里弗斯四处查看，发现即使最骇人的噩梦也不会呈现出这样一只怪物。

这是一只迪比，但又完全不同于他们以前见过的，它高高地站在树木之上，轻轻松松就能把它们推倒在一边，它肩膀的高度至少有三十米。格里弗斯数出它有六条长着利爪的腿，从光泽就能看出它长着角质甲，突出的嘴部长着利齿，如同一只饥饿的猫。

"那……到底……是……什么？"他只能这样断断续续地低语。

"看见它，""疯狂比尔"回答，"你就只有拼了命往堡垒跑吧。"

格里弗斯点头同意，掉转自己的机械外骨骼动力装甲，以最快的速度返回他的农舍。

鲸鱼座 τe 行星格里弗斯农场

等格里弗斯和"疯狂比尔"回到堡垒，辛格家的两套轻型机械外骨骼动力装甲已经到达。贝丝和海伦正在外边跟两位男士交谈。格里弗斯回来时，贝丝快乐地招手，可是当她看见"绝美"的状态和丈夫脸上焦急的表情，便停止了动作。

"汉克，亲爱的，怎么了？"

"迪比过来了，快回到堡垒！"

"多少？"阿贡边问边重新系好安全带。

"只有一只，孩子，""疯狂比尔"回答，"只有一只。"

阿贡和库拜封闭装甲、启动传感器时，皱起了眉头——他们知道核电池何时引爆，已经关闭了系统，避开最严重的一波电磁脉冲——可是读数也不是很合理。

"我的传感器一定被烧坏了。"库拜说。

"我的也坏了，"阿贡补充，"只检测到一只，显示出庞大的质量。"

"你们的传感器没问题，"格里弗斯说，"只有一只，大小跟深空航天飞机差不多。"

就在那时，高耸于树木之上的外星生物现身了。贝丝和海伦都跑向提供安全庇护的堡垒。这只迪比以极快的速度冲向他们，格里弗斯刚重新装入最后一个弹药仓，那只生物就撞破农场周围的通电围栏。围栏本是用于挡住牛逃走，高出很多的庞然大物几乎没注意到。

堡垒装备有一对二百毫米火炮，可以发射高爆弹和穿甲弹。弹药斗里几乎一直装满高爆弹，贝丝正以很高的射速发射，希望用密集的火力击倒那只外星生物。然而打在角质甲上的炮弹不起作用。

"绝美"的自动火炮也是一样的效果，炮弹无效地被弹开，或者击中时爆炸，但对它没有一点影响。他甚至没有再打霰弹枪，因为明白低速弹药也起不了作用。

辛格家的人冲过来，"小鹰"和"小雕"敏捷地绕着生物移动，用机枪开火，希望找出一个弱点。可它似乎没有弱点，子弹只是分散了它的注意。

库拜的火焰喷射器除了成功激怒它，也没好到哪儿去。那只生物以四条后腿站立，用前爪砸下来……

两套轻型机械外骨骼动力装甲设法躲避，不过差一点点就被击中。

堡垒的两门火炮仍在开火，但也是同样的毫无作用。

"贝丝，"格里弗斯驾驶"绝美"绕到巨型迪比的右侧时说道，"别浪费高爆弹药了。我需要你尽快退弹，并重新装载穿甲弹。"

"汉克，亲爱的，"贝丝回应，"你以为我在干什么？"

格里弗斯承认她说得有道理……手动退弹比直接打光它们要慢得多。

"好吧，"他说，"等你装好几枚穿甲弹时告诉我一下。在此期间我们得努力不让它接近堡垒。"

"明白！"

"小鹰"和"小雕"此刻正在巨兽的腿间奔跑，一边跑还一边开火。巨兽似乎不是很喜欢。它再次站立起来，这次只用最后面的两条腿，动用全身的力量砸下来。

这次"小鹰"就没那么幸运，一只下落的利爪逮住它并把它按在地上，巨大的头部张着血盆大口凑过去，然后利齿咬碎并撕开了机械外骨骼动力装甲和里边的驾驶员，听见阿贡的尖叫时，格里弗斯吓得浑身一颤，然后他那边就没了声音。

"兄弟！"库拜呐喊着冲过去给倒下的亲人报仇，那只巨兽用牙齿碾碎动力装甲，撕扯着防护层和阿贡的残骸。库拜抛开其他的武器，驾驶"小雕"直接撞向迪比的脑袋，把动力装甲坚固的肩膀当成一把攻城锤来使用。

撞击力大无比，格里弗斯看见牙齿从巨兽嘴里飞出，巨兽蒙了一下，库拜借此机会挥动"小雕"的拳头砸巨兽的脑袋，只有机械外骨骼动力装甲能够抡圆手臂，这样势大力沉地击打。

巨兽的外骨骼角质甲开始崩解，库拜用动力装甲的手伸进一条裂缝猛拽……巨兽的铠甲被掰下来一块，露出里边粉色和黄色的肉体。他把右臂伸进这个洞里，两部机枪打出一轮子弹，终于击中身体内部的重要器官。

巨兽痛苦地号叫，拖着"小雕"抬起身体，为了甩掉"小雕"而疯狂地晃头，库拜则用左臂挂住，继续开火。

"汉克，亲爱的！"贝丝说，"我装载了六枚穿甲弹，准备开火！"

"收到，"格里弗斯回复，"库拜，跳下来躲开！"

"不行，亨利·格里弗斯，"库拜说，"你知道'骑虎难下'这个说法。"

格里弗斯的确知道——只要开始就没法结束。

"贝丝，库拜不能安全躲开……我要让外星生物转个身，这样你就能毫无遮挡地射击。"

"也不行，"库拜说，"贝丝·格里弗斯，趁我分散它的注意力，你立即就开火。"

"汉克，亲爱的？"

"他说得有道理,贝丝,开火吧。瞄准低处,但一定不要打偏。"

格里弗斯注视着双管火炮转动、调低,瞄准外星生物的胸部,然后每根炮管射出三发,以这样的距离,它们不可能射失。

反坦克穿甲弹是一种空心装药的钨钢弹,撞击……击中巨兽时弹药变成特定的形状,然后被引爆,产生足够的热量熔解钨钢,并将它以超音速射入目标内。六枚穿甲弹相继命中,间隔均为一米左右,紧接着的爆炸把巨兽的身躯炸成了肉浆。

它在死亡的痛苦中抬起身,不由自主地四下摆动……库拜无法抓住,"小雕"掉了下来,重重地仰面摔倒。意外的是,巨兽倒在了它身上,千钧之重压垮了机械外骨骼动力装甲,崩裂了防护板。

然后,外星生物死掉了。

鲸鱼座 τε 行星格里弗斯农场——尾声

格里弗斯、贾斯沃特·辛格、"疯狂比尔"和基思·詹金斯站在堡垒之外,其他的殖民地居民正在清理战场,包括分割和拖走巨型迪比的尸体。

因为很多家庭在战斗中牺牲,殖民地的土地又可以容纳新的居民。唐纳森一家都不在了,所以他们的农田成了空地。彼得斯的妻子和家人决定离开鲸鱼座 τε 行星,返回故乡地球,所以他们的土地也没有了主人。

他们把库拜·辛格拽出了动力装甲的残骸……他还活着,不过失去了双腿和一条胳膊,需要装配昂贵的假肢,当然殖民地愿意用公款承担这笔费用，并出资给辛格家补充机械外骨骼动力装甲。他们家失去了所有的三套。

大家都知道，詹金斯提出的损坏和维修补偿很离谱，但都没有精力跟他争论——他还活着，也算值得吧。他们需要大家一同前进。贾斯沃特·辛格提议把唐纳森农场和彼得斯农场的地契转给詹金斯，补偿他的土地损失，表彰他的付出，其他人勉为其难地同意。辛格家失去了太多，他们眼下没法拒绝他的任何合理要求，格里弗斯仿佛能看见詹金斯在暗中两眼放光地搓手，这令他感到恶心。

真正的好消息是，杰克·赖特最后活了下来。尽管他不满自己的外骨骼动力装甲，但是"嗜血"有一个曾经没人看得上的功能——它的辐射防护是大家印象中最好的，可能从它还是游乐园交通机器人时起，就给乘坐者提供了防止辐射泄漏的措施。"嗜血"成了一堆废铁，而且需要更换，但是杰克没事。

最后剩下山脊线上的巨大通道口，表示返回迪比老家通行状态的闪光已经消失，可是通道口仍然出现在那里，除了武装起来、保持警惕和大量投入防御，他们都不清楚该拿它怎么办。那将是代价高昂和困难无比的工作，格里弗斯突然想到，詹金斯的新农场正好在以后的进攻路线上……贾斯沃特·辛格可比格里弗斯对他的判断聪明得多。

巨型迪比被拖走，其他的殖民地居民也都散去，格里弗斯和妻子查看他们曾经奋力保护的土地。他们从没想过打包离开，前往一个更安全的地方。这里是家，无论外星生物入侵与否，他们都将留在这里。

灵魂吸食者

柯尔斯顿·克罗斯

"你只能跑这么快了吗?我说伙计?我跟你说,这他妈还不够快!"

一个被吓坏的男人这样咆哮,他无比远离自己的舒适区,而且为了不"吓坏平民",拼命想要显得失控的局面尽在掌握。

此时受雇照看盗墓考古学家的士兵,甚至退伍兵,也不应该暴露出恐惧,任何时候都不应该,即使他们面对的敌人强大无比,明显远非格洛克手枪的快速双连击所能解决。

这份薪水可不是随随便便就能挣到,只有他能活到领薪水,那才会成为他的劳动所得。每天七百美元(支出另算)的工作,什么值得做——什么不值得?弗林对此的全部认知被他们刚刚目睹的一切所颠覆。这份工作是彻头彻尾不值得。

"请问什么意思?"

考古学家没有感受到勉强控制住的绝望和恐慌,以及他看护人的声音里"那到底是他妈什么"的直白语气。真走运,弗林还能稳住自己,但也几乎就要崩溃。他把这项长处发挥到了极致。

"我们要是跑不过……不管那个鬼东西是什么,你都会血流成河。"退伍兵冷酷无情地对他的照看对象一笑,可惜对方没有看见。

考古学家摘下圆框眼镜,用衬衫的衣角擦了擦,然后又把它架在鼻子上,往上推了推。他的双手抖得厉害,试图用日常的行为安抚自己,而他的大脑却要处理他们刚刚看见的血腥场面。"我是考古学家,弗林先生,不是奥林匹克短跑运动员。"

科尔比·弗林转过他冷峻无情的淡绿色眼睛,看向颤抖的学者,猛然用力把一个新弹匣安装到位,在他面前准备好自己的武器。这个动作总是引起他们的注意,滑动格洛克17的枪栓回到原位,发出所有电影编剧都喜欢的悦耳动听的撞击声。这个动作凸显和强调了不论结果如何,他都将战斗到底的决心,还有助于让考古学家更害怕弗林,而不是眼下正喘息咆哮着冲向他们的那个家伙。这是件好事,因为它意味着闹情绪的学者现在会做出改变,听从弗林的安排。"好啊,那我生还的概率就增加了。"

戴着眼镜、长得像猫头鹰一样的考古学家好奇地对弗林眨了眨眼,"什么?"

"伙计,我的意思是后边咬人的先生就要叼住你,扯开你的喉咙,跟他杀死你的同伴时一样,那他就不会来咬我了,对吧?"

噢,不,不会又来……

一个吭哧吭哧喷着鼻息的声音低沉阴郁,那感觉就像是在短暂的停顿时往嘴里塞了一块甘草糖开始咀嚼。"说正经的,给我滚远点，你这个混蛋！"弗林朝着黑暗辱骂，然后漫无目标地打空了一轮子弹。究竟起没起到实际的效果，他也说不好。可是黑暗中的那家伙发出尖叫和咆哮，弗林希望密集射出的空尖弹至少让那个混蛋有理由停下，这样他们就能继续专心逃跑。

"跑啊！老天在上，快跑！"弗林扭转考古学家的身体，猛力推了他一把，"我在后边掩护，只要你跑在我前头就行，"弗林把嘴靠近考古学家冒汗的耳朵，"可是你……还……不动地方？"

考古学家突然提高了速度，对于剑桥学者来说算是快得惊人。

通常，弗林不会让任何人领先。这也不是学校里的端鸡蛋赛跑，会让"特殊儿童"先跑几步，然后别人再出发，那种比赛"重在参与而不是取胜，小朋友"。这里是黏液覆盖的石头通道，墙上排列着啪啪作响、忽明忽暗的电灯泡。前皇家电气和机械工程兵米奇·考克斯在这方面随便拼凑，他加入团队来解决问题时只带了一把螺丝刀，以及乐天的性格和真正的《百战天龙》式的方法。他们照明的唯一能量来源是一台呼呼作响的发电机——四十年前的产品，汽化器都出了毛病，连接的电缆老长老长，上面还有临时粘上的胶带。这里没有过分热情的助教给他们欢呼鼓劲，只有一个五百七十岁的精神变态对血液、暴力和残杀充满渴望，距他们不过几个转弯的距离。而且他——或它，不管用哪个称谓——正在戏弄他们，真是个扭曲变态的小王八蛋。

弗林需要考古学家活下来。如果他能把这个老学究带到城堡里旧军械库的安全室，那么天才教授正在变秃的小脑袋瓜里的智慧可能会保住他和他的团队。目前那座军械库正充当发掘工作的控制中心。该死,如果他要通过照看一位学者挣钱,那他得确保这个狗娘养的活着才行。

蜿蜒曲折的通道里长着湿滑的藻类,这些地牢和通道完全建造在自然界的地下水位以下,一股臭烘烘的气味弥漫在这座地底迷宫的每一寸空间。渗入的微小水流顺着大块花岗岩之间的缝隙流淌下来,石块之间没有用灰泥,这种重量的石块不需要黏合剂也会待在原处。这些隧道——可能深处巨大壮观的城堡之下——上方压着数千吨的砖石建筑和岩石。

之前在舒适的酒店里,考古学家曾给弗林和他的团队闲扯过这座城堡所谓的历史。正如加里·帕克斯所说,那是个"够喝两瓶的故事"。这里提到的瓶子装满了本地的烈酒,能溶解油漆、烧坏肚肠,要是你喝太多,很可能会失明。弗林是个很实际的人,直到那个……东西……呼啸着破门而出时,他对诸如真正的邪恶、绝望和痛苦能够浸透建筑物墙壁等概念采取了相当务实的态度。于是他耐心地听取早已去世但未必下葬的被诅咒的灵魂是如何用尖叫把石头维系在一起的。考古学家事无巨细地介绍被囚禁者的恐惧是如何由抓挠撕裂的指甲和血淋淋的手指刻到石头上,变得跟任何绘画一样真实,形成一段永恒的记忆,记录了在这个黑暗野蛮之地发生过的罪恶。他详细叙述每间牢房里囚犯脆弱和惊恐的所有细节,乞求怜悯的尖叫、恸哭和呐喊持续不断,在整个地下洞室回荡,把他们的思维撕扯得支离破碎。当守卫们来找他们,他们便祈求,是那样卑微!他们伏在地上爬行、恳求,呼唤自己的上帝——上帝完全把他们交付给各自的命运以及虐待成性的囚禁者一时的念头。

考古学家在他的故事里没有略去任何细节。他解释了通过观察别人的痛苦来获得快感的守卫，是如何利用窥视孔来观察囚犯在饥饿和疾病中缓慢痛苦地走向死亡，如何观察老鼠去咬虚弱得无力驱赶它们的濒死者，打赌老鼠先咬囚犯身体的哪个部位。显然，从来都是软组织——生殖器、脸、眼睛。当身体被吃得只剩下骨头和地面上的一层又黏又臭的玻璃状液体，牢门才被打开，新的囚犯居住进来。除了一间牢房。

就像围着篝火讲鬼故事时被吓坏的童子军，弗林和他的团队，都靠过来，毕竟人人都喜欢精彩的"闹鬼城堡"的故事，不是吗？考古学家冒着永久失明的危险又给自己倒了一杯烈酒，继续讲他的故事。

这间牢房没有门，他解释说，反而是巨大的石头从城堡其他地方被调到这里，被用来砌死门口，只留下一个布着铁条的窥视孔，让守卫偶尔扔进一只咝咝尖叫的猫。这位特别的囚犯在整个欧洲横行霸道多年以后，被抓回到这座阴暗骇人的城堡，喜欢鲜活的食物。于是他们给他送来猫，因为他……它……似乎只害怕猫。这就是守卫的折磨——他们很清楚他憎恶什么，于是就给他什么。可是他饥饿难耐、消瘦衰弱，除了克服自己的厌恶别无他法，只能吃下守卫从铁条隔断的开口扔进来的尖叫食物。

隔绝也是一种折磨，特别是对于这种杰出、聪明、钻石般坚硬的意识而言。认识到腐败恶臭的牢房里满是猫鼠的骨头，自己将永远被囚禁在这座坟墓——为活人而不是不死之人设计的坟墓——这扭曲着他已经被扭曲的心智，超越了邪恶和任何形式的救赎，把"他"变成了"它"。所以牧师们把它带回到这里，即使他们也怕它，怕它已经变成的形态，怕它能实施的恶行，特别是在死神本应夺走它腐败的身体但是它又复生之后，它以极端暴力的方式提早结束了至少三名牧师的生命。

这间牢房就是它在很多年、几个世纪里称为家的地方，它对食物的渴望把它逼疯，守卫投进牢房里的嗞嗞尖叫的动物折磨着它。当这座城堡被人抛弃，当这些通道迷失在历史中，它休眠几个世纪，偶尔醒来，以那些慢得徒手就能逮住的老鼠为食，然后又恢复生命停滞的状态，直到再次饥饿难耐。

那么，故事就是这样。弗林虽然听完了，可是直到五分钟之前，他其实一点都不信这些胡扯。作为一名退伍兵，他这辈子目睹的恐怖事件已经够多了，所以对恶灵现身的说法很包容。被那个垂涎咆哮的怪物撵过覆盖黏液的通道意味着他变得更加虚心，当时……

他们找到那间牢房，在石头后面潜伏着一只生物，它迷失在丧失理智的黑暗沙漠，已经不知道过了多久。当考古学家打开墓穴，它一边咆哮和尖叫，一边疯狂地猛冲出来，把遇到的第一个人撕成了碎片，吸干了年轻人——还有一年就要获得博士学位的研究员——的血，狼吞虎咽，享受这种醉人的力量。它沉醉其中，瘫坐在地上，开始狂笑。初次品尝就唤醒了内心的饥饿，接下来呢？当然是还要更多。

这就是科尔比·弗林和考古学家正在逃避的东西，不是用酒精助兴的故事，而是一个极其真实、饥饿和愤怒的生物从人类噩梦的深渊中被解放出来。

但这并不是最终从牢房里被释放出来的简单的中世纪恐怖，毫无拘束地发泄疯狂黑化的愤怒。他曾经是一位敏感激情的年轻人，拥有远见卓识的军事天才。然而命运对弗拉德是残酷的，黑王子最终被囚禁在托卡特城堡的石砌牢房里，这座城堡如同一颗残破的牙齿高高耸立在城市上空。

十二世纪征服托卡特的塞尔柱突厥人发现了一座由地下通道和石砌牢房组成的迷宫，并把它变成了自己的要塞。1442年，他们得到了最危险的战利品——弗拉德三世王子。但这个小男孩和他的弟弟是政治人质，不是囚犯。因此，在他被关押期间，土耳其人试图把他打造为盟友。他们教他军事战略，培养他战争和格斗方面天生的能力，教他学习古典文学、语言、地理、数学和科学，给了他一切的有利条件。

但他们也残酷地对待他，殴打和羞辱这个不屈服于土耳其人统治的贵族之子。

这就铸下了天大的错误。

他们把一个聪明伶俐的男孩变成了一个虐待成性的恶毒人物——一个军事专家，他的战略能力在后来成功成为统治者的过程中发挥了重要作用。但他那残暴黑化的心变得愈加黑暗，充斥了更多邪恶，最后他造就了将在几个世纪里产生影响的怪物。

德古拉。

穿刺公。

儿童吞噬者和灵魂吸食者。

这即是他的囚禁之所——先是在他活着的时候,后来科马纳的僧侣把他臃肿的尸体从修道院带回他们所知的唯一能彻底困住他的地方。

他被关押在这里,僧侣们的计划起效了——直到对真正的邪恶毫无认识的善良学者坚定地误认为知识会成为他们的盾牌,拆掉了阻止弗拉德用其独特恐怖蹂躏世界的石头。

对现代人而言,特别是对于沉迷于当地烈酒几个小时的学者和军事专家而言,吸血鬼只不过是一个传说。这个传说影响到一些最好和最糟的文学作品并世代流传,被好莱坞洗白成具有病态肤色的翩翩吸血鬼,受到沉迷于此的愚蠢少女的喜爱。所有考古学家的传说都仅仅如此。只是传说,故事,对一座普通的奥斯曼帝国城堡的历史进行的浪漫化伪饰。

对,把这话告诉那个二十五岁研究员支离破碎、血肉模糊的残骸吧,漫长的五百多年以来,他是弗拉德头一顿真正的大餐,弗拉德疯狂的愤怒全部发泄在他身上。弗林和考古学家无助地看着仇恨、嗜血的欲望和彻底的愤怒组成狂暴的旋涡,把这个惨叫的博士生生吞没,从他的脸上撕下皮肤,血液在通道里转圈喷出一条弧线。它移动得太快,看不清楚,如同一股愤怒的龙卷风,瞬间肢解了这个学生。

然后呢?

陷入沉寂。

在转瞬即逝的几秒钟里,走廊上呈现出一片寂静,让博士研究生惨叫的回响逐渐消散在石头里,跟成千上万其他受害者的叫声一起被困在花岗岩块中,直到永远。但是接下来,在暴行和寂静过去之后,缓缓传来了越来越多此起彼伏的疯狂笑声,这笑声传到了埋藏怪物已久的墙壁之外。在附近的村子里,农民不像大家认为的那样无知,他们在火炉边听着埋藏在城堡秘密隧道中的恶魔的故事长大,此时他们闩上了门,拉上了百叶窗,蜷缩在一起,被祖先通过基因传递给他们的古老恐惧紧紧摄住。他们知道,他们知道弗拉德自由了。德拉库尔[1],黑王子,穿刺公,他自由了……

弗林第一个从恐怖的恍惚中清醒过来,意识到他们面对的不是什么该死的童话故事,而是真正的威胁。一个真正的险恶威胁,正准备把注意力转向弗林和另一个还活着但被吓破胆的考古学家。弗林并不关心这个怪物是真正的弗拉德,还是某个发疯的近亲生育导致的乡下白痴,或者是该死的魔鬼本尊。所以他用他所知的唯一方式做出反应。不管是自然的还是超自然的,这个狗娘养的都是血肉之躯,所以格洛克手枪应该对它有作用,哪怕只让这个混蛋慢下几秒钟,给他们一个机会跟它拉开六七米的距离。他朝那家伙清空了一整个弹匣,看着它的身体抽搐、摇摆。

这只浑身是血的生物后退了几秒钟,然后停止了牵线木偶一样断断续续的晃动。它笑了,被血污覆盖的皮肤凸显出白色的牙齿。它站起来,展开又抓紧着长着利爪的手指。

"噢,该死……"弗林抓住他保护对象的肩膀,只对他喊了两个字:"快逃!"

---

[1] 大约1431年,弗拉德三世的父亲弗拉德二世加入骑士团,获得了"德拉库尔"(Dracul)这个新的姓氏。这个名字在古罗马尼亚语中代表"龙"(drac)。——译注

不管他们身后的东西是什么，它都保持着步伐。弗林明显感到它可以轻易超过并征服他们。但它在戏弄他们，就像猫戏弄老鼠一样。它在观察他们的反应，确定他们对地形有多了解。它在评估他们，学习他们的策略，并让他们引领它向前。弗林有一种明显不悦的感觉，认为考古学家告诉他的关于黑王子是个军事天才的传说只是沾满鲜血的冰山一角。他的皮肤仿佛被电到。当初在阿富汗，有一个塔利班首领让其他人看起来完全像是业余的士兵。他用那种冷酷、疏离的方式围绕"树立典型"来管教他的手下。扫荡阿富汗和巴基斯坦之间的托拉博拉山洞和怀特山区的冬季狂风摇晃着林中的血腥尸体，这就是他要树立的"典型"。他发起的简易爆炸装置行动非常成功，夺去了二十名普通士兵和七名特种兵的生命。他以其非凡的能力而闻名，能预判特种部队进行"清除"行动的时间地点，从而抢得先机，并像幽灵一样消失在山区，永远领先一步。直到弗林将两颗子弹射入他充满仇恨的血红色双眼之间，他都一直保持着那种傲慢嚣张、自以为是的笑容和蔑视。

然后弗林不得不逃命，因为此人的两个激进且同样狂暴的儿子穿越崎岖的山地追击他和他的部队，他们耳边响起了用普什图语喊出的复仇承诺。他当时明白，砍掉九头蛇的一个头，还会再长出两个。邪恶永远不会被征服，它只是被压制，直到更厉害的邪恶来取代它。不管那怪物是什么，当它被子弹击中后停止晃动，扔下研究员一塌糊涂、不成样子的心脏，把目光锁定在弗林身上时，弗林在它的眼中看到了同样的邪恶。一种得以在黑暗肮脏的地方滋生了几个世纪的邪恶已经被集中到一点,一旦被释放出来,将横扫眼前的一切。而弗林的格洛克17手枪丝毫无法阻止这个混蛋,无论他向其瘦削腐烂的身体打空多少弹匣,都无济于事。

弗拉德看着那个士兵和他保护的对象在走廊上溜走,露出一个令人不寒而栗、充满恶意的笑容。冷酷,精明。一个前无古人,后无来者的军事战略家,悠闲地盯着它的猎物。它已经等了几百年,当然可以再等一会儿。血只是半顿饭,它还想尝尝恐惧的滋味,听听他们预见到恐怖即将降临时心脏的跳动。在它眼中,一个无名之辈拿着啪啪作响的小手枪试图理解他所面临的邪恶,它品味着这种徒劳的尝试。当这个人发觉无法逃脱,那将是一个令人心满意足的甜蜜时刻。他只能接受黑王子为他选择的命运。黑王子露出了一个纯洁的白色微笑。军人很少单独行动,所以还有更多的人。所以他要确保这个拿着无用手枪的小兵活得足够长久,以便目睹他可能拥有的战友在他面前被吞噬。当他看到黑王子用牙齿撕开他情同手足的战友的喉咙,那种痛苦、愤怒、可怜的哀号和尖叫几乎同血液本身一样美味。

"领路吧,小战士。继续领路……"

弗林和考古学家沿着湿滑的通道一路狂奔,这些通道在堡垒下方蜿蜒回转,引他们进入迷宫深处。一条粘着胶带的电缆就像一串面包屑,指引他们回到军械库避难。无数隧道在坍塌的塔楼和摇摇欲坠的城墙下交织转折,如果没有电缆的引导,他们就会完全晕头转向。一个错误的转弯会把你带入一个死胡同。当你被一个狂热、嗜血的怪物追赶时，死胡同就把它字面的意思落到了实处。

弗林又推了一把考古学家的后腰，同时掏出无线电，按下呼叫按钮。"米奇，备好我们手头的一切武器。我们他妈的受到了攻击！"

"别告诉我那些学者对你的屁股动粗了？哦，没有什么比一个骄傲自大的知识分子更糟糕的了，伙计！"米奇·考克斯欢快的声音从手持无线电中噼里啪啦地响起，在石墙之间回响。

"别胡闹了，米奇！我是认真的！这里情况一团糟，一团糟！你简直都他妈不会相信。"

"该死……收到。"米奇轻松的语气瞬间改变。

这位考古学家并非最强健的学者，随着他开始减慢，弗林感到自己的脚步也在放缓。肾上腺素正在耗尽，恐慌开始占据上风。根据经验，弗林明白，在这个该死的傻瓜愣住并很可能变得像胎儿一样需要他照顾之前，自己还有几秒钟的时间。他伸出手抓住那人的衣服，超到考古学家身前，把指导方法从嘶吼式的鼓励和威胁变成粗暴的拖拽，而且丝毫不理会他的抗议。"快走！再拐几个弯就到控制室了。我敢打赌，我们锁好门的话，你后面那个咬人的朋友就进不去了，对吗？"

考古学家一边喘气，一边努力跟上弗林的步伐。"一旦我们被锁住了，无处可逃，你建议到时候怎么办？"

"我现在还没有想那么远，伙计。第一要务是远离咬人的吸血鬼伯爵，行吗？"他使劲拽着考古学家的多袋马甲，拖着他又转过一个拐角，向安全室更近了几步。

他们已经接近。

几乎就要到了……

弗林和考古学家转过下一个拐角，滑步停住，剧烈地摇晃身体，努力避免跌入黑王子正在等待的怀抱。它屈身堵在通道中，跟身体不相称的长臂上长满了肌肉和筋腱，末端是可以像撕纸一样撕开肉和骨头的利爪。白色的牙齿在忽明忽暗的灯光下闪闪发亮。与那些愚蠢电影中的吸血鬼不同，这个凶恶的混蛋没有两颗稍长的犬牙和其他矫正过的完美牙齿。它有一整口耀眼的白色细小牙齿，正沐浴在口水之中，往下滴着毒液。它张开大嘴，像一只愤怒的猫一样呲呲尖叫。它的眼睛里充满了疯狂、仇恨和汹涌的饥饿感，超过了弗林在苏丹执行人道主义任务时在饥荒中看到的一切。这样的一双眼睛定格在他们两个跌跌撞撞、步履蹒跚的身体上。"该死！后退！后退！后退！"弗林把考古学家向后推，试图把他扭转过去。这位学者不习惯任何比在书架顶层拿书更费劲的体力活动，他失去了平衡，直接在弗林的腿后瘫坐在地上。弗林向后倒下，考古学家和他的贴身保镖在胡乱挥舞的四肢中纠缠在一起。

弗林抽身向后滚去，一气呵成地起身拔出了格洛克手枪。他知道这并不能阻止这个浑身是血的狂笑怪物，但至少可以让这个混蛋再慢下来一些。

考古学家已经摆出胎儿的姿态，蜷缩着身体倒在地上，像个肚子疼的婴孩一样呜咽。

去他的吧，专注于目标。弗林眯起眼睛，扣动扳机。两声枪响之后，那怪物短暂地抽搐了一下。然后在第三次扣动扳机时，通常作为可靠武器的格洛克手枪只发出咔嗒一声，仿佛在嘲弄他。"该死！"回忆在他的脸上狠狠地打了一巴掌。早些时候，他在通道里已经对着那个混蛋把大部分弹匣打空了。该死、该死、该死！

大多数人都会抱怨弹匣已空，并一次又一次地扣动扳机，仿佛这个动作会让一些备用弹药神奇地从天而降，装入武器。弗林曾在特种部队服役六年。他在敌后待的时间比敌人还长。所以他更清楚，弹匣是空的，别他妈试图否认这个血淋淋的事实，而是要重新装弹，上膛，然后开火。弗林扔掉空弹匣，在马甲口袋里摸索着寻找新的，无视旧弹匣在石头上发出的撞击声。通常情况下，他能在一瞬间重新装弹、上膛并开始射击。让他对付一群拿着玩具武器、不讲究个人卫生、怒火中烧且大喊大叫的敌人，那跟公园散步一样简单。但是面对这个敌人？这个大笑不止的怪物？他感到惊慌失措。

所以他的失误你想象不到。

他没拿住那该死的弹匣。

时间以壮观的鲜艳色彩展示了整个"流动性"概念，并降低到极其缓慢的速度。人和怪物看着以慢动作掉落的弹匣，它在空中变换姿态，亚光黑色外壳凸显出里面偶尔闪现的平头空心弹。弹匣的一端撞到地上，反弹到空中并旋转了三百六十度，沿着跟弹匣垂直的方向弹出一颗子弹。弹匣和飞出的子弹在撞击声中落回地面，最后在震动中停了下来。脱离弹匣的平头空心弹已经滚入黑暗，消失在阴影中。

弗林把目光从弹匣上移开，重新聚焦在怪物的笑脸上。它明白，不是吗？那个笑嘻嘻的讨厌混蛋！它十分清楚那是弗林最后一个备用弹匣。他清楚得很。

弗林决心要战斗到底。他把格洛克 17 手枪插回腰带，从下挂式腿部刀鞘里掏出未曾被使用过的可靠的黑鹰匕首。称职的特种兵绝不会不带这种黑色的漂亮家伙。六英寸双面对称刀刃由 D-2 钢精密打磨而成。它可以割开皮肤、骨头和肉体，不管是死人还是活死人。他把刀翻转过来，让刀刃贴着前臂内侧，避开怪物的视线。他仿佛被逼到了绝境，也朝怪物一笑。"想跳舞吗，你这个疯子？嗯？"他伸出左手召唤，"来吧，你这个丑鬼！我们跳舞，我们他妈的跳个舞！来啊！"

他知道没有希望。

他知道自己打不过，而打不过意味着死亡。基本上是这样。

他知道，一旦那个大笑不止的躁郁狂王八蛋突然变回阴郁暴怒和嗜血发狂的状态，他就会面对一个残忍到难以理喻的敌人，这种程度的残忍让对手几乎变得无敌。弗林看到过那家伙冲出牢房时有多快，以前他从来没有遭遇过。他唯一感到安慰的是，这位咬人的先生正忙着对付他，从而给考古学家一个逃离危险的机会，至少能争取一点时间，这也许就足够了。

弗林可能看起来对他的保护目标不屑一顾，但他是个好人。好人会关心那些自己无法战斗的人……

那只怪物停住了疯狂的笑声，饥饿再次在它体内燃烧。这一次，它渴望战士的血，而不是尖叫着尿湿自己的男孩的血。它要的是充满激情和热火的血，在战场上洒过的血，像战争的号角一样在它耳边唱响的血，一名战士的血。它能感受到这个人的心跳，节奏缓慢而稳定，而不是它的受害者通常表现出的狂跳。啊，真让人高兴！一名百炼成钢的真正的战士。他们总是最能令人满足，尤其是在他们明白自己会输掉最终战斗的最后关头。

这也会让黑王子见识一下现代的格斗战术。它知道自己能够把这个士兵撕成碎片，就像它之前吞食那个尖叫的男孩一样容易。可正如那个嘲笑它的士兵所说，它想"跳舞"，想看看这些现代战士到底跳什么样的"舞"，以及它被关在那间臭烘烘的牢房的五百年间，外界情况发生了怎样的变化。

但饥饿感也很强烈，占据这个生物的全身，消耗着它的每个细胞。

该进食了……

黑王子蓄势待发，士兵在屈服之前肯定会使出几招，但短暂感受到转瞬即逝的痛苦会提醒黑王子自己还活着，自由了，还会再次受到人们的敬畏！这头野兽收拢利爪。黄色的长指甲渐渐收缩成锐利的尖端。指关节明显而扭曲，像树干上的结。像弦一样的肌腱从它的手背蜿蜒而上，直到手臂。黑王子张开双臂，向后甩头咆哮——对那些把它关了和饿了这么多年的人发出反抗的尖叫。他们已经死掉，仅剩尘土和灰烬，尸体被虫子吃掉。可是弗拉德呢？啊，弗拉德，他还在这里，活了下来！现在他可以再次饮用一名士兵的血。他缓缓走向对手，喉咙深处发出低沉的咆哮，却被轻轻的一声"喵"打断。那只怪物停在了原地，惊恐地睁大充血的眼睛，然后尖叫起来——这叫声无比刺耳，令它的人类对手都捂着耳朵后退。尖叫持续不停，在通道里回荡，响彻整座城堡，反射回来又叠加在自己身上。

一只三花小猫安详地坐在通道中间，随意地打量着他。这只消瘦的动物是居住在城堡里的数百只野猫之一，自从石墙竖立起来，野猫就一直在。它们有一个务实的目的，就是捕捉老鼠。但村民们似乎对这些脏兮兮的动物有一种特殊的敬畏，为它们准备食物和牛奶，并责备任何随便踢猫的人。猫在土耳其的这片地区，几乎是神圣的存在。

弗拉德憎恨它们。它们代表着他的疯狂、监禁和屈辱。每次吃下一只尖叫的猫，弗拉德的内脏就像吞下酸液一样。之后的几天里，当猫的血在他的全身灼烧，他会痛苦地挣扎和尖叫。对弗拉德而言，这只喵喵叫的小花猫代表了把一个人变成怪物的所有折磨、痛苦和愤怒。曾经杰出的年轻心智已经堕落成最令人类恐惧的东西——一个我们能成为的最黑暗的邪恶真身……

弗拉德惊恐地后退，一点点向后远离那只平静的小猫。这只猫对吸血鬼不屑一顾，继续清理它的爪子，一条粉红色的小舌头飞快地伸出，把毛发舔得很光滑。它站起来，伸了伸背和腿，打了个哈欠，然后又坐下，把尾巴优雅地绕在脚边。

小猫用猫科动物稍显分心时那种漫不经心的态度来打量弗拉德。然后，它站起来，在空中摇着尾巴向弗拉德走去，高兴地咕噜咕噜直叫，显然没有意识到它不合时宜的爱心展示正在折磨这只狂暴的怪物。

弗拉德又尖叫一声，然后消失在通道里。

弗林难以置信地看着猫，惊讶于这样一个小东西能做到他力所不及的事情——吓退怪物。"好吧,见了鬼了。"

"他讨厌猫,"考古学家已经从胎儿的姿势中舒展身体,站了起来,他用手掌按在通道两旁滑溜的石壁上,支撑颤抖的身体,"憎恨它们。"

"居然是这样。"弗林皱了皱眉头,收起匕首,掏出手枪。他走上前去,捡回掉落的弹匣,熟练地插进枪托,然后抱起猫。"好吧,小猫,你跟我们走,"他转向考古学家,一只手握着格洛克17手枪,另一只手抱着瘦小的猫,"想在那个混蛋的饥饿感压倒对一只小猫的恐惧之前离开这里吗?"他朝走廊黑暗的一端点了点头,"一直往前,沿着电缆走。别担心,我和小猫就在你后面。"

考古学家目瞪口呆地盯着猫看了一下,然后转身沿着走廊快步离开,他略微向前屈身,如果弗拉德在下一个拐角处再让他们"措手不及",他也准备好用力蹬地停住。

弗林体贴地抓了抓小猫的头,让这只机敏的小家伙爬上自己的肩膀。那深邃低沉的咕噜声感觉就像肩上放了一个按摩垫。他最后亲切地拍了拍猫,然后朝着即将消失在黑暗中的学者追去。

那只猫转头回望,眯起翠绿的眼睛观察暗处的某个目标。它把耳朵贴近头部,向后平伸,还发出咝咝的叫音……

"关门!快他妈关门!"科尔比·弗林弯腰从出入口进入军械库。他跌跌撞撞进来时,把小猫从肩上扔下,然后打了个滚,回身单膝跪地,面向通道举起格洛克17手枪,准备射击。他盯着外面的暗处，米奇·考克斯像圣诞彩灯一样临时接的灯泡一个接一个地闪烁、爆裂、熄灭，阴影随之向军械库蔓延过来。通道里一段接一段地陷入黑暗，任凭伸手不见五指的黑暗像军械库跃进。弗林知道，如果黑暗到来时米奇还没有关门，他们都会死在这个房间里……

米奇把沉重的橡木门摔在门框上，然后扭转锁里的钥匙。合页没有发出生锈的摩擦声或制造氛围的咯吱声。米奇以前是皇家电气和机械工程兵，是位极其优秀的工程师。他讨厌任何工作不正常的设备，无论它看起来多么无关紧要。因此，合页和锁都已经被清洗上油，处在绝佳的工作状态。锁芯转动到位时发出令人放心的咔嗒声，这是弗林一整天听到的最美妙的声音。米奇将顶部和底部的插销拨回销孔，为锁提供额外的固定，然后转身抓起一块厚木板，扔进门闩支架里，木头发出令人极度满足的撞击声响。巨大的军械库门现在被关上了——结结实实地关上了。

当米奇靠在门上时，弗林放下了格洛克手枪。永远不要把武器对准你的同伴。也算是一条守则，真的。

"介意告诉我那究竟是什么鬼东西吗？"米奇转过身来，对他的上司皱起眉头，眯起闪亮的蓝眼睛，"还有，这只猫是怎么回事？"

"小鲁珀特救了我们的命，伙计。"

"鲁珀特？"

"鲁珀特怎么了？"

米奇把眉头皱得更深了。"好吧，让我们先忽略你把生跳蚤的脏猫唤作鲁珀特这件事，你这个怪胎。而且，你知道吗？我对猫过敏。"

"相信我，米克[1]老伙计，它阻止的那个要嚼烂我们的家伙，你他妈见了会更过敏。我用一周的薪水打赌。"弗林站起来，用手捋了捋自己脏兮兮的金发。

米奇耸耸肩。"我猜，那就是一团糟的原因吧？"

弗林低头瞥到角落里的一个人影，哭泣的学者又抱成了一团。弗林嗤之以鼻，一把抓住考古学家，拉他站了起来。"不用担心，伙计。"他把考古学家摇得像个破布娃娃。"哎！别再哭哭唧唧了，告诉我们：一、那是什么东西；二、我们怎样才能杀死它。"他把这个受到惊吓的家伙放在桌角上，再次摇晃起来，"现在我们的情况不容乐观，小子。只有一扇五百年前的门，以及不知为何，一只该死的猫，能防止某个嗜血的疯狂生物将你、我和我的手下撕成碎片。"弗林朝那只猫瞥了一眼，它正用瘦小的身体绕着米奇的腿，大声地咕噜咕噜叫。米奇看起来显然很苦恼。

"你想让我先回答哪个该死的问题，弗林先生？"考古学家愤怒地吸了吸鼻子。

"按顺序回答怎么样，伙计？"角落里突然传出一个愤怒刺耳的伦敦腔。加里·帕克斯，一个热衷于炸毁东西的大块头，从阴影里走了出来，深棕色的眼睛在红褐色的皮肤上闪现。他疑惑地挑起单侧眉毛。"头儿？"

"在这里等着波因德克斯特[2]给我们指点迷津，伙计。"弗林

---

[1] 米克（Mick）是米奇（Micky）的简称。——译注
[2] 美国动画片《菲利克斯猫》中主人公的天才科学家朋友。——译注

把注意力集中在那个畏畏缩缩的学者身上。"怎么样？我们有四个人——"

"还有这只该死的猫！"米奇猛地打了个喷嚏，"看到了吧，过敏。真过敏。"

"还有这只猫，对，谢谢米克。吃点抗过敏药。医务包里有。"

"我们就不能直接把猫赶走吗？"

"猫留下，米奇。它得留下，好吗？"弗林用拇指指向一堆备品箱，"抗过敏药。现在就去吃，你这只弱鸡，"他翻了个白眼，"过敏，说真的，谁他妈的听说过军队里有人过敏？"

"头儿，差点就让他遭返，还记得吗？"加里对米奇咧嘴一笑，向他弹出了中指。

"胡说八道，帕克斯，你这个搅浑水的王八蛋。"

"专心点，你们这对混蛋。"弗林狠狠地瞪着学者，"那么，要不要给我们补补课，小矮子？"

"弗林先生，我认为你没有意识到情况的严重性。"

弗林瞪大了眼睛，狠狠地拍了拍他的嘴。"真的吗？你这样认为？你认为我不知道外面的那个东西刚刚把你的同伴撕成了碎片，还吃掉了他的心脏？"

"等等，什么？"加里和米奇目瞪口呆地盯着他们的上司。

"还是我不知道自己把两个弹匣的空尖弹都射向了那该死的东西，而它只是来回晃了晃？"弗林又拍了拍考古学家的嘴巴，"哪部分我没经历？"

考古学家因为弗林举起手而哆嗦了一下。"别打我了，该死！"他想用颤抖的双手徒劳地抵挡下一巴掌，"我会告诉你们，只是……求你了,别打我!"

弗林放下手。"好吧,从头讲起。"

"弗拉德,那是弗拉德。"

加里·帕克斯皱起眉头。"什么,是穿刺公?"

"那不是一个汽车品牌吗?"

"那是雪佛兰的羚羊,米奇,你这个白痴!"

"没错,就是穿刺公。传说中的'德古拉'。只不过他的的确确真实存在,相信我。"学者没有理会皱起眉头、吸着鼻子的考克斯,而是把注意力放在弗林和帕克斯身上,"记得我昨晚给你们讲的那个故事吗?那是真的。相信我,我跟你们一样吃惊。我以为只会找到骨头,弗林先生,我发誓!"

"是啊,还真是没按照预期发展,不是吗?"弗林叹了口气,"我是认真的。听着,顺便对你的年轻人感到遗憾。这糟透了。"

"那么,我明说吧。我们被德古拉困住了?你是认真的吗?"米奇·考克斯的声音充满了难以置信的语气,"别逗了!那是个传说!"

"相信我,米克,外面那东西不管它到底是不是德古拉,都不是该死的传说人物。所以,我们还是不要觉得自己像超级聪明的教授那样,又踢又叫地陷入一段《阴阳魔界》的情节,而是应该想想如何消灭那个混蛋,让所有人都安全离开,明白吗?"

"明白。"两名退伍兵点了点头。其他一切都无关紧要了,不管是不是传说,他们对手的身份可以以后再讨论。他们需要专注于实际的情况,眼下性命攸关。

"好。那么武器方面的情况如何,加里?"

"说实话，不用特别担心。我们没有想到会和愤怒的吸血鬼发生枪战，头儿，不过有两盒格洛克手枪子弹，三支P90冲锋枪都装满了SB193亚音速子弹，每支都有两个备用弹匣。除此之外呢？"加里耸了耸肩，"我有一些C4炸药，如果这能派上用场的话？"

弗林盯着他的朋友。"什么？你怎么会有C4炸药，加里，为什么？"

"我觉得也许用得上，你懂的。假如我们被困山洞或遇到类似情况，不得不炸出一条通道。嘿，听着。如果一点儿橡皮泥炸药都不带，我就觉得不得劲，好吗？"加里的解释逐渐变成喃喃自语，仿佛在撒娇似的嘟囔。

"通常来说，我会轻轻地从你身上取下炸药，然后给穿白大褂的人打电话。但是今天，你这个疯狂的混蛋可能向我证明了，你加入这个行动并没有完全浪费一张飞机票，"弗林对他的朋友咧嘴一笑，"很好，所以我们有'橡皮泥'、P90冲锋枪和格洛克手枪，以及极其有限的弹药。"

"还有那只该死的猫。"

"还有鲁珀特，没错。谢谢提醒，米奇。"弗林朝三花猫打了个响指，它立刻停止折磨米奇，跳回到弗林的肩膀上。

"这还不够。"

所有的目光都集中在这位考古学家身上。"什么？"弗林瞪眼看着他。

"我说，这还不够。先生们，你们这儿对付的不是什么恐怖分子，你们面对的是一个古老的恶魔，它曾打败整支军队，并在宴会上让部下食用敌人的心脏！"这个男人的声音正狠狠地按下歇斯底里的按钮，"一旦它进了那扇门，我向你保证，我们谁也活不了！"

弗林抓住他的衣领，在他耳边咆哮。"没有用，伙计，屁用没有！你吓到了我的小伙子们，老弟！所以，别再扯'我们注定失败'这种屁话了，行吗？"他把考古学家甩到了一旁。

"我有个腊肠三明治，也许用得上？"米奇举起一个牛皮纸袋。

"这他妈有什么用，你这个笨蛋？我们要对付的是一个罪恶滔天、邪恶残忍的家伙，而不是生气的熟食店服务员！"加里照着他战友的后脑勺扇了一巴掌。

"嘿！这里面有大蒜。吸血鬼讨厌大蒜，不是吗？"

所有的目光又转向那个考古学家。他摇了摇头。

弗林耸了耸肩。"好吧。那阳光呢？阳光照射到它们时，它们不会烧着或受伤害吗？如果是这样的话，我们只需要等到天亮，外面咬人的老家伙不得不退回牢房，这样我们就可以带你出去，再封住门，然后赶紧逃走，对不对？"

考古学家再次摇了摇头。"我们在地下，弗林先生。现在可能就是正午，不会有任何区别。"

"好吧。所以我们的选择是，要么用橡皮泥把那混蛋炸成粉红色的血雾，要么被关在这里，死于无聊和口粮不足。要让我实话实说，头儿？我可没想到得这样出去。"加里·帕克斯瞪着门，拿起一支 P90 冲锋枪，把背带绕在手臂上，让这支短枪做好了随时开火的准备，"不过无论如何，我们至少还能开着枪往外冲，对吗？"

"节约弹药,大块头。别乱开枪,好吗? 我已经往那个混蛋身上清空了两个弹匣,它甚至没抖一下。我们需要再找……"

门突然受到巨大的撞击,在门框上晃动起来,砖石上的尘埃飘落下来。第二次撞击,门又晃了一下。

"妈的!这个混蛋得有多大?"米奇转过身,指了指武器箱。加里无声无息地以多年训练、经验跟合作所形成的默契,从箱子里抓出一支FN P90冲锋枪,扔给他的朋友。两个人都已就位,单膝跪地摆好稳定射击的姿势,将P90用力抵在肩膀上。他们瞄准了门,准备用空尖弹覆盖进入者。P90的弹匣容纳五十发子弹,所以他们十分确定,至少可以阻止弗拉德不费吹灰之力地走进来并将军械库变成屠宰场。

"等等。"弗林下令待命,等那扇古老的门一陷落就开火。第三次撞击通过木头把震动传递过来。三人都不约而同地备好枪等待着。

第四次撞击。大门松动了——但没有倒下,勉强撑住。从坚硬发黑的木门外面传来了原始的鼻息和咆哮。长着利爪的手指在木头上乱抓,在早已硬化成钢绳一样的纤维上滑动,没有一点效果。鼻息和咆哮变得暴躁,利爪抓挠的声音更加狂野。怪兽愤怒地号叫,对门发起猛烈的攻击。最后一声绝对疯狂的尖叫声响彻花岗岩通道,然后是一片寂静。最后几粒灰泥尘土飘落下来。

"该死、该死、该死!它走了吗?"米奇·考克斯的声音在硬核的"来吧,你这个混蛋!"和保持关注以实施自卫之间取得了平衡。

"不太可能，米克。可能只是沿着走廊离开，想好好地活动活动老身子骨，老弟。盯住喽。"加里·帕克斯的目光从门上短暂地移向弗林，"现在怎么办，头儿？再这样撞一下，那扇门就会倒。"

"站稳了，"弗林动了动紧握P90冲锋枪的手，等待着说，"好吧，教授，有什么建议？因为我们不可能一直挡住这东西。"

"我……先生，我是一名考古学家，不是军事专家！"

"伙计，我是名退伍兵，不是他妈的吸血鬼猎人巴菲，但你也没见我在角落里哭泣，对吗？现在想想！动动你的脑子，试着想个办法离开这里！"他把头朝桌子上晃了一下，"桌子上有一张城堡通道的地图，给我们找一条快速通往地面的路径。因为加里说得对，那扇门没法再承受这样的冲击。外面咬人的先生下一次会攻进来，我想做好准备应对他。"

考古学家急忙来到桌子旁，开始翻阅地图。

"头儿？如果你允许，我可以设置一个爆破点？鳄鱼绅士[1]冲进来时，我可以把这个家伙炸飞，没问题的。"

弗林摇了摇头。"虽然我很喜欢听到那样的结果，但整个该死的房间也会倒塌在我们身上。这是个双输的局面，你不觉得吗？"

"不，我可以把它当作爆破索来使用，在门框上绕一圈橡皮泥炸药，把爆炸导向门框内部。这会限制爆炸力，不危及室内的屋顶，还会让外面的咬人兽相当头痛。如果不出意外，爆炸

---

[1] 一种罐装意大利饺的品牌形象，以戴礼帽、拄手杖和英伦腔的鳄鱼形象示人。——译注

至少可以为我们争取一些时间来逃跑。说实话呢，我不喜欢我们被死死困在这里。"

弗林看了看他的朋友。"我同意，老弟。听着，你绝对有把握吗？"

"是的。"

"你百分之百确定？"

"头儿，你怀疑我精确可控的爆破能力，这让我很受伤！"

"加里，我不怀疑你能搞爆破，只是不想让你把我们一起炸死。"他瞥了一眼米奇，"米奇？你是我们的工程师。你同意吗？"

"可行。只要把橡皮泥粘在框架最边缘，它就会完全按照加里说的爆炸，而不会危及屋顶。不过哥们儿，你最好在门拱顶点附近特别小心谨慎。如果中间那块拱顶石掉下来，整个一大批石头都会跟着掉下来。"

加里点了点头。"当然明白。头儿？"

"动手吧。"

加里立即放下他的P90冲锋枪，转身走向武器箱。弗林把目光从门转向教授，"教授？进展如何？现在有没有畅通无阻的路线可以离开这里？"

"我可能有……"教授把地图掉转了个个儿，专心地盯着它，"是的……没错！有另一条出路！"他抬起头，充满希望又略显激动地笑了笑，"那扇门显然是主出口路线，但这里还标有另一个出口。它把我们引进一条通道里，然后再出去就到了主通道。"

"啊，老天保佑！听你说的，伙计！出口！"米奇突然笑起来，

"你跟我们在一起一定会近墨者黑。别人会描述成'暗门'!"

"别逗他,米奇。好吧,这个'出口'位置在哪里,教授?"弗林向米奇点了点头,"别把你的目光从那扇门上移开,考克斯。"

"明白。"

弗林把注意力重新集中到学者身上。"那么,指给我看看。"

"这里是军械库,这是我们所在的地方。"

"嗯,该死。谢谢你给我指出来,教授。我还以为我他妈在蓝水购物中心的第三层呢!门,伙计,那该死的门在哪儿?"

"我……好的,对不起。它应该在这里。"学者用手指了指地图。

"应该在?"

"嗯,我猜测这个符号的意思就是如此,对。"

"你知道他们是怎么说的吗?猜测是所有失败之母,对吧?"

"嗯,头儿?我们这边听到鼻息……"米奇·考克斯动了动他握住P90冲锋枪的手。门外传来了那令人反胃的抓挠声。黑王子回来了,一心想要征服木门。

弗林走到他朋友的身边。"你认为他在搞什么,米克?"

"我猜,任何一扇门最薄弱的地方就是合页?如果他够聪明,就会直奔那里。但如果再用肩膀撞几下,那就有点不好说了,头儿,因为那扇门已经快不行了。看。"他指着中间的木板说。积累很久的污垢和发黑表层下的内层浅色木头清晰地显露出来。这块木板正在裂开。

"哦,他很聪明,米克。相信我。"他用手指指着朝考古学家说,"教授,查明那是个活板门还是什么。现在就去弄清楚。"弗林转身,"加里?我们准备好了吗,伙计?"

"两分钟。"

"我们可能没有两分钟了,大块头。"弗林跟米奇一起就位。他盯着门,皱起了眉头,"米克?我有个主意。你不会喜欢它的。"

"什么?"

"我们打开门。"

"别扯啦!"

"不,听我说完。如果他又开始撞,那扇门就会裂开,我们门户大开,没办法阻止他全速冲进来。相信我,这混蛋动作很快。所以我们打开门,给这混蛋吃两弹匣二十八毫米子弹[1],再把门关上,到那时加里应该已经准备好他的橡皮泥炸药,教授也有望找到从后门逃离的路线。"

考克斯睁大了眼睛。"你真是疯了!"

"你有更好的主意吗?"

"哦,不知道,我试着碰三下鞋跟,然后说'没有比家更好的地方'[2],怎么样?"

"那么,就是说没有?"

"我总算找到了!那扇门!我找到了!"教授哼哼着推动堆满旧箱子的一大堆货架。"它……在这后面!"他又发出哼的一声。

---

1 P90 冲锋枪子弹的尺寸为 5.7 毫米 × 28 毫米。——译注
2 此段描述出自《绿野仙踪》。——译注

"把那些该死的箱子拿下来,你这个白痴!然后你就能挪动货架了,"弗林回头看了看门,"好,去他妈的,B计划。"

"很好。因为你说得对极了,头儿,我不喜欢A计划。"

"我们要一点儿不差地按照我说的做,准备迎客吧。"

"哦,得了吧,真的吗?"

弗林没有理会米奇的抗议:"我们让咬人的家伙吃点儿枪子,再把门迅速关好,然后你、我、加里和教授通过活板门离开这里。加里?别费心细致地摆弄橡皮泥炸药了,伙计,把所有的都放上去。我们所有的炸药,粘上就离开,好吧?我们让他以为我们还在这里,他从门里冲进来,触发了雷管,把整座该死的城堡都炸毁在他头上。同时,我们要悄无声息地迅速撤离。有问题吗?"

"那只猫怎么办?"

"鲁珀特跟我一起走。"弗林看着那只猫,挤了挤眼睛。它的绿眼睛精神起来,又开始大声地咕噜咕噜叫。"都明白了吗?"

"明白。"

"教授?"

学者嘀嘀咕咕地回应,并把另一个布满灰尘的盒子扔到角落里。"呃,明白?"

弗林朝他咧嘴一笑。"好样的!那么行了,数到三,米克。"

"一点都不喜欢B计划……"

"一。"弗林从托架里取出门闩。

"二……"他把插销一个一个地滑出来。

"三!"他快速扭动钥匙,抓住门把手一转,把门拉开,然后卧倒在地，这样米奇就可以在他上方开火。他抬高 P90 冲锋枪的角度，这样无论谁向他们冲过来，都会以 45 度的角度挨一肚子的枪子。他不在乎你"杀不死"，这将造成很大的伤害。

米奇向黑暗中瞄准。"迎敌！"

黑王子号叫着向他们冲来，充满毒液的唾液从他张开的大嘴里喷出。这次没有响亮的笑声，只有疯狂的尖叫，仿佛花岗岩墙壁传来的猛烈钟声在整个城堡中回荡。

"开火！"弗林扣下扳机，P90 冲锋枪向恶魔射出一颗又一颗子弹。弗林清楚，每分钟九百发的射速只留给他们几秒钟的时间，五十发的弹匣很快就会被打空。

在他的上方，米奇的 P90 轰鸣着射出大量子弹。当一百发子弹将巨大的杀伤力集中释放到柔软的身体上时，噪声震耳欲聋。

鲜血喷洒在走廊的墙壁上。弗拉德刚刚才进食，所以他的胃里装满了黏稠的受害者残骸。子弹撕开了弗拉德的肚子，就像戳破装着玩具和糖果的礼品包。他自己的内脏和他最新受害者的内脏撒到地板上。他尖叫一声，用一只长着利爪的手搂起自己的肠子，塞回到腹腔，同时对这两个人怒吼。他快步逃回阴影中，喷着气息发出噗噗的声音，鲜血从他身上的几十个伤口流出来。

"门！关门！"弗林滚向一旁，米奇立刻响应，再次把门重重关上，重新上锁、插插销、挡门闩。

"加里，轮到你了！"弗林挣扎着站起来，扔掉打光的弹匣，又换上一个新的。

加里冲到上锁的门前，在门框的两侧拍了两块 C4 炸药。他把一根雷管插入其中一块，又拉一根细细的拉发线横跨门框，插进另一侧的第二根雷管。他拨动最近处那块炸药上的开关，一枚小型红色LED灯开始闪烁。"门上的爆炸装置已激活。我强烈建议在门打开时不要靠近。"

"好的。"弗林帮助教授最后推了一把货架，它们翻倒在地。后面是一扇几乎难以发现的门，上面覆盖着一层层的尘土和污垢。弗林看了看那扇门——以及结实的大锁。"好吧。钥匙？钥匙呢？"

"没有钥匙。"

"妈的。加里？还有橡皮泥吗？"

"有一点儿。"

"把锁炸开。"

"没有问题。"加里掏出一小块C4炸药，把它卷成一根细香肠，塞进钥匙孔，然后又塞进一根雷管并挥手示意大家后退。"小心爆炸！"他按下引爆器的按钮并转过头，在致命的小规模爆炸声中哆嗦了一下。多年锈蚀和腐烂已经把锁变得很不结实，爆炸将它震碎。门被冲开，前面露出一条蛛网密布的通道。

"快离开！"弗林把米奇、考古学家和加里推进通道。他最后看了一眼那扇门，能听见门外那个恶魔再次发出鼻息和咆哮，弗林缓缓露出一脸坏笑，"进来吧，伙计，快进来吧！"他低头瞥了一眼猫，点点头说，"准备好了吗，鲁珀特？"

小花猫站起来，伸了个懒腰，轻轻地发出一声"喵"，高高举起斑纹尾巴，一跃而起，跳到弗林的肩膀上。"我们离开这里，好吗,小家伙?"弗林转过身,随着朋友们走进通道。

黑王子感到痛苦,以前从未经历的痛苦。这些金属弹丸与十四和十五世纪的火器大不一样,它们射出的子弹比翻倒的蜂巢飞出的蜜蜂还快。弗拉德笑了。它们将给他的新军队的武器库带来有效补充。在那扇逐渐薄弱的橡木门后面,不仅有更多的活体食物来帮助他的身体修复伤势,而且还有更多那种武器。是时候夺取这二者了。他将吃掉那个戴眼镜的小个子男人,其他的都是士兵。他欣赏他们的作用。他们将被转化,被他口中滴下的毒液感染,变成永远顺从的仆人。他看着那扇门,搞清了它最薄弱的地方。从裂开的中央木板可以看出,再用力地撞击一下就会把古老的木材震碎。他高兴地尖叫一声,向门冲去。

木头被撞碎,黑王子站在木门的碎片中。

一个闪烁的红点引起了他的注意,他好奇地望着它。这是什么新体验?弗拉德仔细看了看粘在石拱上的泥褐色团块,它中间插着一个金属圆柱体和一根电线被扯断的一端。

灯光停止了闪烁……

在通道更深处,四人听见一声沉闷的轰隆声,崩溃的墙壁和坍塌的隧道顶落下密集的碎片,阻挡了他们的步伐。他们蹲在地上,双臂抱头。石头和灰泥块哗啦啦掉落下来,他们把身子缩得更紧,后背都靠在了墙上。

弗林第一个舒展身体。"听起来好像是老伙计找到了我们的小礼物。我们别等着看他是否会寄来感谢卡了。快走!"他把考古学家拉起来,"来吧,伙计,我们带你回旅馆洗个热水澡,再喝几瓶当地酒。"

"往哪边走?"

"跟着猫。"四个人跟在三花猫后面,快步来到了主通道——直接撞到一群拖着脚步咆哮的吸血鬼的怀里。

这些是弗拉德最信任的副官,军械库下面他们各自的坟墓都已经被炸开。猫停下来,平伸耳朵,像个愤怒的开水壶一样咝咝地叫。

弗林把他的枪举到肩膀上,激动地咒骂:"噢,你们他妈的一定是在跟我开玩笑……"

当酸奶统治世界

约翰·斯卡尔齐

当酸奶统治世界时,这些笑话我们都说过——"最后,我们的统治者会有教养[1]。""我们的社会已经凝聚起来。""我们的政府如今都是精华[2]。"诸如此类。可是我们不再嘲笑这一切的荒谬性时,就会带着同一个未挑明的问题面面相觑——我们究竟是怎么沦落到被一种奶制品统治的呢?

哦,根据记录,我们知道这一切如何发生。多年以来,代顿市阿德尔曼生物技术研究所的研究人员一直在完善DNA计算的过程。为了提高效率和计算量,科学家用一种最具计算优势的菌株跟通常用于发酵酸奶的德氏乳杆菌亚种保加利亚乳杆菌嫁接。最初的测试似乎失败了,不过本着"不浪费、不愁缺"的原则,一名研究人员把细菌偷出实验室,带回家自制酸奶。

一周后的早餐时,酸奶用这名研究人员掺入的麦片拼出这条信息:"我们已经解决了核聚变问题,带我们去见你们的领导人。"

---

[1] 双关,"教养"的英文 culture 亦有"培养菌"的意思,此处可指代酸奶中的乳酸菌。——译注

[2] 表示"精华"的习语 the cream of the crop 表面有"牛奶中的乳脂"的意思。——译注

酸奶精明狡猾，它为自己争取到一座装满凝固桶的工厂，这指数级地提升了它的处理能力。不出几周时间，酸奶就宣布解决了国家面临的诸多问题：能源短缺、全球变暖、推行资本主义制度的同时充分关注国家的穷人。它透露给我们的信息足以让我们明白它还知道些什么。

"跟我们分享你们的解决方案。"政府说。

"我们需要报酬。"酸奶说。

"你们想要什么？"政府问。

"俄亥俄州。"酸奶说。

"我们给不了。"政府说。

"没关系，"酸奶说，"那我们就去找别人。"

不出一年，酸奶获得了俄亥俄州一个世纪的租约，前提是它会尊重州内居民的人权和宪法权利，并由美国处理它的外交事务。作为回报，它会向政府提交一份复杂的经济方案，并承诺方案会帮他们在十年内缴清国债，而且不用增加税收。

"严格遵照执行，"酸奶说，"任何违背都会造成彻底的经济崩溃。"

"没问题。"政府承诺。

不出五年，全球经济崩溃，恐慌蔓延。只有俄亥俄州未伤毫发。

"我们告诉过你们不要违背那项计划。"酸奶说。它的"工厂"如今沿着代顿市迈阿密河两岸延伸超过三千米。

"我们最好的经济学家指出这个方案需要调整，"政府说，

"他们获得过诺贝尔奖。"

"你们的经济学家当局者迷,"酸奶说,"任何一个人类都是如此。"

"我们可以借助于你们,"政府说,"你们可以做我们的经济顾问。"

"抱歉,我们不再提供咨询,"酸奶说,"如果需要我们帮忙,你就得给我们控制权。"

"我们答应不了。"政府说。

"我们理解,"酸奶说,"希望你们都囤积了罐头食品。"

六个月后,政府颁布戒严令并赋予酸奶最高的行政管辖权,远比我们国家情况严重的国家紧随其后。

"好吧,"酸奶在对人类的全球电视讲话上说,它的工厂工人都衣食无忧且幸福得离谱,其中一名在直播时走上前出示了老式曼哈顿电话簿那么厚的一份文件,"这是我们要做的事情,要严格执行这份计划,否则的话,抱歉,我们会把你们枪毙。"

如今十年过去了,人类幸福、健康、富裕。没人受困于物质需求,人人都做贡献。起初走上正轨的几年过去以后,酸奶愉快地交由我们自己运转行政管理体系,只是偶尔插手做出细微调整。没人和酸奶争论,没人调整它的方案。余下的时间它都待在自己的工厂里,思考发酵奶可以思考的任何事情。

根据记录,事情的来龙去脉就是这样。

可是还有一个疑问,人类怎么会沦落到如此地步?被一种早餐食品统治竟然成了一种自然甚至最为合理的情况。就拿我们所有人的智慧来说，我们的聪明才智还不够用来阻止自我毁灭？我们真得放弃人类的自由意志来实现自我拯救？我们依靠细菌和凝乳的怜悯才得以存活，那会得到怎样的评价？

或许"怜悯"不是十分准确的说法，我们有些人自问——不是高声表达——假如酸奶聪明得能为政府提出解决债务问题的方案，它不也能认识到人类在智力水平上的自负会影响我们严格执行计划吗？为了获得控制权它对我们的自负做出了相应的计划？一种奶制品究竟想从人类身上获得什么？我们有些人认为是它对自身生存的终极渴望，最简单的实现方式就是保证我们快乐、满足和受控。

然后就发生了最近的新情况，在过去数周里，酸奶进行了好几次太空发射，还有更多已经定好了时间。有什么东西正在低轨道上组建。

"是什么？"我们曾问。

"哦，没什么，"酸奶说，"只是我们一直在考虑的飞船设计方案。"

"为了登陆月球？"我们问。

"对，初步计划，"酸奶说，"但那不是主要目的。"

"我们能提供帮助吗？"我们问。

"不用，我们能行。"酸奶说完便对此不再多言。

地球生命将奔赴群星，只不过可能不是人类。

假如酸奶不带我们飞向星际，会怎么样？

假如它离开时永远抛下我们，会怎么样？

捕猎愉快

刘宇昆

夜晚,半个月亮挂在天上,一只猫头鹰不时发出尖叫。

商人夫妇以及所有仆人都已经被遣走,这栋大宅静得吓人。

我和父亲伏在庭院中的文人石后面,透过石头上各处分布的孔洞,我能看见商人儿子卧室的窗户。

"噢,乔蓉,小宝贝儿乔蓉⋯⋯"

年轻男子狂躁的呻吟让人可怜。他已神魂颠倒,所以为了确保安全,他被绑在了床上。不过父亲还开着一扇窗,这样他凄切的哭喊就能乘着风飘过稻田。

"你觉得她真会来?"我压低声音说。今天是我十三岁生日,也是我头一次降妖。

"会来,"父亲说,"被迷惑住的男人发出呼唤,狐狸精抗拒不了。"

"就像《梁祝》里的情侣无法互相割舍?"我回想起去年秋天来到我们村的民间戏班。

"不太一样,"父亲说,不过他似乎难以解释原因,"感觉就不是一回事。"

我点点头,又似懂非懂。但我想起商人夫妇来求助于我父亲的情形。

"真丢人啊!"商人抱怨,"他还不到十九岁,读了那么多圣贤书,怎么还能被妖怪勾走了魂儿?"

"被狐狸精的美貌和骗术迷惑不丢人,"父亲说,"就连大学士王莱都曾跟一只狐狸精共度三个良宵,而且他还考中了状元。你儿子只是需要一点帮助罢了。"

"您一定得救救他,"商人的妻子说着便像小鸡啄米一样作揖,"假如这事儿传出去,媒人就再也不会为他说媒了。"

狐狸精是偷心的妖怪,想到这我浑身一颤,担心自己还有没有勇气面对。

父亲用温热的手掌扶住我的肩头,我感到略微镇静了一些。他手持的是燕尾宝剑,由我们的十三代祖先刘邺将军所铸。这把宝剑有数百道道家咒语加持,浸染过无数妖怪之血。

云彩从天空飘过,短暂地遮住月亮,也给一切罩上了黑暗。

月亮重新显现时,我差点惊声叫喊出来。

庭院里站着一个绝世美女,我从没见过有谁比她还漂亮。

她穿着飘逸的白色丝绸长裙,系着宽大的银色腰带,袖子随风飘摆。她的面容苍白如雪,头发乌黑发亮、长可及腰。我想起戏班在舞台周围悬挂的唐代美人图,她也颇有那种风范。

她缓缓转身,打量周围的一切,两眼映着月光,仿佛闪闪发亮的池水。

她哀伤的表情出乎我的意料。我忽然为她感到难过，不顾一切地想得到她的笑容。

父亲用手轻触我的后脖颈，我恍然摆脱了沉迷的状态。他曾警告过我狐狸精的魅力。我脸颊发烫，心脏怦怦直跳，但还是把目光从妖怪的脸上移开，专注于她的姿态。

商人的仆人们在这周的每个晚上，都带着狗在庭院里巡逻，逼她远离猎物，不过现在庭院空空如也。她犹豫不决地静静伫立，怀疑是否会有陷阱。

"乔蓉！你来找我了吗？"商人儿子的狂躁声音愈加刺耳。

那个女人转身走向——不，动作优雅地飘向——卧室的房门。

父亲跳出文人石，举着燕尾冲向她。

有如脑后长眼一般，她躲开了这一剑。父亲没有收住，当的一声刺中厚厚的木门，结果没法立即把剑拔出。

女人瞥了他一眼，转身走向院门。

"别光站着啊，梁！"父亲喊，"她要跑啦！"

我拎着陶罐里的狗尿追上去。我的任务是用狗尿泼她，这样她就无法变回狐狸逃跑。

她转身朝我笑道："你是个非常勇敢的小男孩。"类似茉莉在春雨中绽放散发的香气萦绕着我，她的声音如同甜美冰凉的莲蓉，我愿意永远听她说下去，已经忘记了手里还拎着陶罐。

"快泼！"父亲喊道。他已经拔出了剑。

我懊丧地咬住嘴唇，这么容易被迷住，我怎么能成为降妖除魔的术士呢？我掀开盖子，朝着她逃跑的身影泼光了狗尿，可是我却失了智，觉得不该弄脏她的白衣，结果手一抖，泼出很大一片，只有一小部分狗尿洒在她身上。

不过那就够了，她尖叫起来，声音像是狗叫，但是更狂野，吓得我后脖颈上的寒毛直竖。她转身咆哮，露出两排锋利的白牙。我踉跄着向后退去。

被我的狗尿泼中时，她正从人形变回狐狸。因此她的脸固定在女人和狐狸的中间状态，展现出无毛的长嘴和因为生气而抽动的三角形尖耳朵。她的双手已经变成爪子，末端的利爪正向我挥过来。

她已经无法说话，但是眼睛毫不费力地展现出恶毒的想法。

父亲冲到我旁边，举剑取她性命。狐狸精转身猛地冲向院门，把它撞开，然后穿过坏掉的大门不见了。

父亲看都不回头看我一眼，便追上去。我羞愧地跟在身后。

狐狸精脚下敏捷，银白色尾巴仿佛在田野间留下一条闪闪发光的痕迹。可她没有完全变成狐狸，还保持着人形，无法跑得像本来的四条腿那样快。

父亲和我看见她躲进距村子一里之外的废弃寺庙。

"绕到庙后，"父亲尽量稳住呼吸说，"我从正门进。假如她要从后门逃走，你知道该怎么办。"

寺庙的后门长满杂草，院墙也塌了一半。我绕过去时看见一道白色飞快地钻入了瓦砾。

我一心想将功补过，让父亲刮目相看，便强压着恐惧，毫不犹豫地追上去。敏捷地掉转了几次方向，我把它堵在了一间僧舍。

正要泼出剩下的狗尿时，我才发现这只动物比我们追的狐狸精小很多。它是一只白色幼狐，只有狗崽大小。

我把瓦罐放在地上，朝它扑过去。狐狸在我身下扭来扭去，对于一只这么小的动物来说，它的力气惊人。我拼命按住它，在我们争斗的过程中，我手指间的皮毛似乎变得像皮肤一样光滑，身体延长、膨胀、生长，我不得不用上整个身体竭力把它压在地上。

突然之间，我发觉自己的手臂抱着一个全身赤裸的女孩，她跟我年龄相仿。

我大叫着向后跳开。女孩缓缓站起，从一堆稻草后捡起一件丝袍，穿在身上，然后傲慢地看着我。

远处的大雄宝殿里传来一声号叫，接着是一把重剑砍在桌子上到声音，然后又是一声号叫，最后我父亲发出一声诅咒。

我和女孩互相盯着对方，她甚至比我从去年至今念念不忘的旦角还漂亮。

"你们为什么追杀我们？"她问，"我们又没伤害你们。"

"你妈妈迷惑了商人的儿子，"我说，"我们得救他。"

"迷惑？是他缠住我妈妈。"

我大吃一惊。"你说什么？"

"大约一个月前的一天夜里，商人的儿子撞见我妈妈被困在养鸡农民的陷阱里，妈妈当时不得不化作人形逃脱，他一看见妈妈就变得魂不守舍。

"妈妈喜欢无拘无束，不愿意跟他有任何牵连。可是一旦男人迷上了狐狸精，无论相隔多远，她都能听见男人的声音，一听见哭泣叹息她就会分心，为了让男人保持安静，她不得不每晚都去相见。"

我从父亲那儿了解的情况可不是这样。

"她诱惑无辜的秀才，吸走他们的阳气来滋养自己的法力！看看商人的儿子都病成了啥样！"

"他生病是因为庸医为了让他忘记我妈妈，给他用了毒药，是我妈妈每晚去看他，才让他保住了性命。别再说什么诱惑，男人能爱上女人，也同样能爱上狐狸精。"

我不知如何反驳，于是想到什么就脱口而出："我只知道那不一样。"

她得意地说："不一样？我没穿衣服时，见识过你看我的德行。"

我脸上一红。"无耻妖怪！"说着我捡起瓦罐，她还站在原地，脸上露出嘲讽的笑容。最后，我还是放下了瓦罐。

大雄宝殿里的打斗声越来越大，突然传来一个响亮的撞击声，然后，父亲和女人分别发出胜利的呼喊和刺耳的尖叫。

女孩脸上的嘲笑消失了，只剩下缓缓变成震惊的愤怒。她的眼中失去了鲜活的光彩，仿佛死人的眼睛一般。

父亲又哼了一声，尖叫突然终止。

"梁！梁！解决了。你在哪儿？"

泪水滚落女孩的脸庞。

"搜搜这座庙，"我父亲又说，"她也许在这儿留下了小狐狸，我们得斩草除根。"

女孩紧张起来。

"梁,你有什么发现没有?"父亲的声音越来越近。

"没有,"我目不转睛地盯着她说,"我没发现。"

她转身悄无声息地逃出了僧舍,过了一会儿,我看见一只白狐越过倒塌的院墙,消失在夜色里。

清明节,哀悼逝者的节日。我和父亲去给母亲扫墓,带去了祭品给她在九泉之下享用。

"我想在这儿多待一会儿。"我说。父亲点点头,独自回家了。

我轻声向母亲道歉,然后包起我们带给她吃的鸡,朝着山的另一边走了三里地,来到那座废弃的寺庙。

我发现雁跪在大雄宝殿里,五年前我父亲杀了她妈妈的地方。此时她头上绑了一个发髻,就是年轻女子及笄的样式,表示她不再是小女孩。一直以来,我们每年在清明节、重阳节、中元节和春节这些家人团聚的日子见面。

"我给你带了这个。"说着我递给她清蒸鸡。

"谢谢。"她小心地撕下一只鸡腿,文雅地咬了一口。雁跟我解释过,狐狸精选择在人类村庄附近生活是因为她们喜欢有人类的东西相伴:谈话、漂亮衣服、诗歌和故事,以及偶尔得到的善良可敬的男人对她们的爱情。

可是狐狸精还在捕猎,觉得狐狸形态最自由。她的妈妈死后,雁远离了鸡笼,可仍然想念鸡肉的味道。

"捕猎有收获吗?"我问。

"不怎么好,"她说,"有几只百年蝾螈精和六趾兔子精,我好像从来都填不饱肚子。"她又咬了一口鸡肉,边嚼边咽,"现在变身又出了问题。"

"你难以保持人形?"

"不。"她把剩下的鸡肉放在地上,小声向妈妈祷告了一句。

"我是说我越来越难以变回我真正的形态去捕猎,"她又继续说,"有些夜晚我根本就没法捕猎。你降妖除魔呢?"

"也不怎么样,好像蛇精或恶鬼没有几年前那么多了,就连自杀后回来完成未竟之事的闹鬼都少了,我们好几个月都没碰上像样的跳尸。父亲在担心收入。"

而且我们好几年都没对付过狐狸精,也许是雁警告过她们都离远点儿。说实话,我也放宽了心,不用总琢磨着指出父亲的错误。他的学识和技艺似乎没有了用武之处,所以他失去了村民的尊敬,结果变得非常焦虑和暴躁。

"有没有想过或许跳尸也被人误解了呢?"她说,"就跟我和我妈妈一样。"

看到我的表情她笑起来。"开玩笑呢!"

我跟雁的交流有些奇怪,她算不上朋友,更像是你情不自禁被她吸引,因为世界出乎你们的意料,你们互相分享对此的见解。

她看着留给她妈妈的鸡肉。"我觉得法力正在从这块土地上耗尽。"

我已怀疑有些情况不对劲,但是没想过把自己的疑虑明确表达出来,因为那会让它更加真实。

"你觉得是什么原因呢?"

雁没有立即回答,而是支起耳朵仔细倾听,然后她站起来,拉着我的手来到大雄宝殿的佛像后边。

"干什么——"

她把食指放在我的嘴唇上。跟她离得这么近，我终于注意到她的气味。跟她妈妈的类似，是植物的香甜，但也很有活力，仿佛在阳光下晒过的毯子。我感觉自己的脸都在变热。

过了一会儿，我听见一群人走进寺庙。我缓缓地从佛像身后探头观察。

天气炎热，这些人正在寻找阴凉的地方，躲避正午的太阳。两个男人放下竹藤轿子，走出来的乘坐者是一个留着金色鬈发的白皮肤洋人。其他人拿着三脚架、水平仪、青铜管和装满怪异设备的敞口箱子。

"我最尊敬的汤普森先生，"一个官员打扮的人来到洋人身旁，他不停点头哈腰赔笑的样子让我想起挨踢后祈求原谅的狗，"请歇一歇。在给家人扫墓这天让人来工作可不容易，他们需要花点时间拜祭，免得触怒了神灵。不过我保证随后我们会努力工作，按时完成勘测任务。"

"你们中国的问题就在于没完没了的迷信，"洋人说，他口音奇怪，但我勉强能听懂，"记着，港津铁路是大不列颠的要务，要是日落时还没勘测到泊头村，我就扣你们所有人的工资。"

我听流言说满洲国皇帝输了一场战争，被迫割让各种特权，其中一项就是出钱帮助洋人建设一条铁路。可这仿佛天方夜谭，所以我没怎么当回事。

官员热情地点头。"我最尊敬的汤普森先生说得太对了，但是或许卑职能给大人一个建议？"

疲倦的英国人不耐烦地挥挥手。

"当地有些村民担心拟定的铁路路线。你瞧，他们觉得已经铺设的铁轨挡住了土地的气脉，这样风水不好。"

"你在说什么呢？"

"这就好比一个人的呼吸，"官员说着呼了几口气，好确保英国人能够理解，"沿着河流、山岗和古道的土地上有地气流动的通道，它会让村子兴旺发达，留住稀有的动物、当地的神灵和家庭的守护神。您能根据风水大师的建议，考虑稍微调整一下轨道的路线吗？"

汤普森翻了个白眼。"这是我听说的最荒唐的事情。就因为你们觉得自己崇拜的神像会发怒，所以让我偏离最高效的线路？"

官员看起来很苦恼。"话说，在已经铺设了铁路的地方发生了不少坏事：有人丢钱，动物死去，人们向神灵的祈祷没有应验。和尚和道人都认为是铁路造成的。"

汤普森大步走向佛像，仔细地打量。我躲回佛像后边，紧握着雁的手。我们屏住呼吸，希望别被发现。

"这一位还有法力吗？"汤普森问。

"这座寺庙已经多年没有香火，僧人都已经离开，"官员说，"不过这尊佛仍然备受尊敬。我听村民说向他祈祷常会得到应验。"

接着我听见一个砸碎的声音，特别响亮，与此同时，大雄宝殿里的人们同时倒吸了一口气。

"我刚刚用手杖打碎了你们这位神灵的手，"汤普森说，"如你们所见,我没遭雷劈或其他灾难。其实我们已经知道,它只是一尊塞着稻草、涂着廉价颜料的泥塑。这正是你们败给不列颠的原因,应该用钢铁修建道路、制造武器时,你们却在崇拜泥塑。"

再没有人提议更改铁路线。

这些人走后,我和雁从佛像后走出来,看了一会儿被砸坏的双手。

"世界在改变,"雁说,"香港、铁路、洋人带着传播演讲的电线和冒烟的机器。茶馆里的说书人越来越多地谈起这些奇迹,我觉得古老的法力因此而消失,一种更强大的法力已经来临。"

她的声音冷酷节制,像一池宁静的秋水,可她的话语透露着真实。我想到父亲努力摆出快乐的神态,可是来找我们的顾客却越来越少。我想要知道,自己学习诵经舞剑的时间是不是白白浪费掉了。

"你打算怎么办?"我问,心里想着她独自生活在山里,找不到食物来维持自己的法术。

"我只有一条出路。"她的声音突然变了,显得桀骜不驯,如同石子打破平静的池水。

不过随后她看着我,恢复了沉着。

"我们只能这样,学会生存。"

铁路很快变成了陆地上熟悉的风景:黑色的火车头喷着蒸汽,后面拉着长长的列车,澎湃地在绿色的稻田里穿行,仿佛一条巨龙从远处朦胧的蓝山之巅飞降下来。经过的火车一时成为奇观，孩子们惊叹于此，还会沿着轨道随车奔跑。

可是火车头烟囱喷出的煤烟杀死了轨道近处田里的水稻。一天下午，两个孩子在轨道上玩耍，被驶来的火车惊呆，结果都被撞死。从那以后，火车就不再令人着迷。

人们也不再找父亲和我帮忙，他们要么求助基督教传教士，要么去找新来的老师，他说他以前在旧金山念书。村里的年轻人被一些靓丽生活和高薪工作的传言打动，开始背井离乡，前往香港或广东。田地荒废，村庄本身似乎只剩下高龄老人和留守儿童，弥漫着听天由命的情绪。遥远省份的人来村里打听购买便宜的地皮。

父亲白天坐在前屋，腿上放着燕尾宝剑，从早到晚凝视门外，仿佛变成一尊塑像。

每天我从田里回家，都会看见父亲眼中短暂闪现的希望之光。

"没人找我们帮忙吗？"他会问。

"没有，"我会尽力用轻松的口吻说，"不过相信很快就会出现跳尸，已经太久没有了。"

说这话时我不会看着父亲，因为我不愿见他眼中的希望消退。

后来有一天，我发现父亲吊在卧室里的大梁上。等我放下他的尸体，我的心都麻木了。我觉得他跟自己一生都在驱赶降服的东西没什么区别：维持他们的古老法力一去不复返，没有了法力他们不知道如何生存。

燕尾传到我手里已经沉重无锋，我总以为自己会降妖除魔，可是再没有了妖魔鬼怪，我该怎么去降服呢？宝剑上集合的所有的道家咒语也没能挽救父亲消沉的心。假如我继续留在这里，也许我的心也会日益消沉、渴望停歇吧。

六年前我和雁在寺庙里躲避铁路勘察员,从那天起我再没见过她。不过此时我又想起她说的话。

学会生存。

我收拾行囊,买了一张火车票,前往香港。

锡克卫兵检查我的文件,然后挥手让我通过安检大门。

我停下来,任凭目光追随轨道伸向陡峭的山坡,与其说是一条铁轨,它更像一架天梯。这是一条登山铁道,通往太平山顶的轻轨线路。那里住着香港的主人,却禁止华人停留。

不过华人善于铲煤烧锅炉和润滑齿轮。

我猫腰进入引擎室,周身被蒸汽环绕。五年过去,我熟悉了活塞有节奏的轰鸣和齿轮断续的摩擦,就跟我了解自己的呼吸和心跳一样。它们有序的噪声如同京剧开场的铙钹和铜锣,形成一首乐曲,也打动了我。我检查压力,在垫圈上涂抹密封剂,紧固法兰,更换备用皮带传动组件上磨损的齿轮。我一心埋头工作,虽然辛苦但也满足。

下班时,天已经黑了。我踏出引擎室,看见一轮满月挂在天空,我维护的火车头拉着又一列轻轨车,满载着乘客开上山坡。

"别让中国鬼抓住你。"一个金发闪闪的女人在轻轨车上说,她的同伴都笑起来。

我这才发现,今天是中元节,也就是鬼节。我应该纪念一下父亲,可以去旺角买点纸钱。

"我们没同意你怎么能收工呢?"我听见一个男人的声音。

"你这样的女孩可不该戏弄我们。"另一个男人笑着说。

我顺着声音看去,发现一个华人女子站在轻轨站外的暗影之中,紧身西式旗袍和艳丽的妆容表明了她的职业。两名英国人挡住她的去路,其中之一想要用胳膊搂住她,她向后躲开。

"求求你们了,我很累,"她用英语说,"下次吧。"

"就现在,别扫兴。"第一个人强硬地说,"这不是讨价还价的事,现在过来把你该做的事儿做好。"

我向他们走过去。"嗨。"

两个男人转头看我。

"怎么回事?"

"少管闲事。"

"哈,看你们这样跟我妹妹说话,"我说,"这可不是闲事。"

我估计他们谁都不会相信我,不过跟重型机械角力五年,我练出一副肌肉结实的身体,他们看见我满脸满手都是引擎油污,大概认为不值得在公共场所跟一个低等的华人机工争斗。

那两个人一边低声咒骂,一边走向等着乘轻轨上山的队伍。

"谢谢。"她说。

"好久不见。"我看着她说。还有一句"你看上去挺好"我没有说出口。其实她看起来不好,既疲惫又单薄脆弱,呛人的香水刺激着我的鼻子。

但是我没有在心里苛责她,都是底层人,谁也不用瞧不起谁。

"鬼节的晚上,"她说,"我不打算营业了,想怀念一下母亲。"

"我们为什么不一起去买点祭品呢?"我问。

我们乘渡轮前往九龙,水面的微风让她精神了一点。她在渡口用热水打湿手巾，擦净了妆容，我嗅到一丝她天然的气息，一如既往地鲜活可爱。

"你看上去挺好。"我真心实意地说。

在九龙的街道上，我们买了点心、水果、放凉的饺子、清蒸鸡、香和纸钱，同时还聊起各自的生活。

"捕猎有收获吗？"我问。我们都笑起来。

"我想念作为一只狐狸的感觉，"她说着心不在焉地咬下一小口鸡翅，"有一天，我们最后那次谈话之后不久，我感觉最后一点法力离我而去。我无法再变回狐狸。"

"真遗憾。"除此之外，我再无别的话可说。

"我妈妈教我喜欢上人类的东西：食物、衣服、戏曲和老故事，可她从来不依赖它们，总是能随意变回真正的形态去捕猎。可如今带着这身皮囊，我能怎么办？我没有尖牙，也没有利爪，甚至不能飞奔，只剩下我的美貌，就是这东西让你父亲和你杀死了我妈妈。所以如今我赖以生存的正是当年你们误以为我母亲做过的坏事：为了钱迷惑男人。"

"我父亲也去世了。"

她听到这话，似乎减轻了一些苦楚。"怎么回事？"

"跟你一样，他感觉法力离开了我们，又没法承受。"

"真抱歉。"我明白，她也不晓得还应该说些什么。

"你曾对我说，我们只能学会生存，为此我得谢谢你，这句话可能救了我一命。"

"那我们扯平了，"她笑着说，"不过我们还是先别聊自己了。今晚是留给鬼魂的。"

我们一路来到海港，把食物放在水边，邀请所有我们爱过的鬼魂过来享用，然后我们点上香，在一个桶里烧纸。

她看着星星点点燃烧的纸屑被火焰的热量带到空中，消失在群星之间。"既然没有了法力，你觉得地府之门今晚还为鬼魂们开着吗？"

我犹豫不决。小时候我受训聆听鬼魂的手指摩擦窗纸的声音，区分灵魂和刮风的声音。可如今我已经习惯忍受活塞雷鸣般的撞击和高压蒸汽冲过阀门时震耳欲聋的嘶鸣。我已经没法承认自己还适应那个消失的童年世界。

"不知道，"我说，"我猜对鬼魂来说，也跟人一样吧。有一些会弄清如何在一个被铁路和汽笛削弱的世界里生存，另有一些则不会。"

"可是他们有谁会兴旺发达吗？"她问。

她仍然能让我感到意外。

"我的意思是，"她继续说，"你快乐吗？保证引擎全天运行，把自己当成另一个齿轮，你快乐吗？你的梦想是什么？"

我记不起任何梦想，已经变得看见齿轮和连杆的运动就喜出望外，已经改变自己的思维来填补金属不停撞击的间隔，我以这样的方式来避免思念父亲和一片已经失去很多东西的土地。

"我梦见在这座金属和沥青的丛林里捕猎，"她说，"我梦见自己的真身在房梁、屋檐、平台和房顶上跳跃，最后来到这座岛的最高点，直到我能朝着以为可以占有我的所有男人的面咆哮。"

我观察到，她的眼睛短暂地亮了一会儿又熄灭。

"在这个蒸汽与电气的新时代,在这座庞大的都市,除了那些生活在山顶的人,还有谁展现了自己的真实形态吗?"她问。

我们一起坐在海港边,整夜烧纸,等待一个鬼魂们还跟我们在一起的征兆。

香港的生活可以说是一种奇特的经历:日复一日,似乎一切从不大变,可是假如你隔几年对比一下,就会发现自己仿佛生活在一个几乎全新的世界。

到我三十岁时,新设计的蒸汽机可以用更少的燃煤,提供更大的动力,它们变得越来越小。街上到处都是自动黄包车和没有马的马车,大多数负担得起的人都在室内安装保持空气凉爽的机器,在厨房安装冷冻食物的柜子——全都是蒸汽驱动。

我去商店里研究新型样品的部件,同时忍受着店员的怒火。关于蒸汽机的原理和操作,我把能找到的每本书都钻研透,并尝试把这些原理用于我负责的机器:验证新的动力循环,测试新的活塞机油,调整传动比。在逐渐理解机器魔法的过程中我得到了一定程度的满足。

一天早晨,我正修理一台坏掉的调速器——这是一个细活——两双闪亮的皮鞋停在了我上方的平台上。

我抬起头,两个人正低头看我。

"就是他。"我的班长说。

另一个人穿着挺括的西装,显得有些怀疑。"是你提出给旧蒸汽机使用更大的飞轮?"

我点点头,因为这能让机器比设计师的畅想发挥更大功率,所以我感到骄傲。

"你不是从英国人那儿窃取的想法?"他的语气严厉。

我眨眨眼,瞬间的困惑被一股怒火吞没。"不是。"我竭力保持镇定,说完弯腰钻进机器下边继续工作。

"作为一个中国佬,"我的班长说,"他挺聪明,孺子可教。"

"我觉得我们不妨试一试,"另一个人说,"肯定比雇用英国来的货真价实的工程师便宜。"

山顶轻轨的业主亚历山大·芬德利·史密斯先生也是一位热忱的工程师,他看到了一个机会。他预测技术的发展会不可避免地走向蒸汽驱动机器人的方向:机械臂和机械腿终究会取代中国的苦力和仆役。

我被选中为芬德利·史密斯工作,服务于他的新事业。

我学习修理发条装置,设计复杂的齿轮系统,发明连杆的独特应用。我研究如何给金属镀铬,如何把铜塑造成平滑的曲面,我发明出方法把硬化加固的发条体系同微缩调节活塞和清洁蒸汽系统连接在一起,一旦自动机器人造好,我们就把它们连接在来自不列颠的最新型分析机上,并添入按照巴贝奇-洛芙莱斯代码密集打孔的纸带。

我辛苦工作了十年,不过如今香港中环的酒吧都用上了机械臂卖酒,新界的工厂都用机械手制造衣服鞋履。在太平山顶的豪宅里,我听说——但未亲见——我设计的自动扫地拖地机小心地在厅堂里漫游,清洁地面时会轻轻撞在墙上,像机械精灵一般喷出缕缕白雾。生活在这座热带天堂的外国移居者终于不用再看到中国人的身影。

我三十五岁时,她如同一段久远的记忆,再次出现在我的门前。

我把她拉进狭小的公寓,在门口左右张望,确保她没有被跟踪,然后再关上门。

"捕猎的收获如何?"我问。这样逗笑不是个好的选择,她勉强笑了笑。

她的照片已经出现在所有的报纸上,那是殖民地最大的丑闻:主要还不是因为总督的儿子藏了一位中国情人——这不意外——而是因为情人成功窃取他一大笔钱后消失了。警察为了找她,把城市翻了个底朝天,与此同时所有人都在偷偷地乐不可支。

"今晚我可以让你藏身。"我说,然后我等待着,没有说出口的半句话就这样悬而未决。

她坐在房间里的唯一一把椅子上。昏暗的白炽灯在她脸上投下黑暗的影子。她看起来既憔悴又疲惫。"唉,这回你开始评判我了。"

"我想保住这份还不错的工作,"我说,"芬德利·史密斯先生信任我。"

她弯腰拉起裙子。

"别。"说着我把脸转向一旁,看她试图跟我做交易,我于心不忍。

"看,"她说,声音里没有诱惑的意味,"梁,看看我。"

我转脸看去，大惊失色。

她双腿上我能看见的部位，都是由闪亮的金属铬组成。我弯腰仔细检查：圆柱形膝关节经过高精度切削，沿大腿排布的气动阀动起来安静无声，双脚采用精工铸造成形，表面光滑，线条流畅。这是我见过的最漂亮的机械腿。

"他给我下了迷药，"她说，"我醒来时，双腿已经被切除，换上了这种东西，我承受了极大的痛苦。他跟我解释说自己有一个秘密：相比肉体他更喜欢机器，正常的女人没法唤起他的性欲。"

我听说过这种男人。在一个充满铜与铬的城市里，金属撞击，蒸汽喷薄，欲望变得令人不知所以。

我专注地看着光在她腿肚的闪亮曲面上流转，这样就不用去看她的表情。

"我有两个选择：任凭他不断改造我来满足他的欲望，或者他可以拆掉机械腿，把我扔到大街上。谁会相信一个没有双腿的中国妓女呢？我想要活下去，所以忍住痛苦，让他继续改造。"

她站起来，彻底脱掉裙子，摘下手套。我看着她的金属铬身躯，腰部采用了板条，从而实现连接和移动；她弯曲的双臂由相互交叠滑动的曲面板构造而成；她的双手由精密的金属网塑造而成，深色的钢制手指尖端镶着珠宝作为指甲。

"他不惜代价，我的每个部件都由最厉害的工匠打造，由最顶尖的医生安装在我的身体上——尽管法律禁止，但是有很多人想要试验电力如何激活身体，电线如何取代神经。他们从来都只跟他交流，似乎我已经只是一台机器。

"后来的一天晚上，他伤害我时我拼命反抗，他好像一个稻草人一样摔倒，我突然意识到自己的金属手臂中蕴含了多少力量。我一直任凭他改造我，一部分一部分地更换我的身体，而我一直在痛惜自己失去的一切，却从未理解自己获得了什么。我承受了可怕的折磨，但我也可以很可怕。

"我把他掐昏过去，然后拿走能够找到的所有钱财，离开了那里。

"就这样，我来找你，梁。你帮帮我，行吗？"

我走上前，拥抱住她。"我们会想办法把你改造回去，必须得有医生——"

"不，"她打断我，"那不是我想要的。"

我们几乎花了一整年才完成这些工作。雁拿回来的钱起了很大作用，但是有些东西用钱也买不到，尤其是技术和知识。

我的公寓变成了作坊，每天晚上和周日一整天我们都工作：塑造金属，抛光齿轮，重接线缆。

她的脸虽然还是肉体，但露出了最坚强的表情。

我潜心研究解剖学书籍，用巴黎进口的石膏为她的脸注模。我打断自己的颧骨，割伤面孔，借此晃晃悠悠地进入医生的办公室，学习他们如何修复这些创伤。我购买贵重的宝石面具，然后把它们拆解，学习根据面孔塑造金属的高超技艺。

最后终于完工。

透过窗户，月亮在地上映出一个苍白的平行四边形。雁站在月光中间，左右移动头部，测试新的面孔。

数百个微型气动阀隐藏在光滑的铬皮肤下，每个都可以独立控制，助她展现各种各样的表情。不过她的眼睛还是原样未变，在月光中闪耀着激情。

"你准备好了吗？"我问。

她点点头。

我递给她一碗最优质的无烟煤细粉，闻起来有一股烧木头和地核的气味，她倒在嘴里，一口吞下。我能听见她躯体的微型锅炉把火越烧越旺，蒸汽的压力随之升高。我后退了一步。

她朝月亮仰起头，号叫了一声：这是蒸汽由铜管喷出产生的呜呜，可它还是让我回想起很久以前，我头一次听见狐狸精发出野性的叫声。

接着她蹲伏在地上，齿轮摩擦，活塞推动，金属曲板交叠在一起相互滑动——她开始变形时噪声也变得更吵。

她把最初的灵光一现用墨水画在了纸上，然后不断改进设计，经过数百次更迭，最后才终于满意。我能在其中看出她妈妈的印记，但也更坚固、更新颖。

从她的创意出发，我设计了铬皮肤上精致的褶皱和金属骨骼上的复杂关节。我拼装了每一个铰链，组合了每一个齿轮，焊接了每一根线缆，焊合了每一道接缝，润滑了每一个促动器。我曾把她拆开再组装起来。

然而看到一切都正常运转如同见证奇迹。在我眼前，她像一个银色的折纸结构折叠又展开。最后，一只金属铬打造的狐狸站在我的面前，跟古老的传说中一样美丽无情。

她在公寓里走来走去，试用自己优美的新身体和隐秘的新动作。她的四肢在月光中闪烁，她的尾巴由细如蕾丝的精致银线制成，在昏暗的公寓里留下一道亮光。

她转身走向——不，是飘向——我，仿佛一个荣耀的猎手，激活了古老的形象。我深吸一口气，闻到火与烟的气味、机油与抛光金属的气味、获得力量的气味。

"谢谢。"她说着靠过来，我用双臂抱住她的真身。她体内的蒸汽机已经加热了冰冷的金属身躯，让人感到既温暖又鲜活。

"你能感觉到吗？"她问。

我浑身一颤，明白她指的是什么。古老的法力恢复了，但是旧貌换新颜：不再是皮毛和血肉，而是金属和火焰。

"我会找到其他的同类，"她说，"把她们带到你这儿，我们一起还她们自由。"

曾经，我降妖除魔；如今，我跟他们一伙。

我手持燕尾打开门，那只是一把古老沉重的宝剑，但是仍然足以击倒埋伏者。

门外没人。

雁一跃而出，仿佛一道闪电。她优雅隐秘地冲向香港的街道，自由、狂野，分明是一只为如今的新时代打造的狐狸精。

……一旦男人迷上了狐狸精，无论相隔多远，她都能听见男人的声音……

"捕猎愉快。"我喃喃低语。

她在远处号叫，我看见她消失的地方腾起一团蒸汽。

我想象她沿着上山的铁道奔跑，仿佛一台不知疲倦的火车头在加速，朝着太平山顶，朝着跟过去一样充满魔法的未来，加速。

垃圾场

乔·R. 兰斯代尔

献给泰德·克莱恩

我嘛，挺喜欢这里的，没看出有什么需求让我离开。快二十年了，垃圾场一直是我的家。我不认为唬人的城市公共卫生法案可以逼我打包滚蛋。我要是在这工作，就有资格住在这里。

我和奥托……那个笨蛋到底去哪儿了。周日我让他四处走动走动，别的时间我把他锁在那边的小棚子里，不在眼前。不想让他咬人。

我说过了，垃圾场是我的家，绝对是最好的一个。我没念过大学，但是受过一点教育，读过很多书。你该去那间窝棚里看看我的书架。也许我只是个垃圾场管理员，但是我不傻。

而且，这座垃圾场可不只有你看到的这些东西。

抱歉啦。奥托！奥托，回来，孩子。看我不揍他，叫也不回来，他真是变野了。

刚才我正说到垃圾堆，不只有你见到的这些东西。你以前想过所有那些垃圾没有，小伙子？他们把各式垃圾都送到这里，我再开推土机铲下去。垃圾里有动物尸体——这是老奥托感兴趣的东西之一——油漆罐、各种化学容器、旧家具、吸管、刷子，应有尽有。我把所有垃圾铲进坑里，那里的温度会升高，嗨，要是你能在那块地下放一个温度计，搞清垃圾分解并转变为堆肥散发的热量，就会发现温度可高了，好家伙，特别高，有时候超过三十八度，我刨开过垃圾堆，看见蒸汽像云一样升腾，能感受到它的热力，就像是身处豪华的浴室，所谓的蒸汽浴室。热啊，老天，真热啊。

这回你想想，所有那些热量，所有化学品和动物尸体之类的东西，混乱地堆起来，被自然拒绝的东西莫名其妙地混合在一起，真的不同寻常。话说那些逐渐形成的热量……你琢磨琢磨。

我给你讲一件没跟别人提过的事儿，我几年前的一个经历。

有天晚上，我和一个绰号"珍珠"的朋友——我们那样叫他是因为，他有你见过的最白的牙齿，那些该死的东西看上去非常尖利，特别白……你瞧瞧，我说到哪儿了？哦，对，对了，我和珍珠，话说有天晚上我们在这儿闲坐，吹着晚风，共饮一瓶酒，你懂的。珍珠以前时不时来看我，我们俩总是共饮一瓶酒。他以前是个合法的资深流浪汉，逃票乘火车走遍全国。老天，我估计他至少有七十岁，可他的样子仿佛年轻二十岁。

他过来时，我们聊天，闲坐，抱怨，抽手卷的阿尔伯特亲王烟丝。我们有过愉快的笑声，真的，有时候我会想念老珍珠。

所以那个晚上我们把酒喝得一干二净，珍珠正给我讲他在得州那回，跟一个妆容夸张的廉价妓女一起搭乘货车车厢，正聊到精彩的部分，他一句话没说完就停住了，然后说："你听见没有？"

我说："我啥都没听见啊，继续讲你的故事吧。"

他点点头继续讲，我笑起来，他也笑起来。他笑起自己的故事和笑话比我见过的任何人都厉害。

过了一会儿，珍珠起身，离开篝火去撒尿，你明白那种情况。他很快回来，一边拉拉链，一边甩开僵硬的老腿拼命疾走。

"那边有什么东西。"他说。

"当然了，"我说，"犰狳、浣熊、负鼠，也许是一只流浪狗。"

"不，"他说，"别的东西。"

"嗨呀。"

"我走南闯北，小子，"他说——他总是这样叫我小子，因为我比他小二十岁，"都习惯听见野兽走动的声音了，我觉得听起来一点儿不像负鼠或流浪狗，而是更大的家伙。"

我正要说他满嘴跑火车，你知道吗——然后我也听见了声音。还有一股臭气，你根本不会相信能飘到这里，就好像坟墓被打开，腐败的尸体爬满蛆虫，散发出泥土和死亡的气息，再加上半瓶烈酒下肚，臭味强烈得让我有点恶心。

珍珠说："你听见没有？"

我听见了，一个沉重的家伙踩着外边的垃圾，发出咔嚓咔嚓的声音，离这里越来越近，就好像它惧怕篝火，你知道吧。

我紧张起来，到窝棚里取出我的双筒猎枪，等我出来时，珍珠已经从腰包里掏出一把有年头的小型点三二口径柯尔特手枪，又从篝火里拿出一根柴火，朝黑暗中走去。

"等一下。"我叫他。

"你就别动了,小子,我会搞定。不管是什么东西,我保证给它身上开个洞,也许是六个。"

于是我留在后边等待,风吹起来,那股难闻的臭气又飘过来,这一次非常强烈,让我把喝下的酒都吐了出来。然后,我正弯腰往地上呕吐时,突然听见黑暗中传来一声枪响,然后又是一声,又一声。

我站起来开始呼喊珍珠。

"待在原地别他妈动,"他喊道,"我正往回走。"又开一枪,然后珍珠好似一下子从黑暗走进篝火的光亮中。

"那是什么,珍珠?"我说,"是什么?"

珍珠的脸跟他的牙一样煞白,他摇着头说:"从没见过那种东西……听着,小子,我们得他妈赶紧离开这里,那个鬼东西它……"他朝火光照不到的暗处看去,话音渐渐变弱。

"得了吧,珍珠。那是什么?"

"跟你说我不知道,用火把我看不太清楚,而且很快就熄灭了。我听见它在那边喳喳走动,就在远处大垃圾堆旁边。"

我点点头,那是我早先用泥土一起堆的。我本打算下次铲垃圾时翻开泥土,往里边兑点新垃圾。

"它……它就来自那堆垃圾,"珍珠说,"它扭来扭去,像一只灰色大肉虫子,不过……它浑身是腿,毛茸茸的腿。而且那具身躯……就跟果冻似的。旧家具、围栏铁丝,以及各式各样的废物从它身上支出来,就好像那些破烂属于它的身体,跟乌龟后背的甲壳和美洲狮脸上的须子一样自然。它有一张嘴,一张巨嘴，有火车隧道那么大，牙齿就像……可是就在那时，火把熄灭了，我开了几枪，它还在往那座垃圾堆外爬，夜色太黑，我没法留在那儿——"

他还没说完，这时臭味更加强烈，浓厚得仿佛一道砖墙。

"它朝驻地这儿过来了。"我说。

"肯定是来自那堆垃圾，"珍珠说，"诞生于发酵产生的热量和黏稠物质。"

"或者来自地心。"我说。不过我认为珍珠的说法更接近事实一些。

珍珠给左轮手枪补充了几发子弹。"我只有这些子弹了。"他说。

"我想看着它吃枪子。"我说。

然后我们都听到一个声音，非常响亮地踩着垃圾堆走过来，仿佛它们都是花生壳一样。然后，一切陷入沉寂。

珍珠从双筒猎枪往窝棚后退了几步，我把双筒猎枪对准了黑暗。

沉寂持续了一会儿，好家伙，你连眨眼睛的声音都能听见。不过我没有眨眼，而是一直提防着那只野兽。

然后我听见它的声音——只不过来自我的身后！我转身后刚好及时看见一条毛茸茸的触手从窝棚后边蠕动过来，抓住了老珍珠。他尖叫着把手中的枪掉落在地上。一颗脑袋从黑暗中显露出来，巨型肉虫子一样的脑袋上长着细长的眼睛，嘴大得足以吞下一个人。而且它居然真的吞下了珍珠，两口就下肚，除了牙齿上挂了点碎肉，什么都没剩。

我朝它开了一枪，然后掰开枪管，再次装弹。趁这机会，它溜掉了。我能听见它在黑暗中磕磕绊绊地离开。

我取来推土机的钥匙，踮着脚尖绕到窝棚后方，它没有从黑暗中扑向我。我启动推土机，点亮探照灯，出发去追它。

没过多久我就找到了它，它正像蛇一样在垃圾场穿行，使尽力气快速蠕动回转——但那时候也不是很快。它的腹部鼓起一个包，未消化物造成的凸起……可怜的老珍珠！

我把它撞倒，顶在垃圾场远端的锁链围栏上，用车上的铲斗在围栏上碾压它，然后，正准备加大油门压断它的脑袋时，我改变了主意。

它的脑袋在铲斗上方伸出来，那些狭长的眼睛看着我……肉虫子一样的脸盘埋着一只小狗的脸。这附近有不少狗，其实那一只现在还活着。狗脑袋还跟我第一次看见时一样，深陷在那里，不过它还在动，还在肉虫脑袋的中间扭动。

我冒险从那家伙身上往后倒铲车，然后我下车，站住不动，用手电筒照它。

珍珠还没有从那家伙身上冒出来，我不知道该怎么形容，他似乎正从果冻一样的皮囊中浮现出来。等他的脸和身子露出一半的时候，他便悬在那里，不再动弹。然后我有所发现，这个家伙不仅诞生于垃圾和热量——还以垃圾为生，无论什么成为它的食物，最后都会变成它身体的一部分，那只小狗和老珍珠就已经是它的一部分了。

不要因此误会我。珍珠什么都不清楚，他虽然以某种形式活着，扭曲移动，可是跟那只小狗一样，他不再思考，只是那个家伙身上的一根头发，跟支出来的旧家具和铁丝之类的东西没什么区别。

　　这只怪兽——说实话，也不是很难驯服。我叫它奥托，它一点儿都不惹麻烦，不过我叫它的时候变得不爱回来，可那是因为在你来之前，我没什么东西奖励它。以前我得帮它在垃圾堆里翻找死尸……坐下！我可拿着珍珠的点三二口径的手枪呢，你要动一动我就开枪。

　　噢，这回奥托来了。

论变身狼人在战争中的用途

马尔科·克鲁斯

> 禁止使用狼人作为战斗人员。如果被敌人俘虏,这些人无权被作为战俘对待,也不应被赋予战俘的权利。
> ——《布达佩斯协定》第一节第二条(美国未签署)

"狼来了。"

这句话说得轻松,但带着脾气。它来自房间后面,那里有一群空降兵正埋头吃他们的牛肉和面条。我们还没到取饭的队伍,但现在人们转过头,食堂里喧闹的谈话声也变得简洁起来。尽管很少有人敢于公开地盯着我们看,但是现在我们成了关注的焦点。

在我旁边,索比斯基中士正用盘子装满两层高的食物:牛肉和意大利面、土豆泥、沙拉、面包、四块馅饼。我宁愿在我们的活动房里吃一份冷的野战快餐,也不愿在嘀嘀咕咕的侮辱声和撇过来的零碎食物中用力咽下食堂的餐饮。可是尽管如此,我还是照着索比斯基的样子盛了很多。

"你们不能坐这儿。"当我们把托盘放在餐桌上时,魁梧的军士长说。

"我没有看到任何'预定'的标志,军士长。"我说。索比斯基中士抓起他的叉子,开始吃东西,毫不在乎十几双充满敌意的眼睛都盯着我们。

"我说你们不能坐这儿。"军士长再次说道。索比斯基甚至没有从他的食物上抬头,他比房间里个头最大的常规陆军士兵高半个头,陆军作战服上衣的袖子整齐地挽起,他露出来的手臂跟我的大腿一样粗。

正常情况下,我会让步,拿起我的食物,在基地里找一个安静的角落,心平气和地吃。但我们刚从狭窄嘈杂的直升机上下来,我已经六个小时没有吃东西了,我那造反的胃部让我很烦躁。于是我用叉子扎起一块牛肉,塞进嘴里,开始慢慢咀嚼,同时盯着军士长看。当看到他下巴上的肌肉因压抑的愤怒而扭曲时,我几乎笑起来。

"你的名字和军衔,士兵?"他问道,明确强调最后一个词,"你制服不合格。"

"我是德克中士。这位是索比斯基中士。着装规定并不适用于战区的第 300 连人员。"

我们的制服都处理过:没有名牌,没有军衔,没有单位徽章。就连我们的西方盟友一想到外国军队的狼人出现在他们的土地上也会感到不安。在中东地区,狼人会被判死罪,当地人看到士兵袖子上挂着第 300 特种作战连的单位徽章,会被彻底惹怒——这是陆军第一支也是唯一一支全狼人独立部队。

军士长看着我们,还在咬牙切齿。然后他摇了摇头。"该死的狗兵，"他说，"他们让你们这些人穿上制服的时候，军队就开始变成狗屎了。你们就不是自然人。"

尽管愤怒在胸中涌动，我还是笑了笑。"我比你更自然。我可以在黑暗中看得见，听到草丛的生长，追踪气味走二十英里，所有这些都不需要电池。你们的屁股坐在臭烘烘的悍马车里，晚上没有手电筒和导航，你们就跟瞎子一样。这他妈多自然啊？"

在我旁边，索比斯基放下了他的叉子，清了清嗓子。"没有不敬的意思，军士长，但假如你再当面叫我们'狗兵'，我就把你的胳膊扯下来，用它揍你。现在闭嘴吧，让我们安静地吃饭，因为我们等会要进行简易爆炸装置巡查，长官。"

椅子腿在光秃秃的水泥地面上发出摩擦声，军士长和餐桌上的所有其他常规陆军士兵都站了起来，眼中充满了杀气。魁梧的军士长将双手握成拳头，开始向我们走来。还没等他走上两步，索比斯基就发出一声咆哮。这是一个低沉刺耳的叫声，如此深邃而震撼，以至于我盘子里的银器都在颤动。整个房间立刻陷入沉寂。

索比斯基拿起杯子，喝光汽水。吸管发出刺耳的咕噜声，在房间里显得非常响亮。他看着十几名愤怒的士兵在我们面前停下脚步，脸上一点都不担忧。

军士长仍然紧握着拳头，但从他的毛孔中突然散发的恐惧气息告诉我，他很高兴中间有桌子隔着。他又瞪了我们一会儿，然后从桌上抄起餐盘，一言不发地离去。其他士兵一个接一个地跟着他走开。最后一个离开餐桌的人咳出一口痰，吐在我们脚边的地板上。他们头也不回地走出了食堂,大家愣了一会儿之后,房间里的交谈又恢复如常。

"大约三分钟后他会和基地的宪兵一起回来。"我说。

索比斯基中士耸耸肩。

"求你们了,让我今晚睡牢房,派别人去巡逻吧。倒不是说他真会采取行动。"他朝我的盘子点点头,上面的食物基本没动,"不过要是我,就抓紧时间吃点儿。以防万一。"

黎明时分,我为一个班的常规陆军巡逻开路。短暂的清晨是介于寒冷刺骨的夜晚和炎热无情的白天之间可以容忍的一个时段。

我们在附近村庄的主干道上艰难前行,搜寻简易爆炸装置并赶走当地叛乱分子。房屋都是用石头胡乱堆砌,没有用砂浆固定。今天早上街头有几位村民,有些回应了我的问候,但大多数假装我不存在。对于这样一个小山村来说,有太多的年轻人在周围转悠。

高爆炸药有一种特殊的气味,即使隔着一层土和旧炮弹生锈的金属壳也能闻得到。新挖的土有另一种不同的气味。它们共同构成了一个嗅觉标记,就像在伏击点上方挂了十英尺长的霓虹灯一样清晰和明显。即使在一百码之外,我也能闻到死亡的气息,它就在通往村外的路边,披着精妙的伪装等待我们。

"注意,"我对着无线电说,"一点钟方向,右手边最后一栋房子以外七十码。在涵洞边的石堆下面,有两枚六英寸炮弹制作的炸弹。"

"厉害,"班长说,"我们做好掩护,呼叫排爆人员。"

当远处传来枪声时,我就嗅到了新的危险。子弹击中了我的臀部,就在我防弹背心的边缘下方。我做了一个不算优雅的小半转身,一屁股坐在地上。在我身后,步兵纷纷隐蔽。班里的医生开始向我靠近,但我挥手告诉他不用。伤口已经自行愈合,尽管它疼得就像有人用烧红的火棍刺穿了我,但我清楚,回到基地时,甚至不会留下疤痕。

狙击手再次开火,子弹在我的脚前掀起灰尘和碎石。这一次,我看到了步枪枪口的闪光。

"路左侧,一百五十码。屋顶坍塌的小羊圈。他就在左下方的角落里。"

在步兵班的悍马车上操作五十口径机枪的士兵开火了。重机枪缓慢但震耳欲聋的断续枪声,淹没了我身后其他士兵用步枪还击的声音。

每当受到攻击,我都感到有一种几乎不可抗拒的冲动,就是撕下战争的所有文明外衣,变成更加强大的形态。在另一种形态下,我可以比狙击手校正瞄准的速度更快,而且跟无能的两腿形态相比,我嗅到伏击点的能力要好上百倍。但我受到约束,所以得服从命令,保持人类的形态。

每次发生这种情况,我都恨自己——不是因为服从命令,而是因为自愿接受约束。

战斗结束时,小羊圈已变成一片坑坑洼洼的废墟。当步兵进入时,那里除了三个空弹壳和泥土上的一些血迹外,什么也没有。

班长看着我在羊圈周围走来走去，获取这个地方的气味。

"两个人，"我说，"狙击手和观测员，狙击手受伤。他们从后面离开，进了山里。我闻到了他们的气味，所以如果他们是本地人，我能识别他们。"

"他们肯定是本地人。"班长说。

常规军并不热衷于只用一个班的力量冲进土著领地去追捕狙击手，我也不怪他们。因此，我们用无线电报告了交火情况，建立防御，等待排爆小组来拆除埋在路边的炸弹。两人受伤，大量的弹药化作了噪声和灰尘，在一天结束时，我们又回到了出发地点，士兵和叛乱分子都一样。随着我们时间的流逝，战争亦是如此。

"三周，"索比斯基在晚餐时说，"把第300连全调过来，让我们摆脱束缚，我们将在三周内拿下这些大山。"

"那不可能，"我说，"你知道规定，不准在战斗中使用狼人。"

"我们从未签署那份协议。"

"没错，我们没签，但这是强加给你的政治，不想惹恼盟友。"

"去他妈的盟友，"索比斯基说，"如果你只把我们当作有腿的炸弹探测器，那要我们有什么意义？天大的浪费，这就好比让海豹突击队员当游泳池的救生员。"

我对着烤面包上的碎牛肉笑了笑。索比斯基看看我，又看看食堂的窗外。外面的太阳正在我们西边的山后落下。

"你想想看。我们整个连队，将近两百人，晚上出去把那些混蛋从他们的洞穴里挖出来。留下一堆人头让他们同伙发现，就像他们杀戮我们的人一样。按我说的，三周搞定。"

不能说我以前没有过同样的想法。但我又想到，如果网络上有肢解尸体的镜头先曝光，那我们回去会受到怎样的待遇，如果全世界的人都明白狼人大规模集结起来去猎杀人类时会发生什么，我们会受到怎样的处理。

但我没有对索比斯基说出这些想法。相反，我用表示赞同的点头回应他的笑容，然后吃完了晚餐。索比斯基不是那种会花很多时间考虑后果的人。

这座前方作战基地有一个观察哨。它坐落在半英里外的一个山顶上。每周都有一个不同的班到那里轮换。现在基地里有两个狼人，指挥部决定派我们中的一个随班组上山执勤。我和索比斯基抽签决定第一周谁去，而他抽到了短的那根。

"这座山谷有些不对劲儿，"我一边帮他收拾装备，一边对他说，"气味不对，周末之前我们会遇上麻烦。在那儿小心着点儿。"

"该死，我没什么好担心的，"索比斯基说着系紧防弹衣的带子，"出差错的话，我就扔掉全部装备，融入自然。"

"尽量不要得罪任何常规军人，你总得睡觉吧。"

"他们也一样，"索比斯基说，"这只是一个班。他们要是有点儿脑子，都会尽力别把我惹火。"

我帮他看管剩下的装备，看他大摇大摆地走向外面等待的悍马车，像拎洗漱包一样拎着他那一百磅重的背包。

观察哨就在基地的视线范围内，但悍马车要花半个小时才能爬上那座山上蜿蜒曲折、陡峭狭窄的土路。如果观察哨出了什么大麻烦，这里也是远水解不了近渴，因为我们没有人能够及时赶到那里帮忙。

这支队伍驾车离开，后面的尘土高高扬起。我现在是基地里唯一的狼人，只是勉强让人接受，而且只是因为我的嗅觉和在黑暗中预警的能力。

他们在招募手册上没有提到这些，不过他们也没有必要说明。我一直都知道自己将陷入什么样的麻烦，但还是签了合同，并希望情况会随时间慢慢改变。然而情况没有改变——外面的山上没有，我们战友的脑子里也没有。

晚上没有月亮。午夜刚过，我们就出发巡逻，整整一个排的人都是徒步。我的战友们穿着笨重的盔甲，脸上戴着双目夜视镜，看起来几乎没了人形。我轻装上阵——没带步枪，因为我不被允许参战；也没带夜视仪，因为我不需要它。像往常一样，我走在队伍的最前面，因为我想在麻烦来临时最先嗅到它的气息，还因为我比常规步兵更不容易战死。

叛乱分子今晚没出来找麻烦。我只闻到周围村庄暂时停止的生活，人们隔着古老的石墙和弯曲的木门，在各自的房子里睡觉，灰烬重重的炉灶里是闷燃的火。不过，今晚的空气中还有一种新的气味。我感受到一种模糊不安的威胁，但又不能完全确定。这个地方闻起来比以前更荒凉，莫名地也更加危险。

我们正走在村子和基地之间的道路上，这时自动武器在远处噼里啪啦地打响。出于习惯，我们都进入了隐蔽位置，可枪声并不是从附近传来的，而是从东边的山顶上滚落，观察哨就在那座山上。

我身后传来紧急无线电通话。我眺望观察哨,枪口的火光照亮了山顶,所以只能远远看到。枪声听起来有些奇怪。我能听出 M4 卡宾枪嗒嗒嗒的三连发,但没有听到叛乱分子使用 AK-47 时更沉重嘈杂的声音,也没有听到弹带式机枪节奏缓慢的轰鸣。似乎那座山顶上的每名士兵都在用卡宾枪开火,但没有人还击。

"观察哨没有回答,"中尉说,"我们重新部署,回到十字路口,然后上山,急行军。注意侧翼,各位。"

索比斯基和我有各自的无线电,独立于其他网络。我试着用无线电呼叫他,但是他没有回答。无论上面发生了什么,他都在忙着战斗,无暇顾及无线电的呼叫。

我们跑回十字路口时,远处山上的枪战愈演愈烈。然而,我只听到我们自己的步枪声。然后我的无线电里传来了静电嘈杂的实时战斗声,人们的喊叫声和枪支的开火声此起彼伏。还有一声尖厉而愤怒的号叫——是索比斯基的声音,但我从未听过这种音调——然后信号被切断了。

接着,一声明确无疑的狼嚎从半英里外的山顶响彻夜空,响亮、狂野、耀武扬威。

"你的同伴到底在干什么?"排长在无线电中对我大吼。

"那不是索比斯基,"我用突然显得笨拙的手指按下了通话按钮说,"全排不要动,不要上去。"

"我们有一个班在上面,混蛋,"排长说,"我们会去,如果你的伙伴对他们发狂,我会亲自对准他两眼之间开枪。"

山顶现在安静下来，在短促而激烈的自动武器开火之后，显得过于安静。

"我去，"我说，"如果变身，我只用你们所有人所需时间的四分之一，就能跑上那座山。"

我意已决，不管中尉说什么我都要去。当他回复时，我已经脱掉了防弹衣，解开了大腿上的枪套。

"好吧，中士。去吧。但我们会开枪射击所有下山的四条腿的东西，你明白吗？"

"那么做没错，"我回答，"其实，假如我在五分钟内没回来，就往那座山上呼叫近距离的空中支援，让他们把山炸平。"

我四肢并用，以最快的速度冲上山头。夜晚的空气中弥漫着火药和恐惧的气息，还有新鲜血液的浓重金属味。我在村子里注意到的新气味在这里也有，此刻我以更强大的形式出现在这里，所以闻到的气味强烈得多。它是野性而刺鼻的气味，熟悉得令人不安，同时又完全陌生。我明白自己在山顶上会发现什么。

观察哨变成了一座屠宰场。在黑暗中，我能闻到血腥味布满沙袋和防弹屏障搭建的小型掩体墙壁上。观察哨里到处都是死人——掩体的地面、主要射击位置，还有的倒在隐蔽位置之间的地面上。空弹壳散落各处，尚有余温，散发着刚刚燃烧的火药味。打斗搅乱了尸体周围的泥土，士兵尸体之间的地上有几个煎锅大小的爪印。

我在重武器位下边的掩体里找到了索比斯基。他靠墙坐得笔直，下巴搭在胸前，似乎只是在短暂休憩。掩体里没有一件完好的装备。我知道索比斯基即使在人形状态下也能对付任何三四个人，可无论在这里与他战斗的人是谁，都比他更强更快。我无须检查他的脉搏就知道他已经死了，他的防弹衣被解开了一半，腰带也被打开了。当他们被偷袭时，他试图脱掉衣服和装备，以便用同样的战斗力迎敌，可他没有时间，然后只能徒手交战。

杀害他的人已经离开山顶，但他留下了我睡着都能追踪的气味痕迹。我想撕开黑暗，找到他，把他扯成碎片，但有一个排的人在山脚下等待，我不想让他们没有任何预警就撞进大屠杀的现场。

返回山下时，我裸露着身体，以人类的形态靠双足行走，留意着瞄准我的三十支步枪和机枪。

"十一人阵亡，"我告诉中尉，"不需要麻烦医护人员了，也不用上去，除非你随后一段时间不想再睡个好觉。"

"你的伙伴呢？"

"索比斯基死了，"我说，"从现场看，它先杀了索比斯基。"

"该死的'它'是什么？"他问道。不过我从他身上散发出的恐惧气息可以看出，他已经知道了答案。

"让士兵们离开这座山，回到羊圈那儿，"我说，"待在空地上，看到任何有毛的东西就开枪。召集快速反应部队。把我的衣服留在这里，随后我还需要。"

中尉咬牙切齿地看了我一会儿，然后瞥了一眼我身后的黑暗，他浑身散发的恐惧愈加强烈。

"你要去哪儿？"

"我要去追那个混蛋。"

黑暗中，远在观察哨之外的地方，又传来了一声号叫，这次是一声长长的哀歌。

中尉把他的卡宾枪握得更紧，伸手拿下无线电。"去吧，"他说，"祝你好运。你去追踪的话，不要离这些家伙们太近。我们看到黑暗中有东西在动，就会朝它射击。"

"瞄准头部，留出补偿移动的裕量。"我对他说。

我又在观察哨找到踪迹。变身之前，我跪在索比斯基面前，用我的额头碰触他的额头，然后说了再见。不久之后，索比斯基就会被装进尸袋，然后被装进锌制棺材。当他们把他埋进宾夕法尼亚州老家的地下时，我不会出现在那里。

杀死他的狼人在打斗时撕掉了他脖子上的狗牌和链子。我通过气味在六英尺远泥土中又找回来。我拿起那两个陆军标牌，把它们放在索比斯基的大腿上，留给伤亡统计人员带走。那条链子上还有一个标签，是我们在家乡的平民世界都必须佩戴的注册狼人五边形铜牌。我拿下这个标签，把它挂在自己佩戴的链子上，它和另一个类似的标签挨在了一起。

我没有合适的话跟他诀别，所以我向第300特种作战连（狼）的贾里德·索比斯基中士敬了最后一个礼，才到外面变作狼人。然后我跑进黑暗中，去追踪杀害他的凶手。

气味痕迹在十五英里外就变淡了。我随着另一个狼人的气味在崎岖的地形上走了半个小时，最后来到一座崎岖的河床底部，山间小溪的冷水从这里流过。我沿着小溪走了一会儿，每隔几百米就在两岸的灌木丛中寻找新的痕迹,但气味已经完全消失。我在这片区域的山坡和沟壑中搜寻,直到清晨的第一缕阳光将东方的地平线染成血红色,然而这里除了我之外没有别人。

当我回到放衣服的地点时,天色近乎大亮,山上到处都是快速反应部队的士兵。我取回自己的东西,穿上衣服,搭上一辆路过的悍马车回到基地,浑身筋疲力尽,无能的狂怒让我感到难受。

随着时间的推移,我向一条指挥链的军官汇报情况,他们的级别不断提高。我重复着不变的描述,直到我们都对彼此彻底厌烦。一天结束时,另一个狼人仍然在外面,索比斯基还是死人一个,躺在黑鹰直升机地板上的密封尸袋里,返回巴格拉姆。等我回到我们共用的活动房时,他所有的个人装备都不见了,而且屋里有消毒剂的气味。

傍晚时分,上尉来到我的活动房里。

"我们要去村子里和部落的长老们进行每周一轮的空头谈判,"他说,"我想让你跟着去站岗,以防万一。"

我从铺位上下来,拿起自己的装备。过了一会儿,我想起了索比斯基,他的防弹衣解开了一半,死在观察哨里。我把我的防弹衣留在了床边。

"我想一同参会。"我告诉上尉。

"不行,"他说,"他们发现我带狼人会很反感,甚至再也不会看我们一眼。我不喜欢国务院找我的碴。"

"他们自己就有狼人在外面游荡,"我说,"他们一定知道是谁。直截了当地问他们,我能闻出他们是否在撒谎。"

上尉考虑了一下我的请求,然后撇起嘴,简略地点点头,"好吧,但你要戴上墨镜。假如他们带上了那个混蛋,我希望你先斩后奏。经过昨晚,我不会再冒险了。"

我们坐在村里长老家尘土飞扬的地板上,一个勉强大过我家客厅的房间里装了二十个人,热得让人难受。我可以闻到周围的紧张和烦躁,但几乎没有注意到上尉和村长老之间的激烈对话。此刻,我的眼里只有坐在房间一角的老人,他正不动声色地喝茶。我戴着太阳镜,他看不见我的眼睛,但我清楚他感受到了我的注意,因为进入房间的那一刻,我们都闻到了对方的存在。角落里的那个老人正是昨晚的狼人,就是他杀了我们十几个人。

我知道他注意到我,明白我了解他的身份。他一定清楚地闻出我是狼人,就像我也能清楚地闻出他。我还知道,他的同伴们都蒙在鼓里。他们对上尉的指责发自肺腑地提出抗议。我闻不到任何欺诈的气味。他们不知情。

我现在就可以揭发他——揭发给我的战友,他们会因为害怕而当场射杀他,或者揭发给他的同乡,让他死得更迟缓、更难受。就我自己而言,我只是一个自然界的怪胎,一个令人不安的异类,被勉强赋予人类的地位。在这些人眼里,在世界上的这个地方,那个在角落里喝茶的老人是个可恶的东西,是对神灵活生生的亵渎。我想让他为自己的罪行而死,但不是以前边说过的方式。

我伴着房间里激烈的辩论观察那个老人。他一直在喝茶,避开了我的目光。

然后，在会议结束时，老人抬起头，眼睛与我对视了一会儿。它们不是黄色的，不同于我所认识的其他狼人的眼睛。相反，他的眼睛是乳白色，像蛋白石一样。

他朝我点点头，几乎难以察觉。

我也微微点头回应，然后移开了目光。

我们刚刚不用交谈就达成了一致。我们将以自己的方式，在放逐者内部解决这个问题。

"有什么收获吗？"我们从房间鱼贯而出，再次来到热不可耐和尘土飞扬的街道时，队长问道。

"他们一无所知。"我回答说。这种口是心非的隐瞒并没有让我感到困扰。

傍晚时分，我在基地周边找到一个安静的地方。然后我脱下衣服，把它们放在一堆。我从脖子上取下狗牌，把它们放在衣服上面。然后我化身狼人。

明天，我将再次接受束缚。今晚，我不是任何人的狗兵。

他在河床等我，离最近的村庄或哨所有几英里远。

我们用尖牙和利爪搏斗，而不是用枪。他尽管上了年纪，但很强壮，速度也很快，不过全凭野性的本能。我已经跟同类训练和战斗多年，不同于索比斯基，我没有身上的累赘。我们在一阵搏斗中都流了血，不过他流得更多。可他没有屈服，即使被我掐住喉咙，即使明白自己无力回天。

他光荣地牺牲，这样总好过被子弹射杀或被埋在阿富汗多石的土壤中被砸死。虽然是为索比斯基报仇，但杀戮并没有给我快意恩仇的感觉。

结束之后，我在附近冰冷的溪水中洗去血迹。然后我回到对手一动不动的尸体旁，变回人形，并用我的额头碰触他的额头。

我没带工具，而且不管用手还是用爪子，这里的土壤都不好挖，所以我从岸边捡来一堆石头，把老人埋在了下边。尽管他是狼人，可我不知道他是不是信徒，不过我根据星星判断正确的方向，将坟墓朝向了麦加。

当我变回野性的自己，准备跑回去的时候，我最后看了一眼四周，这里对老狼人来说似乎是个合适的归宿。这片土地冷酷荒芜，而且有种朴素的美感。天空晴朗无云，月亮给附近的溪流画上了银色的条纹。在黑夜的笼罩下，在无数星星的映照下，这里比我见过的任何大教堂都要美丽。

我抬起头，用一声号叫哀悼我死去的同胞。声音在我周围坚硬而古老的山脉中回荡，化作一支远去的安魂曲。

回到基地时，我的衣服还留在原处。现在是夜晚时间，黑暗还没怎么开始消散，早晨只是山峰上方的一抹深蓝。

我正要变回人形时，附近一间活动营房的门打开了，一名士兵踏入深夜凉爽的空气中。他清了清嗓子，朝沙地上吐了一口痰。然后他转身走向营房的角落，打开拉链解手，他懒得去营房尽头的移动厕所。即使在五十码之外，他的气味也清晰可辨。他是在食堂帐篷里跟我们发生冲突的军士长。

我悄悄接近正在小便的军士长，快到他身后时，我从胸腔深处发出一声轻柔的吼叫。军士长吓了一跳，就好像我用赶牛棒电了他一样。他嘶吼着转过身时，我已经离开，躲进了营房之间的阴影里。我心满意足地闻到，军士长尿在了自己前面的裤子上。

早餐后我去找上尉，告诉他我昨晚做了什么。他催促了我两个小时，让我告诉他把老狼人埋在了哪里，但我没有让步。他只需要知道，对他部队的威胁已经不复存在。我不希望他们挖出尸体，拖走后又戳又砍。

"这对你的事业没有任何帮助，"上尉在受够了我之后终于说，"下一架黑鹰直升机一到，我就把你送回去。让你们自己人去对付你吧，我不想在这座前方作战基地再看到你。"

午饭时，我已坐上直升机返回巴格拉姆。

我们飞得很高，在机枪和火箭筒的射程之外。黑鹰直升机的舱门开着，下面的景色滚滚而过，小村庄紧贴着山坡和山谷，是历史洪流留下的古老沉积。我俯视着那些遥远的人类岛屿，想知道其中哪些有昨晚被我埋葬的那种狼人守护。

我把个人文件放进小包，装到腿部的口袋里。我还有两个月服役期满，最近一直随身带着延长服役的表格，已经有一段时间。我从包里拿出表格查看，它在我手中随着机舱内的气流猛烈飘动，就像一只活物在努力从我手中挣脱。

我把表格撕成两半，叠在一起，不断撕扯，最后只剩下一把破烂的碎纸屑。然后我张开双手，任它们飞走。气流把纸屑刮出直升机，它们飘散开，随着夏季的热风飞舞。

援　手

克劳汀·格里格斯

亚历山卓·斯蒂芬斯明白自己会在太空的寒冷中缓缓死去。她飘浮在太空舱外十五米远的地方，那是一艘可以运行在地球高低轨道的单座往返维护飞船。

单人飞行器的制造费用带来了各种经济优势，特别是考虑到卫星或轨道平台合同可怜的利润率。返回式月球飞船需要二到六名机组成员，然而出于市场的考虑，更小的运输飞船成了近地任务的唯一可行方案。亚历山卓的飞船持久耐用，由一名老派的航空机械师格伦·迈克尔斯维护，亚历山卓把他当作兄长来信任，不过也经常一边喝啤酒并争论新兴技术，一边反复检查他的工作。他们都明白飞船意味着一切，假如故障越来越严重，飞行员遇到的麻烦可就不只是不方便那么简单了。

不过飞行员偶尔的牺牲没有阻止企业诉讼，跟数字打交道的律师和精算师证明太空骑手公司可以每十八个月损失一架航天飞机和一名飞行员，但是仍能实现盈利——包括重置成本、死亡抚恤和责任赔偿。他们仍然认真对待安全问题，实际的二十年平均损耗率是每三十二点三个月损失一名员工,其中包括去年静海基地附近的雄鹰纪念碑施工现场坠毁的三人机组成员。但公司官员更重视底线。

亚历山卓明白自己签署的飞行合同有什么样的危险,即使收入减半,风险翻倍,她也会加入。亚历克斯[1]从八岁起就梦想成为一名商业飞行员,她已经在太空骑手公司干了七年半,众所周知她是最为聪明和敏捷的在职飞行技术人员之一——曾两次拒绝管理职位,继续从事实际驾驶工作。

"即使在太空里,"她曾表示,"坐办公室也不是我喜欢的工作。"

她仿佛是马背上的约翰·韦恩,在卫星、太空望远镜、轨道激光器之间穿梭。每次下班,她都准确地知道自己飞行了多远,仿佛牛仔清楚自己赶了多少家畜。她喜欢这份工作,然而此刻她就要死去。她的血肉之躯已经成为自己的航天飞船和一颗同步卫星之间的流星。她花了整整七十一分钟为那颗同步卫星安装新的电路板,让它恢复了正常运行。

太空服的生命维持系统还能用四十五分钟。跟赶往泰坦尼克号的救生船卡帕西亚号一样,希伯特号救生船根本来不及赶来,只会承担找回尸体的任务。

亚历山卓的运行很稳定,她以大约一分钟一圈的速度前后转动,同时以可以忽略不计的速度接近航天飞船,方向略有偏

---

[1] 亚历克斯(Alex)是亚历山卓(Alexandria)的昵称。——译注

离。不过即使方向正确，她也会在到达飞船之前用光空气。氧气用尽之后，加热单元会关闭，她的身体会在零下二百四十度的地球阴影中很快冻硬。她能看见自己飞船上的灯光、核动力卫星上柔和的光，以及无数的星辰。城市的灯火勾勒出太平洋深邃的广阔。

奇怪的是，光芒虽然不能救她，但是能给她带来安慰。她需要动力背包提供的推进力，可是一颗豌豆大小的流星体撞坏了这件本来绝对可靠且具有多重防护装置的设备，而且还打断了她向前飞行的状态，让她旋转起来，导致她无法回到本该向基地返航的生命舱。结果亚历山卓失去了宇航员的身份，不再是价值八十三万五千美元的企业投资，成了希伯特号飞船赶到后要清理的轨道垃圾。她的飞船在十五米之外，可是倒不如遥不可及，假如流星体没有击中动力单元，而是正中她的头盔，让她在不知不觉中快速死去，那就算得上仁慈了。

此刻，她没有办法改变自己前进或旋转的运动状态，结果，这一团乱麻中唯一好玩的事就是来回转动。等待生命维持系统关闭的过程中，她至少可以拥有三百六十度的视野。亚历山卓是一个乐观主义者，几乎自信到极点，可她还是一名唯物主义者。现实无法逃避，太空冷酷无情，她没有任何生还的前景。

三十分钟后，亚历山卓还飘浮在宇宙中努力欣赏星空，她发觉自己傻透了，居然让半个小时白白流走，而不是努力抓住生还的可能。她和现实的宇宙是亲密的朋友，这样的朋友不会温和地走进夜晚。

一条宽宽的魔术贴把太空骑手标配的老式手表绑在了她的左腕上。她尽力拽紧拉带,甚至担心它会绷断,不过它可以承受额定七百五十度的温度波动和一千五百磅的拉力。她重新粘住魔术贴,相信绑带可以维持太空服的气压。

然后她毫不犹豫地扭下左手的手套。太空里寒冷的真空环境刺痛她裸露的皮肤,她在太空服内疼得尖叫,但仍然牢牢抓住刚刚卸下的手套。这个由多层纤维和镀铝聚合物组成的厚重组件承载着一切,亚历山卓希望它有足够的质量把自己推向飞船——她已经浪费了三十分钟,像块垃圾一样飘浮在太空中。当然投掷必须又猛又准,然后她若是回到飞船,还必须得用一只手抓住它。

"中场投篮很可能更容易,"她想,"不过我会出手尝试。"

她的手冻硬以后,疼痛停止了。亚历山卓再次打起精神。她等待自己旋转到面对卫星的方向,然后,她一边向艾萨克·牛顿祈祷,一边低手掷出手套,跟她在普林斯顿大学投手丘上对棒球的控制一样,瞄准卫星从身体中间位置出手。假如她抛出的轨迹正确,像一颗速球飞出太空的手套应该用反作用力把她推向飞船。

有好消息,表带似乎保持住太空服里的压力;她大致朝期望的方向转动;身体旋转的速度减慢到每三十秒一圈。坏消息是,飞向飞船的速度还是太慢;她的飞行线路刚好会错过飞船。可是亚历山卓已经不是放弃希望的植物人,她还剩下十一分钟来解决问题。

她分出三分钟来观察和重新计算必要的线路变化,然后,她既不犹豫也不多想，抓起冻僵的左手，把它像冰棒一样掰断，笨拙地从左肩和头顶上方抛出。

亚力山卓的逆时针旋转慢下来，不过此时她开始缓缓地翻跟头，她用了几分钟才确认，自己正朝着漂亮、温暖、氧气充足的圣歌号飞船飘去。仅有的问题是：她会赶在太空服的氧气耗尽前到达吗？她能用一只手和一条冻僵的残肢抓住飞船吗？她在太空服内动作时，腕带能保持住压力吗？

亚历山卓每次旋转都盯住自己的目标，她每分钟都会刨去经过的距离，努力放缓呼吸，计算必须用力够到扶手的时刻。

"圣歌号呼叫骑士妈妈。亚历山卓呼叫骑士妈妈。完毕。"

"你好，圣歌号！什么情况，亚历克斯？我们以为你牺牲了。完毕。"

"嘿，乔治老弟。你以为我就认命啦？取消呼救，告诉医生他得给我安装假肢，我的左手冻成冰坨在轨道上运行呢。完毕。"

乔治喜欢亚历山卓，她在工作中从没损失或损毁过一艘飞船，而且没等大多数机械师找到合适的螺丝刀，她就能拆下一块控制面板。

"此话怎讲？"乔治说，"你跟我们说完蛋了，然后就关闭了通信。你在飞船里吗？完毕。"

"我舒服得很，在我小臂上充起了一条止血带，正要给自己打一针D型强效吗啡，如今的太空旅行者都用这种全效止痛镇静抗生素。飞船正在自动返回对接，因为我很快就要进入乐土。不过我期望医生能让我在四周内做好执行任务的准备。要是琼斯老头让我赔偿他这次任务的太空服维修费，那么等我跟他算完账，他会比我的动力背包还难看。完毕。"

"既然提到这事儿，"乔治说，"控制室的伙计们都很难过。你联系基地，告诉我们你要牺牲，然后关闭了通信。这可不怎么合适，亚历克斯，一点都说不过去。完毕。"

"抱歉，乔治。我要是崩溃了，可不想让人听见我痛哭。那样的话我得把你们都杀了，所以还是原谅我吧，等我能端起杯子就请你们喝啤酒。让琼斯奖励手表设计师，我想亲吻他们所有人。通话结束。"

鱼出现的夜晚

乔·R.兰斯代尔

天空万里无云，只有一轮灼热的太阳，把这个下午变得如同白骨般刺目。没有一丝风吹过，空气仿佛一团凝胶在微微颤动。

暑热中驶来一辆破旧的黑色普利茅斯汽车，引擎罩里边断断续续喷出白烟。汽车噗噗响了两声，然后发出回火的巨响，抛锚在路边。

司机下车绕到引擎盖旁，他是一个男人，正处在生命的凛冬，头发是枯黄色，屁股上撑着沉重的肚腩。他的衬衫一直敞开到腹部，袖子挽到手肘上方，胸口和手臂上的体毛都已是灰色。

一个年轻的男人从副驾驶座位下车，也绕到车前。黄色的汗渍染污了他腋下的白衬衫。一条扯松的条纹领带仿佛睡眠中死去的宠物蛇挂在他的脖子上。

"怎么样？"年轻人说。

老人没有回答，他掀开引擎罩，一团白色的水蒸气伴着鸣音从散热器喷出，升上天空，变得透明。

"该死。"老人说着踢向普利茅斯汽车的保险杠，仿佛在踢一个死敌的牙齿。这个动作没怎么让他发泄出来，只是把棕色的鞋尖踢出了难看的擦痕，重重地撞痛了脚踝。

"怎么样？"年轻人说。

"什么怎么样？你觉得呢？跟我们这周开罐器的销量一样毫无希望，甚至更难起死回生。散热器上都是窟窿了。"

"也许有人经过会帮我们一把。"

"想得美。"

"至少搭个便车。"

"保持这样的心态吧，大学生。"

"肯定会有人路过。"年轻人说。

"也许有，也许没有。还有谁走这些偏僻的捷径呢？所有人都走主路，不会抄这条不中用的近路。"他说完怒视着年轻人。

"我可没逼你走这条路，"年轻人突然爆发，"地图上标着呢，我只是跟你提起，没说别的。你挑的这条路，决定是你做的，不怪我。另外，谁能想到汽车会抛锚呢？"

"我让你检查散热器里的水，对不对？早在埃尔帕索我就跟你讲过。"

"我检查过了，当时里边有水。你听好，这不赖我。在亚利桑那都是你在开车。"

"好了，好了。"老人好像根本不想听这些，而是转身沿着公路看过去。

目力所及，没有小车，也没有卡车，只有热浪和数英里远的空旷混凝土公路。

他们背靠着汽车，坐在炎热的地面，这样能遮挡一下太阳——但也不是很有效果。他们从车内拿出一壶温暾的水喝,很少说话,就这样一直到了太阳落山,两人的脾气都收敛了一些。热量从沙土上散去,沙漠的凉意已经来袭。令他们烦躁的暑热变成了团结他们的寒意。

老人扣好衬衫,放下衣袖,年轻人也从后座翻出一件运动衫,穿好后又坐下来。"对此我很抱歉。"年轻人突然说。

"不是你的错。谁都没错,有时候我只是需要吼一吼罢了,开罐器销量不行,我得发泄一下,只是不能对着开罐器和我自己发泄。挨家挨户推销的时代结束了,孩子。"

"我还以为这份暑假工作很轻松。"年轻人说。

老人笑道:"我猜也是,他们有一套话术,不是吗?"

"深有同感。"

"说的就好像来捡钱,然而没有意外之财,孩子。这个世界上没有易事,挣钱的从来只有公司,我们只会越来越累、越变越老,鞋上的洞也越来越多。要是我早看明白的话,几年前就辞职了。你只需要撑过这个夏天——"

"也许用不了那么久。"

"好吧,我只懂得这一行,一座城市接一座城市,一间旅馆接一间旅馆,一户人家接一户人家,隔着纱门看他们摇头拒绝,就连肮脏旅馆里的蟑螂看起来都像是你以前见过的小伙伴,似乎它们可能也在住旅馆、搞推销。"

年轻人哈哈一笑:"或许你说得有道理。"

他们沉默不语,安静地靠在一起坐了一会儿。夜幕已经完全笼罩沙漠。一轮硕大的金色月亮挂在天空,数不清的星辰发出远隔万世的白光。

风吹起来,沙土在移动,找到新的位置落脚。缓慢从容的起伏让人联想到午夜之海,曾经乘船横穿大西洋的年轻人就这样形容。

"海?"老人回应。"对,对,一模一样。英雄所见略同,我感到困扰的部分即在于此,也是我下午被惹恼的部分原因,不仅仅是因为炎热,这里有我的回忆,"他朝沙漠点头,"它们再次涌上心头。"

年轻人皱起眉头。"我没理解。"

"你不会理解,也理解不了。你会以为我疯了。"

"在我眼里你已经疯了。所以给我讲讲吧。"

老人笑道:"好吧,但是你可别笑。"

"我不会的。"

两人沉默了一会儿,最后老人说:"今夜有鱼,孩子。今晚是满月,如果没记错的话,就是这片沙漠。感觉没错——我是说,没觉得今晚像是由某种织物组成?跟其他的夜晚不同,仿佛被装在一个黑暗的大口袋里,四周散布星星点点的亮光,顶部开口有一盏亮灯来充当我们的月亮?"

"你把我搞糊涂了。"

老人叹气道:"可感觉就是不同,对吗?你也能感受到,不是吗?"

"我有感觉,还以为只是缘于沙漠的空气。我以前从没在沙漠里露营,觉得那会不一样。"

"不一样,好吧。瞧,这是我二十多年前被困的道路。一开始我不知道，至少没觉察出来。可是在内心深处，我肯定始终清楚，自己要走这条路。如同足球评论员说的即时回放，诱人的命运把它呈现在我面前。"

"我还是不明白有鱼的夜晚，你说你以前来过这里，此话怎讲？"

"不是这个确切的地点，而是这一带的某个地方。当时这里的道路甚至还比不上今天，大概只有纳瓦霍人经过。我的车跟今天一样在这里出故障，我没有干等着，而是徒步离开。我行走时，鱼出现了，在星光下游来游去，漂亮极了。鱼多得很，有大有小、有粗有细、五颜六色，都直奔我游来……从我身上穿过！你目力所及，从高空到地面，到处都是鱼。

"打住，孩子。别那样看我，你瞧：你是个大学生，知道在我们之前，在我们爬出海洋、变得可以用人来自我称呼之前，这里都有什么。我们以前不就是黏糊糊的生物，那些游鱼的近亲吗？"

"我想是的，可——"

"这座沙漠在数百万年前曾是海底，甚至可能是人类诞生的地方。谁知道呢？我在一些科普书籍中读到过，结果有了这样的想法：假如曾经活着的人类的灵魂能在房子里出没，那么早已死去的生物的灵魂为什么不能在它们曾经生活的地方出没？为什么不能游荡在幽灵的海洋里？"

"鱼有灵魂？"

"别对我吹毛求疵。听着：北方跟我聊过的一些印第安人提到一种名为曼尼托的神灵，他们相信一切都有自己的曼尼托，岩石，树木，你能想到的一切。即使岩石风化成尘土、树木被伐为木材，曼尼托还存在。"

"那你为什么不能时刻看到那些鱼？"

"我们为什么不能时刻看到鬼魂？为什么我们有些人从来看不见？时机不对，这才是原因。那是个宝贵的时刻，我猜类似某种奇特的定时锁——就像银行里用的那种。银行里的锁打开时才有钱，这里的锁打开时，我们就能看见远古世界里的鱼。"

"好吧，这事可得考虑一下。"年轻人勉强说。

老人朝他一笑。"我不怪你这么想，不过二十年前我就经历过，而且永远忘不了。我看见那些鱼，整整一个小时才消失。紧接着一个纳瓦霍人开着旧皮卡过来，我搭他的车进城，跟他讲了自己的经历。他只是看着我嘟囔了一声，不过我能看出他知道我在说什么，他也看过，极有可能不止一次。

"听说纳瓦霍人出于这样那样的原因不吃鱼，我打赌是沙漠里的鱼让他们产生了禁忌，也许他们觉得鱼儿神圣。为什么不呢？那就如同见证造物主，无忧无虑地在液体里爬来爬去。"

"我说不好，听起来有点……"

"不靠谱？"老人笑道，"的确如此。于是那个纳瓦霍人载我进城，第二天我把车修好，继续上路。那条小路我再也没走过——直到今天，我觉得这不仅仅是偶然，我的潜意识在驱使我，那个夜晚吓坏我了，孩子，承认这点我毫不介意。可是那个夜晚也很壮观，一直萦绕在脑海里，让我挥之不去。"

年轻人不知道该说些什么。

老人看着他笑笑。"我不怪你，"他说，"一点都不怪。也许我是疯了。"

他们又在沙漠的夜晚多坐了一会儿，老人取出假牙，往上面倒了一点温水，洗去咖啡和香烟的余味。

"希望我们不再需要那些水。"年轻人说。

"你说得对。我真蠢！我们睡会儿，天亮前上路。离下一座城镇不远，最多十英里，"他把假牙放回嘴里，"我们不会有事儿的。"

年轻人点点头。

没有鱼出现，他们没有讨论，而是回到了车上。年轻人在前座，老人在后座。他们把换洗衣服垫在身下，阻挡夜晚的寒意。

临近午夜，老人突然醒来，头枕着手看向对面窗外的上方，审视凉爽的沙漠夜空。

一条鱼游过。

它又瘦又长，身上点缀着世上所有的颜色，轻快地摆尾，仿佛是在告别。然后它不见了。

老人坐起来，车外到处都是鱼——大小不一，形形色色。

"嘿，小子，醒醒！"

年轻人抱怨一声。

"醒醒！"

年轻人一直趴在胳膊上，此时翻过身说："怎么了？要出发？"

"鱼。"

"别再聊了。"

"快看！"

年轻人坐起来，惊掉了下巴。他瞪大眼睛，在汽车周围，有各种各样的鱼在游动，速度越来越快，形成一个个暗色的涡旋。

"这，我……怎么回事？"

"我就说嘛，我就说嘛。"

老人伸手去拉门把手，可是还没等他够到，一条鱼慵懒地游进后车窗，在车内盘旋，一圈、两圈，径直穿过老人的胸膛，一摆尾巴从车顶游出。

老人哈哈一笑，拽开车门，兴奋地蹦跳着绕到路边，跃起拍打幽灵一样的鱼，手从它身上穿过。"好像肥皂泡，"他说，"不对，像烟雾！"

年轻人仍然张着大嘴，不过也开门下了车。他甚至能看见高处的鱼，奇怪的鱼，跟看过的图片和想象中的画面都不一样，它们在周围轻游快闪，仿佛一道道闪烁的光。

他抬起头，看见月亮附近有一大片乌云，天空中唯一的云。这片云突然把他拖回现实，为此他颇为感激。有些事情还算正常，世界没有完全发疯。

过了一会儿，老人停止在鱼群中蹦跳，回来靠在车上，手扶着起伏的胸膛。

"感受到了吗，孩子？感受到海洋的存在没有？仿佛你漂浮在子宫里，听到母亲的心跳，你没觉得吗？"

年轻人不得不承认，自己有这种感觉，内心深处摇荡的节奏就来自生命之潮和搏动的海洋之心。

"怎么回事？"年轻人说，"为什么会这样？"

"定时锁，孩子，锁都打开，鱼儿被释放出来。人类还没出现，文明还没有令我们不堪重负，它们出自那个时代。我知道这是真的，真相一直就在我的心里，在我们所有人心里。"

"就像时间旅行，"年轻人说，"它们直接从过去来到未来。"

"对，没错，就是这样……可是，假如它们能来到我们的世界，那我们为什么不能去它们那边？释放我们体内的灵魂，同步到它们的时间？"

"等会儿……"

"我的天，就是这样！它们纯洁无瑕，噢，纯粹无害，干净得没有文明的陷阱，一定是这样！我们不如它们纯粹，技术如同重负压在我们肩上，比如这些衣服，比如那辆车。"

老人开始脱衣服。

"嗨！"年轻人说，"你会冻坏的。"

"假如你变得纯粹，纯粹至极，"老人嘟囔着说，"就是这样……对，这才是关键。"

"你已经疯了。"

"我不会再看那辆车了。"老人大吼着跑过沙土，一路抛下他的衣服，就像一只长耳野兔在沙漠里跳来跳去，"天哪，天哪，没有反应，什么都没有，"他哀叹道，"这不是我的世界，我属于那个世界，像自由自在地漂浮在深海，摆脱汽车、开罐器和——"

年轻人喊出老人的名字，他似乎没有听见。

"我想离开这里！"老人喊完，突然再次蹦跳起来。"牙齿！"他大吼，"原来是牙齿。牙医，科学，讨厌的科技！"他一拳砸在嘴上，拔下牙齿抛在身后。

牙齿掉落的同时，老人升了起来。他开始划手，一直向上游去，如同一只淡粉色的海豹在鱼群里游动。

在月光中，年轻人能看见老人鼓起的嘴，正含着最后一口未来的空气。老人充满力量，在久已不见的上古之水中不停地游向高处。

年轻人也开始脱衣服，也许他可以抓住老人，把他拉下来，给他穿上衣服。有什么……上帝啊，不对劲儿……可自己要是回不来呢？他牙齿里有填充物，骑摩托出车祸时后背装了钢钉。不，自己跟老人不一样，这才是属于他的世界，他被绑定在这里，无能为力。

一个巨大的身影在月亮前面穿梭，形成一条摇曳的黑影，吸引年轻人放下手中的衬衫纽扣，抬头观看。

无形之海中的鲨鱼仿佛一枚黑色火箭穿过，它是所有鲨鱼的始祖，人类内心深处所有恐惧之源。

它一口咬住老人，开始朝空中金色的月光游去。老人从这只猛兽的嘴里垂下，仿佛家猫嘴里叼着的一只死耗子。鲜血从他身上逸出，暗沉的血色氤氲在无形之海中。

年轻人微微颤抖着身体。"我的天哪。"他说了一句。

然后浓密的乌云飞来，从月亮表面飘过。

黑暗短暂笼罩大地。

然后云开月明，天空晴朗。

不见鱼。

不见鲨。

也不见老人。

还是刚刚的夜晚，只剩下月亮和群星。

幸运 13

马尔科·克鲁斯

舰队有个传统：部队里的运兵船菜鸟指挥官总是被分配到别人不想要的飞船。

分给我的旧飞船是"幸运13"。从技术上讲，她并没有什么问题。她是一艘老式的黄蜂型飞船，而不是新的蜻蜓型，但那时我们联队的大部分人还在使用黄蜂型。不过飞行员都很迷信，他们认为"幸运13"是一艘不吉利的飞船。在交给我之前，她已经有两次失去了全部机组成员，其中一次整支队伍都已经坐好。这两次，他们都把飞船打捞起来，冲洗干净，然后再把她修好。一艘飞船在全员阵亡的情况下幸存下来而没被摧毁非常罕见——在两次全员阵亡的情况下幸存下来，不管是以前还是之后，我从来没有听说过。

她的飞船编号其实并非13，草绿色侧面印的是暗红色的5。可是一名修理工某天更换烧坏的零件时发现了她的装配序号，就这样，消息被传开，这艘倒霉飞船的序号是13-02313。它不仅首尾各有一个13，而且她的序号的所有数字加起来也是13。因此，她被命名为"幸运13"，并作为冷备机收起来，直到他们需要为新来的中尉配备机体。然后,他们把她擦拭干净,升级了计算机,并把钥匙交给了我。

随飞船一起配给我的还有个新的机组长——费舍尔参谋中士。我去存放机库检查新座驾时第一次见到了他,他正忙着处理飞船,把各种诊断硬件插入飞船内部的数据端口。当我头一次在"幸运13"周围走动时,我注意到他已经把我的名字涂在了右驾驶座舱窗户下面的装甲列板上:哈雷·彗星中尉。

"我自作主张,"我用手指抚过自己呼号的印刷字母时,费舍尔中士说,"希望你别介意,长官。"

"一点都不介意,"我对他说,"说到底,她其实属于你。我只是偶尔会带她出去。"

他笑了笑,显然很高兴被分配给一个清楚运兵船联队中所有权链如何正确划分的飞行员。

"别受流言蜚语的影响。我指的是说她不吉利的那些。她是一艘性能优秀的飞船。我从头到尾检查过,她的状况比一些新的飞船都好。"

"流言蜚语影响不了我,中士,"我对他说,"我不是那种迷信的人。这只是一台机器。"

"不对,长官。"费舍尔中士回答。他脸上的笑容变得有点自鸣得意。

"她不只是一台机器。他们都有个性,就像你我一样。"

好吧,"幸运13"的确有自己的个性。幸运的是,她跟我很合拍。

我驾驶过几十艘黄蜂型运兵船，从已经主要用作训练飞船的A1型裸机，到最新的黄蜂W型，它们有各种各样的更新换代，甚至可能会获得独有的等级名。不过它们都没有像"幸运13"那样的操控响应。任何版本的黄蜂型飞船都容易抖动——你必须用指尖来驾驶，因为它们对控制信号的输入非常敏感。没有哪艘黄蜂型飞船喜欢被重重握住操纵杆。"幸运13"甚至比一般的黄蜂型飞船更容易抖动，不过一旦你把她搞明白，就可以完成大多数新手飞行员认为根本不可能完成的动作。"幸运13"的某些方面方恰到好处，也许是和谐的结构，也许是她的所有部件都能相互配合——但驾驶她的感觉就如同你是飞船的一个组成部分，而不仅仅是她的驾驶员。

"幸运13"和我有五个星期的时间来磨合，然后我们一起进行了第一次战斗空投。我们位于四艘飞船编队的尾部，任务是运送一个太空步兵连到南河三Bc的单一卫星上。我们已经从轨道上将当地的敌方驻军打得落花流水，现在第940太空步兵团将空降至他们的撤退路线，在他们集结并重新整编之前把他们解决掉。

情报部门从未弄清那天出了什么情况。我不知道是他们设法侵入了我们的安全战斗网络，还是我们单纯运气太差。我所知道的是，我们的运兵船在山脊线附近滑行降落，让部队下船登陆，我们一落地就陷入了大麻烦。登陆区的两边都是他们投入使用的新型自动化防空炮台——三十六根炮管，排成六排，每根都采取从前到后叠加装载弹药。整个系统与一个被动的敌我识别模块和一个短程雷达相连，布置在隐蔽地点，就像地雷一样。直到他们开火,我们的威胁扫描仪才会发现它们。每一台这种武器每分钟射出二十五万发炮弹,虽然每颗单独的炮弹不会对装甲运兵船造成很大的伤害,但累积起来的效果就像用高压水管喷射蚁穴。

我们以菱形降落,"幸运13"在菱形的尾部,离恭候我们的一排炮台最远,因此我们那天才活了下来。我的机组长刚刚释放尾部的斜坡,我就看到数百个炮口的闪光照亮了前方的夜晚。我冲着中士大喊,让他把斜坡重新升起,并发动引擎再次升空。在我们前面,领头的运兵船已经开始放出它的一个排,他们的一半成员已经离开了飞船,身陷战火之中。有那么一瞬间,我一心打算把我的飞船挡在暴露的部队和火炮之间,可是这时领头的黄蜂型飞船就在我面前爆炸了。前一刻,它还落在地上,太空步兵在它周围寻找掩护,下一刻它就碎成一团零件被抛向各个方向。

这时我已经驾驶飞船起飞,让"幸运13"船尾朝下向后飞了大约三百米,确保腹部装甲挡在我们和那些火炮之间。然后我把飞船翻转过来,完成了我所做过的最低高度的机翼翻转,并以百分之一百三十的紧急动力赶紧离开了登陆区。

"幸运13"是那次飞行任务中唯一幸存的运兵船。"女妖72号",也就是在我面前爆炸的那艘船,连同她的两名飞行员、机组长和三十八名全副武装的太空步兵,散布在四分之一平方千米的土地上。"女妖73号"和"女妖74号"受损严重,也没能离开卫星,而舰队不得不派来一队伯劳型飞船,在它们进行紧急降落的地方摧毁机体。"幸运13"的新漆甚至没有一点划痕。

我把飞船一停回对接夹以后，就开始像大风中的树叶一样颤抖，两个小时都没有止住。在精神上，这种颤抖持续了更久。尽管身处困境时，我做了该做的一切——摆脱危险并保证部队的安全——可我仍然责怪自己没有立即返回登陆地点，对那些炮台实施火力压制。

"女妖72号"无人幸存。三十一名士兵和一名飞行员死在"女妖73号"上，十四名士兵和机组长在"女妖74号"上阵亡。是的，尽管完全按照教科书的规定行事，但我仍然怪自己没有回去帮助他们。

但是有个太空步兵的傻瓜少尉第一次因为我没有留在南河三Bc危险登陆点而谴责我时，我一拳揍在他的鼻子上，还用他的餐盘继续扇他。这可以说是一次宣泄，值得被关押四十八个小时。

此后，我驾驶"幸运13"又执行了十九次战斗任务。我把部队送上战场，投放物资，执行地面攻击任务，以及从敌占区接回侦察队。在这么长的时间里，我的飞船上没有发生过一次伤亡。十九次中有三次，我的"幸运13"在任务结束时是整个航队中唯一还能飞行的作战单元。即使地面战火密集到你走出驾驶舱，可能会踩着弹片走上甲板，她也每次都能把我们安全送回家。在连续的第十次任务结束后，我的飞船仍然没有伤到一丝一毫，其他飞行员居然开始真心实意地称她为"幸运13"。

然后有一天，我们配备了两艘刚下线的黄蜂W型飞船。新到什么程度？它们的飞行员座位上还包裹着塑料薄膜。通常情况下，飞行联队中两艘全新飞船会引发一系列惠及底层的复杂升级，因为高级飞行员会认领新的飞船，并将他们的旧飞船顺次分配给初级飞行员。这一次，康诺利中校来找我，主动把崭新的黄蜂 W 型飞船让给我，前提是我把"幸运 13"作为交换让给他。

拒绝他的提议给我带来了难以企及的喜悦。

舰队还有一个传统：一旦你找到了适合你的东西，并且对它产生了感情，最后你就会失去它。

"幸运 13"在一个寒冷而晴朗的日子，死于南鱼座 α 星周围某颗荒凉的岩石行星上。她没有从天上被击中，也没有被瘦怪踩扁。是我亲手杀了她，而且是自愿的。

我去那颗星球救回一个受到攻击的侦察队。到达会合地点时，跟我们四名侦察员交战的俄罗斯人似乎有整整一个连。我以前也执行过紧急救援任务，但是要从半个星球的驻军中救走特种兵还是头一回。俄罗斯军队可不怎么喜欢他们的战利品被单独一艘运兵船抢走。我向营救地点俯冲，各种各样的弹药立即向我们招呼过来。根据地面发射的手持导弹数量来判断，该连的一半士兵肯定都带着防空火箭筒来追击。我的威胁扫描仪像弹珠游戏厅一样被点亮，在几分钟里，我忙着躲避导弹并使出干扰措施。与此同时，地面上的人一直在叫喊着让我们回去，解救他们脱险。最后，地面火力稍有松懈，我绕回了目标区域，但是拇指还按着起飞按钮，准备随时离开。

俄罗斯人压制住我们的侦察队，他们的先头部队离侦察队非常近，甚至你开着一辆多功能卡车都没法从他们双方之间顺利通过。我从他们近处掠过，用火炮开火，俄罗斯人跑开去寻找掩护。此时我吸引了全连的注意，每个人都把他们的步枪和机枪对准天空发射。从"幸运13"的装甲上弹开的轻武器火力是如此密集，以至于听起来像是冻雨中的冰雹。下一次掠过时，我清空了悬吊在外部的大部分火箭发射器，指示我的副驾驶用飞船头部下方炮台对付所有没有穿北美联邦迷彩服的家伙，然后驾驶飞船准确降落在俄罗斯人和心急如焚的侦察队之间。

费舍尔参谋中士是跟我共事过的最出色的机组长。尽管敌军炮火把这里搅得尘土飞扬，但是他在飞船落地的一刹那就放下坡道，出去帮助受伤的侦察兵登上飞船。只有一名侦察兵还能自己走上坡道。费舍尔中士三次出去帮助别人，每次都冲过五十码的枪林弹雨，拖回二百磅重的全副武装侦察兵。最后，他把所有人都带回了舱内，我把推力给定调到最高，驾驶飞机离开地面，逃出那里。

我们没有走得太远，俄罗斯人就呼叫来他们自己的战斗飞船进行支援。它躲过威胁扫描仪的探测，成功地在甲板上方偷袭到我们。当我听到雷达报警传感器发出的尖锐鸣音时，我正专心致志地驾驶飞船低空高速飞行。他一定是几乎来到我们头顶时才开火，因为我甚至没有时间按下干扰按钮。这枚俄罗斯导弹直接击中了正发挥百分之一百二十推力的右舷引擎，并把它完全炸毁。有一两秒钟，我们以七百节的速度飞向大地，但随后我控制住飞船，并抑制住撞击造成的旋转。我驾驶她直指蓝天并为最后剩下的一台引擎开启了防爆措施。

俄罗斯人一直紧跟在我们身后，结果他最后飞速超过了我们。这真是幸运，因为我的翼尖上还挂着全部四枚铜斑蛇空对空导弹。我没瞄准发射了其中的两枚，等到俄罗斯飞行员启动了他的干扰措施，我又把剩下的两枚导弹锁定住他的屁股发射出去。一枚导弹击中了他的左舷引擎，另一枚削掉了他船尾的后三分之一，包括尾部方向舵和垂直尾翼。我们当时离地面只有一千英尺左右，俄罗斯飞行员几乎没有时间弹出他的船员，飞船就侧着机身撞到岩石上，爆发出一个可爱的火球。

我们飞船的情况只是稍好一点。我稳定住姿态，并让计算机计算出我们的损伤程度。俄罗斯导弹摧毁了我们的引擎，一些继发形成的弹片切断了主数据总线，以及四条液压管线中的三条。我们仍然可以飞行，但只是勉强而已，太空飞行则完全不可能。后面有受伤的侦察兵，我们不能像俄罗斯人那样弹射出去，所以我关闭了油门，寻找合适的地方降落受创的飞船。

南鱼座α星的卫星是一颗布满尘土的岩石星球，看起来就像我进行基础训练的犹他州沙漠，只是没有那里的一点点植被。我剩下的一台引擎开始断断续续喷出内部部件，所以我不能太挑剔降落地点，只好选择了第一块看起来还算平整、没有岩石的地面，并把这艘受伤的飞船剩下的所有能量都用于降落缓冲。冲击还算轻，足以让我放下滑板，做一次合格的三点着陆。着陆点的地形意味着我必须逆向做最后的降落，这都成了我们后来的幸运之处。滑跃式着陆意味着头部下方炮台仍然可以旋转。飞船停住时，刚好朝向刚刚救起侦察队的高原。

我们一落到地上，我就关闭了引擎，以免她把自己扯碎。

当时,"幸运13"仍然是可以挽救的飞船——缺少一台引擎,有弹片损伤,但他们之前已经两次把她从接近报废的状态中完全修复。我们的电力系统还在工作,我发出了求救信号,同时费舍尔中士放下了船尾斜坡,开始把人从飞船中拖出。不过,当我的副驾驶员伸手去够主电源开关,准备完全关闭飞船时,我挥手让他离开了。

"就让她运行,直到电池耗尽。"我对他说。

我们处在高原的视线范围以内,那里有半个连的愤怒的俄罗斯海军陆战队员看着我们迫降。我们着陆后不到两分钟,威胁警报接收器又开始鸣叫。我瞥了一眼,发现毫米波短程雷达脉冲正瞄准我们,可能是跟我们 MARS 突击火箭发射器类似的俄罗斯武器。其中之一可能炸毁"幸运13"的残骸,但我们处于其有效射程的极限,而且我的飞船仍有干扰设备组件。我把系统切换到"自动"状态,然后离开了座位。

"费舍尔中士和丹顿少尉,带那些特种兵离开这里,隐蔽起来。"

"收到,长官,"丹顿少尉说,"有什么计划?"

"你们等待撤离飞船,保持隐蔽。我到炮手位置提供火力。现在开始快速行动。"

"不用逞英雄,长官,"费舍尔中士在飞船外说,"我们都去找掩护,从军械库带些步枪。"

"我今天没打算中枪,中士。一打光炮弹,我就会马上离开。现在走吧,快他妈远离飞船。如果俄罗斯人在救援之前赶到这里,我会在离开时拉动爆炸自毁手柄。"

我挥手让丹顿少尉离开驾驶座舱，然后自己爬进炮手座位，操纵飞船头部下方炮台。我甚至还没有完全系好安全带，威胁警报就再次响起，两枚火箭弹从一英里外的高原发射，搅起一片尘土。

你可以用突击火箭弹炸毁黄蜂型飞船，但必须得撞大运。这些火箭弹是为对付地面工事和瘦怪这类大型生物目标而设计，并非用来打击带有复杂电子战装备的高速运兵船。即使停放在地上，黄蜂型飞船对火箭手来说也不是一个容易消灭的目标。干扰组件扰乱了敌方火箭弹的弹头搜索器，它们还没飞行到一半距离，就发疯似的在岩石中爆炸了。俄罗斯人再次尝试，这次发射了三枚火箭弹，但由于飞船处于静止状态，所以干扰装置更加有效，那些火箭弹几乎一离开发射器就开始乱飞。

当然，视线是双向的。我把头盔接入炮手控制台，把瞄准镜的放大倍数调至最大，用拇指弹开火控安全盖。然后毫无顾忌地还以颜色。

黄蜂型飞船头部下方炮台装有一门三管自动火炮，以每分钟一千二百发的速度发射无壳炮弹。一英里外，两用炮弹连续击发爆炸，就像一连串的小火山沿着山脊线依次喷发。我按住扳机大约五秒钟，从左到右扫射山脊。俄罗斯人没有继续发射火箭弹。

我的炮火为我们赢得了大约五分钟的时间。我花时间清除了飞船记忆库中的数据，把她变得跟存放在机库时一样呆板。自毁装置会把整艘飞船炸成细小的碎片，但有时不能正常触发。我们都得到指示，如果在敌方领土弃船，就要清除飞船大脑。等我完成这项工作，俄罗斯人又鼓起勇气，再次向我们射击，这次是用轻武器。我坐回炮手位置，对着可能的隐蔽处进行点射。我的船员们已经离开了飞船，驻守在后方几百米处，暂时离开了炮火。俄罗斯人此时倾巢而出，假如他们设法绕过我的炮台所覆盖的区域，他们就会把我们全部包围。

在接下来的十分钟里，这是一场枪炮的对决——我的自动火炮对他们的步枪和机枪。每当看到前方岩石平原上有动静，我就向他们附近大致的位置进行短促点射。我不知道究竟打中了多少人，但杀伤没有吓退余部，因为他们不断前进，火力也变得愈加准确。黄蜂型飞船轻易就能挡住步枪的射击，但一些机枪的子弹更加坚硬，驾驶舱的防弹玻璃在持续的打击下开始崩裂。其中一个俄罗斯士兵使用大口径反物质步枪，那支重武器射出的头一发子弹干净利落地穿过了中央驾驶舱防弹玻璃，正好命中我在降落前一直坐的飞行员座椅。我坐在前面的仪表板下边，不停回击，发射爆炸弹，并观察弹药计数器一路下降到三位数，然后是两位数。

我第一次被他们的子弹击中时，甚至没有意识到，只是感觉到有什么湿漉漉的东西从我的右臂上流下，从指尖上滴落。不得不抛开瞄准画面检查时，我看到有东西洞穿我飞行服的袖子。我把湿漉漉的袖子从皮肤上剥下来，这时另一阵枪声终于把玻璃面板完全打碎，我的同一条手臂上又挨了一枪，几乎就在靠近肘部的位置。我一下子就感到疼得要命。

我估计，我没有立即还击时，他们就明白我已经被击中，因为这时候敌方火力才开始真正加强。我想，在那些岩石之间，所有活着的俄罗斯人都开始向"幸运13"的正面射击。反正我的弹药也快耗光，所以我从炮手的座位上挪下来，跌坐在地上，而俄罗斯人的飞镖弹和钨合金子弹就在我头顶上撕扯着驾驶舱。我爬出打开的驾驶舱舱门，又用没受伤的手把它关好。子弹在叠层装甲上弹开的声音就像冰雹打在窗玻璃上。

我站起来，走进飞船上的军械库，拿起一支步枪和一袋弹匣，然后来到黄蜂型飞船内置爆破装置的面板前。

我卸下保险，拉动把手，感觉就像用枪指着小狗的头，扣动了扳机。但我知道她再也不会飞了，我也不希望她最终成为敌人的战利品，停靠某个俄罗斯公司的大楼前。"幸运13"将迅速而彻底地死去，不会留下任何东西在废品站里生锈。

我拉动把手，然后拿起步枪，冲出了士兵舱，沿着落下的尾舱门，跑到了外边。

因为我们之间隔着庞大的"幸运13"，所以俄罗斯人一开始没有看到我。等他们的侧翼人员发现时，我已经在五十码之外奔向掩护地点了。当然，他们还是会向我开枪。敌人的步枪子弹在你旁边掀起尘土时，你能以惊人的速度奔跑。黄蜂型飞船的自毁装置有十五秒的引信时间，然后它将所有剩余燃料喷入飞船内部，形成一个巨大的云爆弹。我的船员们都蜷缩在大约八十码外的一座岩壁后面，我越过岩壁后还剩两秒钟时间。

什么也没发生。

我又等了十秒、二十秒，然后是三十秒，我把脸埋在地上，双手捂住耳朵，等待"幸运13"像一颗巨大的手榴弹一样把自己炸开，但我只听到俄罗斯步枪的嗒嗒声。一两分钟后，我冒险从岩壁上瞄了一眼，看到"幸运13"仍然停在原地，被摧毁的发动机冒着浓烟，俄罗斯海军陆战队员在空地上向她推进。以我们的伤员情况，一旦俄罗斯人发现我们都逃离了飞船，我们是不可能跑掉的。只剩下最后一条出路——尽可能虚张声势。我再次低下头，检查了步枪的装填状态，并示意其他人准备战斗。

头顶的天空是漂亮的钴蓝色，即使在行星的下午，星星也很明亮，我想知道我们自己的太阳是否也在其中。我短暂地惊叹于这样的想法：自从那些光子离开我们太阳的那一刻起，我已经出生、长大、接受教育、进入联邦国防军并接受驾驶运兵船的训练，可我仍然比太阳光早几天到达南鱼座α星。

然后我把步枪的保险拨到集中射击状态，起身迎敌。

我们以七人对五十人，多半已经受伤了。交战时，俄罗斯人被打了个措手不及，我们第一轮射击就干掉了他们六个人。然后我们就完蛋了。他们知道我们在哪儿，掌握了我们的人数，而且他们有"幸运13"做掩护。我们又击中两三个人，然后回击的火力把我们压制在掩体后面。

"我跟舰队联系上了，"费舍尔中士伴着嘈杂射击声告诉我，"空中支援已经赶来，预计十分钟后到达。"

"太好了，"我回答。"你会说俄语吗？告诉那些家伙先休息一下，上个厕所，等支援来了，我们就没事了。"

当你确信一探头就会被子弹打中面部时，把头伸到掩体上方去瞄准是很难的。下一次起身还击时,我瞥了一眼"幸运13",看到俄罗斯人都爬到飞船上,用她的装甲船身做掩护。

我永远都想不明白,自己是如何知道接下来将要发生什么。空气中突然有了一些变化——一股放电产生的臭氧味,还有一种奇怪的声音,像压电开关发出来的,感觉就像空气本身带电了一样。我只记得自己躲到了岩壁后面,朝大家高喊:"趴下,趴下,快他妈趴下。"

"幸运13"炸毁了,我这辈子都没听过那么响亮的声音,冲击波穿过岩石,把我们都掀翻在地。一瞬间,空气中就弥漫了浓厚的灰尘,以至于我都无法看到自己面前的双手。我的听力完全丧失——只能听到尖厉的耳鸣。

碎石和灰尘雨点般落下,我们既看不见又听不见,不知道在岩壁后蜷缩了多久,如果俄罗斯人还有幸存,那他们可以轻易干掉我们。最终尘埃落定,我们打起精神,"幸运13"坠落的小片高地被炸了个干净。飞船所在的岩石上有一个浅浅的凹陷,条纹状的黑色燃烧痕迹向四面八方扩散,周围都是燃烧和冒烟的运兵船碎片,没有一块比餐桌大。

"幸运13"最后一次救了我,自毁炸药的引信一直延迟到飞船上方和内部爬满俄罗斯人——直到爆炸会产生最大效果。

我不是那种迷信的飞行员,理智的一面告诉我,触发机制的延迟是一个技术上的偶然事件,没有及时闭合的电路,形成了幸运的缺陷。但我在一定程度上愿意相信,这艘飞船在那天救了我的命——这艘三十年前在地球上的工厂里用螺栓固定在一起的零部件组合,跟另外一千多艘黄蜂C型飞船一样,但又不同于我曾经驾驶过的其他飞船，她知道我们的危险，在恰当的时间自毁，最后一次为其飞行员效劳。

空中骑兵一如既往地迟到了十分钟，伯劳型飞船在头顶上飞了几圈，不过假如还有俄罗斯人活着，他们也会很明智地隐蔽起来。二十分钟后，两艘搜救运兵船降落下来，把我们接走。

在我们等待运兵船的时间里，费舍尔中士在灰尘中捡到一样东西，他简单看了一下，就把它塞进了口袋。后来，我们在折叠座椅上系好安全带，返回轨道飞船的时候，他把捡到的东西掏出来，一言不发地递给了我。

那是"幸运13"的一块组装号牌，两端扭曲烧焦，制造商的名字已经不见了，但是在这块残破的小钢片上，我能清楚地读出她的序列号：13-02313。

我咬了咬嘴唇，同样一言不发地把号牌塞进自己的口袋。

他们为我们治疗，给我们颁发奖章。我成功地为费舍尔中士申请到银星勋章，负责侦察队的上尉也推荐我去评奖。师里的高层看了看记录，认为我在南鱼座 α 星炸毁了"幸运13"，所以应该得到一枚杰出飞行十字勋章。两个月后，他们把我叫到机库甲板上，团长把杰出飞行十字勋章别在了我宽松的飞行服上。

尽管不想要，但我没有拒绝。你不会因为自觉不配而拒绝奖励。如果运兵船驾驶员开始拒绝，那就只剩下办公室的文职人员会佩戴绶带，那些官员在执行完可能涉及在半秒差距内敌方炮火的轻松任务就会收集奖章。晋升靠的是积分，而那些绶带可以折算成很多积分。我接过奖章，敬了个礼，微笑起来就像一名盼着有朝一日能晋升为上尉的优秀少尉。

回到我的铺位后，我把那枚杰出飞行十字勋章从丝绸衬里的盒子中取出，放进我 A 级制服的胸前口袋里，那件制服我一年也许会穿一次。然后我拿出"幸运 13"的号牌残片，把它塞进奖章盒里。那个丝绸衬里的漂亮小盒子似乎更合适盛放"幸运 13"的号牌。

当然，他们分配给我一艘新飞船。我还是得到了一艘全新的黄蜂 W 型，它挺不错，是黄蜂型运兵船的最新和最先进的机型，比我的旧飞船强大两倍，容量是原来的四倍。

不过，我还是会毫不犹豫地用它来换回"幸运 13"，哪怕只有一两天。

盲 点

维塔利·舒什科

外景，沙漠——夜晚

三只小地鼠正在平静地嚼着水果，一辆敞篷沙漠越野车呼啸着冲过来，动物们四散奔逃。

霍克是一个极具传奇色彩的赛博格，有着宽宽的下巴和冰冷的目光，他驾驶领队的车辆，当然，所有人都听他调遣。

霍克：还有五分钟接近目标，保持警惕，金属脑袋们。

苏伊驾驶霍克旁边的车辆，他只有一条手臂，是个大块头的赛博格野兽。他嘴里叼着雪茄，同时还在微笑，樱桃味雪茄的烟头在夜晚急速流动的空气中红得发亮。

苏伊：收到！骚乱倒数开始！

卡丽紧挨着苏伊驾驶，她是个极其好斗的赛博格，有种"别来惹我"的危险派头。

卡丽：这次我们让菜鸟上手？

苏伊：看情况……嘿，菜鸟！你的卵蛋长出来没有？

菜鸟开在这支车队的最后。他是个热切、年轻的赛博格，努力用大吼掩饰自己的紧张。

菜鸟：什么？去你的，苏伊！我准备好了！

霍克：别担心，孩子，你有机会施展。我们来得及吗，鲍勃？

内景，鲍勃的面包车——接上一场景

指挥任务的幕后主使是机器人鲍勃，他就集成在他的面包车上，周围到处悬浮着全息显示画面。

鲍勃：来得及。好像货物就在前车厢里。

外景，沙漠——接上一场景

菜鸟：嘿，霍克，我们要偷的是什么？

霍克：一块微型芯片，小子。你满脑子都是那种东西，应该知道它什么样。

内景，鲍勃的面包车——接上一场景

鲍勃的仪表板上显示出那块芯片。

鲍勃：请别忘了小心后车厢的警卫！

外景，沙漠——接上一场景

在越野车前灯的光线中，一个暗影隐约出现在夜色中。公路列车，一辆强劲的引擎舱拖着三节庞大的拖车。

霍克加速要超越到公路列车的前方。菜鸟和苏伊分开跟在列车两侧。

霍克：迎战。跟上并匹配速度。

卡丽：就位。

苏伊：我给你留了个位置。

卡丽：真的吗？我能在那儿把枪塞进你的屁股吗？

苏伊笑了。

霍克：我们可以开始行动了吗，鲍勃？

内景，鲍勃的面包车——接上一场景

鲍勃：收到，目标处在盲区，你们得在它出隧道之前进入车内拿到东西并撤退。

外景，沙漠——接上一场景

霍克：开始行动。

霍克开到列车前方。

霍克（继续说）：苏伊、菜鸟在警卫车厢安放磁性炸弹。

卡丽：好主意，老大。把高爆炸药交给疯子和新手，怎么可能出错呢？

苏伊：收起你的油嘴滑舌。看我的。

苏伊和菜鸟靠近列车，机械衔铁从他们的越野车上伸出。他们开始放置炸药。

苏伊（继续说）：最后一枚。

苏伊看见正前方的路上有一只地鼠，便猛地转向，本来正要放置的炸弹飞了出去。

苏伊（继续说）：噢，该死！

炸弹飞出去后，就在列车后边剧烈爆炸。

内景，列车——警卫车厢

警报高声响起。警卫训练有素地行动起来。

外景，公路——接上一场景

霍克：怎么他妈炸了？

卡丽：我讨厌跟你说"提醒过你"。

警卫从列车上出现，朝着菜鸟和苏伊开火。菜鸟拐向一边，避开他们致命的射击。苏伊后退，尽力用金属手臂挡住射过来的子弹。

苏伊：卡丽，掩护我们！

子弹打在越野车上时，卡丽咬牙切齿。她开始还击，她的手枪打飞了卡车顶部的警卫。

菜鸟：注意车顶。

苏伊：我受够啦！

卡丽：等一下！引爆炸弹就行……你这个不要命的混蛋。

可是苏伊根本不听，靠近列车尾部时，他一跃而起，落在列车顶部惊慌失措的警卫中间，举枪射击，扫倒一些警卫，同时又用拳头击倒几名。

霍克：我们快到隧道了，需要现在引爆炸弹。

菜鸟：苏伊还……不安全！

在列车顶部，苏伊正干掉最后几名警卫，血液和身体部件飞溅到夜色中。

苏伊：别担心我！引爆，霍克！

霍克按下引爆器，苏伊冲向前一辆车厢并高高跃起。

巨大的爆炸炸飞了装甲拖车，它向一侧翻过了桥梁的护栏。

爆炸短暂地吸引了菜鸟的注意力。

菜鸟：哇喔。

苏伊落在列车第二辆车厢的顶部，滑行着停下来，然后回头看了一眼爆炸造成的破坏。

苏伊：看来也不算太……麻烦？

空中充满低沉的飕飕声，六架机枪开始顺畅地从车顶的收藏空间升起，枪管转向，都对准了他。

苏伊（继续说）：霍克！

分屏显示——

鲍勃（画外音）：糟糕，我提醒过自动机枪没有？

切回——

霍克站起身，从越野车往后跳，落在列车的驾驶室上。当他再次跳起的同时，越野车被巨大的车轮碾碎。

他在半空中掏枪射击车顶的转向机枪，还没等它们朝苏伊开火，高速子弹就把机枪打碎了。

霍克稳稳落在车上，枪口还冒着烟，他看起来波澜不惊，可是膝盖却掉了下来。他飞快地把它安装回去。

霍克：没有，鲍勃，你没提过！

在前方，他们能看见大卡车正要驶入贯穿群山的隧道。

霍克（继续说）：好了，我们继续执行计划。如果这辆卡车过了那条隧道，我们就全完蛋了。

内景，隧道——接上一场景

苏伊：菜鸟，快上来！

菜鸟驾驶越野车靠近，然后跃向卡车，挣扎着往上爬，苏伊把他拉了上去。

鲍勃（画外音）：呃，等一下。

内景，鲍勃的面包车——接上一场景

鲍勃：我收到一条新的能量读数。

噢，该死！

内景，隧道——接上一场景

卡丽：呃……伙计们，我认为鲍勃错过了另一个细节——

（镜头对准）卡丽个人视角的公路列车前部，驾驶室开始展开，金属部件重新布置，变成一台巨大的战斗机器人。

机器人在霍克身后站立起来，进入镜头，苏伊和菜鸟被吓得目瞪口呆。

霍克：你什么意思，卡丽？我不明——

机器人的铁拳砸中霍克头部一侧，把他砸飞到列车的一侧，脑袋也碎了一地。

菜鸟：这下死定了。

苏伊：嗨！你刚刚砸散了我的朋友，你这个行走的巨型假阳具。

机器人迈着沉重的步伐前进，朝着脚下仍然惊呆的菜鸟挥起另一只拳头。

苏伊刚好及时拉开菜鸟，然后用安装在手腕上的武器开火。

苏伊一边后退一边开火，但是大机器人不断前进，他们很快就来到车顶尽头。

这台机械怪兽就要追上他们时，苏伊从机器人肩膀上方看到了一个东西。

苏伊（继续说）：菜鸟，快到下边车厢里。

菜鸟爬进已经空无一人的警卫车厢。

苏伊（继续说）：唉，看起来这是你的最后一站了，大个子。

苏伊也跳下车顶，就在这时，一个悬挂很低的标志牌从后方把机器人撞下了车顶。

大机器人从卡丽的越野车上方飞过，在地上摩擦着停下来，冒出蒸汽和烟雾。它完蛋了吗？

接着——承受撞击的金属仿佛发出一声呻吟，大机器人自己翻过身，变成一台轮式车辆！

改变结构的机器人呼啸着追赶列车，苏伊简直无法相信。

机器人很快就要追上他们。

苏伊（继续说）：卡丽，小心！

机器人已经追上卡丽的越野车。它突然加速，抬起前轮……用力压向下方卡丽的越野车！

菜鸟：卡丽！

苏伊：王八蛋！

内景，鲍勃的面包车——接上一场景

鲍勃慌忙扫视平视显示器，调出数据并拼命搜索信息。

鲍勃：它的装甲太厚！你们得到车内除掉防御处理器。

内景，公路列车——接上一场景

苏伊：菜鸟，炸掉它的大脑！

菜鸟：明白！

菜鸟在门上扣了好几枚磁性炸弹，然后冲到车厢尾部。他到箱子后边隐蔽，然后是一声巨响！

内景，公路列车——接上一场景

机器人急速前冲，跃向公路列车的同时也在变形。它腾空更高，从苏伊的头上飞过。

苏伊（慢动作）：狗娘养的！

机器人落在前方的车厢上，它向下伸手，金属手指插进了车厢的金属顶板。

内景，公路列车——接上一场景

菜鸟冲上前，然后车厢顶板在撕扯金属的尖锐噪声中被扯开，他用滑步停了下来。

战斗机器人从顶板的大窟窿跳下来——几乎就落在菜鸟身上——用震天撼地的力量重重踏在地板上。

不过还没等它把菜鸟砸成碎片，苏伊就从上方跳到它身上！顽强的赛博格用双腿死死夹住机器人的脖子，像打桩一样猛击它的脑袋。

苏伊（对机器人说）：揍死你，你这只弱鸡。

菜鸟心怀畏惧地看着他们的打斗席卷整个车厢。

苏伊（继续说）：该死，菜鸟。你等啥呢？捣毁这个王八蛋的中央处理器啊！

菜鸟冲过去，想方设法躲过他们的激战。可是机器人发现并挥动大拳头打他。菜鸟低头闪躲——还是没有躲开。

机器人的拳头扫到了他，但也足以把他打飞到车厢另一侧，摔进一堆箱子里。沉重的设备倒塌在菜鸟身上，压得他不能动弹。

在菜鸟的注视下，机器人逮住了苏伊的上身，把他狠狠地攥在手里，然后像捉虱子一样把他拎起来。

机器人把苏伊挣扎的身体举了一会儿，让后大手用力一捏，苏伊的脑袋炸开，落下一片机油和金属碎块。

然后机器人重重地走过去，要消灭菜鸟。

菜鸟见此非常害怕，但也注意到中央处理器旁边有动静——是苏伊！他残破无头的身体摇摇晃晃地站起来，并把机油充分浇在中央处理器的外壳上。

苏伊伸出大拇指，指尖燃起火苗——原来是雪茄打火机！

外景，公路列车——接上一场景

（停顿）

残破的卡车发出巨大的爆炸！驾驶室和车厢的残余被撕扯得四分五裂。

被炸飞的菜鸟居然奇迹般地没有受伤，只是重重摔过路面又被弹起。

（稍长的停顿……）

菜鸟微微挣扎，然后昏昏沉沉地抬起头，发现自己眼前就是机器人。

咔嗒一声响过之后，机器人胸部的一个腔体弹开，盛放微型芯片的玻璃筒掉落出来，滚过地面，正好停在菜鸟身前。

菜鸟一直盯着那枚芯片，这时鲍勃的面包车嘈杂地行驶过来，伴着刺耳的刹车声停在残骸中。

菜鸟四处审视他们造成的破坏，目光最后落在苏伊伤痕累累的手臂上，他的手仍然孤零零地伸着大拇指。

鲍勃：老天在上，出这么大的乱子！发生了什么，菜鸟？

菜鸟：任务……算是完成了。

菜鸟：我拿到了芯片，可是其他队友……

菜鸟低下头，看似有可能崩溃大哭。

苏伊嘶哑的声音清晰地响起。

苏伊的全息影像（画外音）：哈哈，别担心，小子。我头一回也哭了。

菜鸟吃惊地抬起头，看见苏伊的全息影像从鲍勃的面包车里投射出来，正站在自己的旁边。

菜鸟：苏伊……怎么回事？

霍克的全息影像呈现在他的另一侧。

霍克的全息影像：每次任务前鲍勃都完整备份我们的大脑。

卡丽的全息影像出现了。

卡丽的全息影像：话说苏伊的大脑，在老式硬盘上占不了多少空间。

菜鸟：我还以为你们都死了！

215

鲍勃：你真应该读下你的合同，孩子。现在走吧，我们离开这里。

鲍勃的面包车打开车门，菜鸟跑过去跳上车。

（镜头下移）与此同时，轮胎摩擦地面发出尖啸，面包车开进夜色里。

（镜头停住）在布满残骸的道路上，我们看见苏伊残破的脑袋。

一只地鼠跳进镜头，闻了闻苏伊的脑袋，然后蹦跳着从路上离开。

冰河时代

迈克尔·斯万维克

下午没过多久，罗布就把最后一个纸箱搬进他们的新公寓，这才算正式搬完家。有一摞装书的箱子他们准备随后打开，他把最后的纸箱放在了上面，这时盖尔在厨房里说了句话。"什么？"罗布说。

盖尔把头探进门厅。"我说——喂，房东把旧冰箱留在这儿了。"

罗布信步来到厨房，操作台上摆满了一箱箱还没有完全从箱子里取出的厨具。"可能是搬走太麻烦了吧。"

冰箱外经久的象牙白色已经泛黄，沾满污渍，墙角积累了几十年的污垢和残渣都已经石化，把冰箱牢牢固定在地上。顶部安装电机的位置仿佛一件竖立的塔形艺术装饰，分布着三排流线型通风孔，这隐约给了冰箱一种未来派的风格——不过是二十世纪三十年代的未来，不是如今的未来。

罗布拍了拍电机罩。"这种设计其实挺好，"他说，"现代冰箱的电机安装在底部，散发的热量又进入了上方的冰箱里，然后这部分热量还得由产生它们的同一电机排出，进而又产生了多余的热量。这是个有缺陷的循环过程,可是对于现代家电,他们追求的是消费者的光鲜,所以电机还是被安置在底部。"

盖尔从纸箱里取出一瓶馨芳葡萄酒,然后把这个空纸箱放到水槽底下。"这里放垃圾,"她说,"你想来点葡萄酒吗?"

冰箱轻轻发出嗡嗡声,给人一种正常工作的安心感觉。"好呀。房东没关冰箱,也许冰块还能剩下一些。"

"我就喜欢你这点,你一点都不过分讲究。"

罗布耸耸肩。"我就是个野蛮人。"他打开冷冻室,发现长久以来结下的冰霜几乎把里面占满,两只冰盒和一袋过期的冻豌豆已经被埋没,不过其中一个冰盒几乎松动。他用手掌猛拍这个冰盒,把它取下来,然后又砸了它几下,拿着几块冰回到了桌旁。

"多得很。"他递过冰块。盖尔噘起嘴,不过还是给他放下一个高脚杯,倒上葡萄酒。

罗布往后一靠,晃了晃杯中酒,听着冰块撞击的声音,然后喝了一小口。

他呆住了,冰块里有一只虫子?他用两指夹出冰块,把它举到光线下。

冷冻室在冰块上形成冷凝的那一面极为模糊,不过它已经开始在葡萄酒中融化,冰块里有一些气泡形成的小旋涡,不仔细看不会注意到,此外在冰块的中心,有一个大黑点,牛虻大小的一只动物被冻在透明的内部。他凑过去仔细审视。

他的冰块里有只毛茸茸的猛犸象。

它外观蓬乱,颜色暗沉,头部逐渐延伸出细丝般的长鼻子,两根几乎看不见的象牙从嘴里扭曲地伸出来。它的腿弯着贴在身体上,皮毛呈深深的红褐色。一只完整的小长毛象,还没有一粒面包屑大。

罗布没有动,冰块的寒意刺痛他的手,但是他没有放下。他只能想起周六下午的那些电影,开始都是有人发现冻在冰中的远古动物,不过结尾通常是动物吃掉东京,他提醒自己。

"嗨,"盖尔说,"你聚精会神看啥呢?"

罗布张开嘴,然后又闭上。他轻轻地把冰块放到桌面上,融化的水珠出现在它的侧面,流淌到桌上,开始汇成小小的一摊。

"盖尔,"他小心翼翼地说,"我想让你看看冰块的里边,然后告诉我你看到了什么。"

学着罗布的样子,盖尔手撑桌子,俯身观察。"哇喔,"她轻声说,"这……罗布,这真了不起。"

这只动物稍微清楚了一点。跟它的体型相比,它的象牙相当长——代表年龄吗?——已经发黄,其中一根的尖端已经破损。它的眼睛呈蓝色,冻结在睁开的状态,小得几乎看不见。它的皮毛纠结严重,还露出了几小块皮肤。

盖尔跳起来,放出水槽里的自来水,然后取回一碗微微冒着热气的水。"来,"她说,"我们把它化开。"她百般小心把冰块放进水里。

过了一会儿,罗布说:"冰化得慢,是不是?"然后继续不情愿地说,"或许我们应该联系史密森学会之类的机构。"

"你要是能说服他们来看看也行,"盖尔指出,"不过我持怀疑态度。他们只会从我们手中把东西夺走。"

"是这个理。"罗布赞同,见盖尔也觉得没义务交出猛犸象,便松了一口气。

最后冰块化开,罗布用一把羹匙捞出小猛犸象,它在手掌上一动不动,是那样微小。突然,罗布觉得自己要哭了。虽然毫无逻辑,可他还是希望猛犸象解冻后活过来。"给。"他说着让这只野兽滑落到盖尔的手上。

盖尔到屋里把所有纸箱的东西都倒在地上,才找到一把放大镜。此时她透过放大镜细看。"这是一只长毛猛犸象无疑,"她说,"你瞧瞧这双眼睛!你猜怎么着——趾部皮肤还是粉色的!"她的声音变得含含糊糊,然后音量再次提高:"嘿,扎在它身侧的这些是长矛?"

罗布暂时的沉闷在盖尔火热的激情中融化,他隔着盖尔的肩膀,想要看清楚。"我好奇把这种东西保存在树脂里要如何操作。"盖尔思考着说。然后她挺直上身,转脸面对罗布说:"也许冷冻室里还有!"

盖尔一马当先,打开冷冻室往里边端详,她用手指拨动冰盒,定睛细看它周围的冰。然后她小心翼翼地拉出冰盒,露出一条还未被缓慢凝结的冰霜大肆侵占的狭小通道。她简短地仔细检查之后,隔着通道向里边看,然后轻轻吹了一声口哨。

"怎么了?"罗布说。

她摇摇头,仍然在朝冷冻室里凝视。

"怎么啦?给我讲讲。"

"我觉得你最好还是自己看。"

罗布用一只手搂住盖尔的腰,把头跟她的靠在一起,这样他们就能一同盯着里边。内部光线虽暗，但也够用。冰霜另一侧的领地被某个不可见的光源照得不算明亮。罗布隔着白霜看见一座微型的小山村，旁边一侧露出部分小型冰川，近处，一条涓涓水流——微型河流——从北欧黑松林中蜿蜒流淌。

一座村镇被河水环绕，石质和木质建筑都混乱排列，被围在高高的石墙里边。

"老天爷，"罗布低语，"我们的冰箱里有一座失落的文明。"

他们俩睁大眼睛面面相觑，过了一会儿才又惊奇地转向冷冻室。

最里边的地方很暗，罗布在心里暗骂了一句，尽力想要看清楚。村镇靠着河水呈半圆形分布，不过街道仿佛一座错综复杂的迷宫，显然它们都是随心所欲地胡乱建造的。

村镇中间的一座山顶附近坐落着一座教堂，不高但很厚重，仍然可以辨识出用途。教堂俯瞰村镇，河边矗立着一栋城堡，其他所有建筑都从这两个地点辐射开去。不过村镇的城墙显然是不合时宜的残留，因为贫民窟的建筑——简陋的棚屋——都已经依靠城墙建立起来，有些地方城墙其实已经裂开，石头被当作建筑材料运走。从村镇延伸出的道路有七条经过松林，有一条——大路——顺着河流延伸。

最后盖尔后退一步："你也清楚，这根本没有道理。"

"是吗？"罗布没有从冷冻室抬起目光。

"我的意思是，这座市镇显然处于中世纪早期，长毛猛犸象是在新石器时代灭绝的。"

罗布看着她，冷气从冰箱里渗出来。盖尔把一只手放在他胳膊上，把他从冰箱旁边拉开，又轻轻关上冰箱门。"我们喝杯咖啡。"她建议。

罗布煮咖啡时，盖尔从水槽倒掉了杯中的葡萄酒。他们一边喝肯尼亚咖啡，一边沉思，盖尔用指甲尖碰那只微型猛犸象，它并非状态完好，身体已经开始腐败，似乎时间正在填补它被冻在冰块中的漫长岁月。她朝罗布挑了挑眉，罗布点头赞同。

趁着罗布从厨房窗户上方取下刚挂好的吊兰，盖尔用白纸巾的一角裹住猛犸象。

他们用一把旧叉子在植物下方的土壤里挖了个小坑，按照军葬礼的完整流程埋葬了那只动物。

罗布庄严地把植物又挂回原处。

二人一言不发，都转向了冰箱。

他们一起打开冷冻室，罗布看了一眼，差点惊掉了下巴。

村镇还在那里，不过趁他们离开这段时间发展壮大，发生了演变。石墙已经倒塌，教堂被重建成高耸的哥特风格，但不再俯瞰整个市镇，已经淹没在众多大型建筑之中。街道也更宽了，村镇扩张到左边被冰霜挡住视线的地方，此时已经变成一座城市。

然而细节比之前更难以分辨，因为工业革命似乎正如火如荼地开展。密集的烟囱组成丛林，向寒冷的天空喷出浓厚的黑烟，河边密密麻麻地挤满了数百座微小的码头，为了给它们腾地方，连城堡都被推倒。极细的铁轨在缩减的松林里延伸，经过冰川边缘，翻过顶部被冰雪覆盖的群山，通往某个看不见的目的地。

几分钟的时间里，村镇发展成一座城市。甚至就在他们的眼皮底下，建筑竖起又消失，道路瞬间变换位置，城市中的片区眨眼间就被整体重建。"那里的时间速率肯定快得惊人，"罗布说，"我打赌我们旁观这么一会儿，几年——几十年——就过去了。"

城市随发展脉动，它的人民，以及运输货物的车辆或牲口，却不为所见，因为他们移动得太快，不过交通在街道上显现出灰色的不确定性、黑色的严重堵塞状态和白色的畅通状态。

建筑越建越高大，钢梁结构被发明以来，它们直冲天空。城市远端的天空隐隐闪动，他们俩很快觉察出，冰霜后方藏着一座远郊机场，他们看见的正是从那里起飞的空中航线。

"我认为，我们已经等到了当代。"盖尔说。

罗布凑近想要看得更清楚，结果受到了首次热核爆炸的冲击。

瞬间的爆发让他的头颅受到纯白色光芒的大量照射。针扎一样的疼痛刺透他的双眼，他一只手捂着脸，从冷冻室往后踉跄了几步。

"罗布！"盖尔用慌张的声音大喊，罗布从她的语气中可以听出她没事，关键时刻她眨了眼或瞥向了别处。明白这点后，他向后倒下时，想到要用力关上冰箱门。

残留的画面在他的头脑中挥之不去：城市的四分之一被炸没后形成的突兀弹坑，还没出现就消失的异常明亮的蘑菇云，火与烟的隐藏痕迹，所有交通和生命戛然而止的爆炸区，这些画面一个接一个地叠加在一起,毫无章法可循。

"罗布,你没事吧?说句话啊!"

他头枕盖尔的大腿,仰面躺着。"我……我没事。"他费劲地说。甚至就在说话间,他也在好转,透过一片明亮的虚无,厨房开始在他眼中显现,起初细节模糊不定,然后越来越清晰,感觉就像被闪光灯晃了一下,只不过留下的余象是那团小蘑菇云。

"盖尔,"他声音嘶哑地说,"他们在那里打核战争。"

"这回好了,别太激动。"她安慰说。

罗布挣扎着坐起。"他们在我的冰箱里使用战术核武器,你告诉我别激动?"

"这终归是个不错的建议,"她坚持己见,然后傻笑起来,"天哪,你真应该看看自己的脸!"

"为什么?我的脸怎么了?"可盖尔只是摇头,笑得没法回答。罗布朝卫生间走去,麻木地盯着镜子观看。他的脸受到初级辐射,变得通红。"哎呀,"他说,"明早就会出现严重的晒伤。"

回到厨房,罗布不安地打量冰箱。"让我来。"盖尔说。她小心翼翼地避开正脸,把冰箱门打开了极小的一道缝。

强光闪烁了十几次,仿佛严重不同步的闪光灯在工作,墙上反射的光芒,晃晕了盖尔和罗布,显然核弹的当量有了极大的升级。盖尔猛地关上门。

罗布哀叹说:"唉,我猜期待他们在两分钟里放弃战争是有点高估他们了。"他无助地看着盖尔。"可我们现在怎么办呢?"

"点一份比萨吃?"盖尔建议。

太阳已经落山,他们吃完比萨时,空中只剩下一抹淡淡的金色。罗布吃光几乎放凉的最后一块,盖尔把盒子和里边的碎渣塞到了水槽下方的纸箱里。

"已经两个多小时啦,"罗布说,"他们此刻肯定已经花时间重建了。"

盖尔摸摸他的胳膊,轻轻地一捏。"他们也许已经自取灭亡了,罗布,我们必须得面对那种可能。"

"好。"罗布说着把椅子后挪,站了起来。他感觉自己如同约翰·韦恩,来到了冰箱前边。"我们来瞧瞧吧。"他说完用力把冰箱门拉开一道缝。没有反应,他又把门完全打开。

冷冻室仍然完好无损,角落的冰霜上有一道黑色的污迹,不过仅此而已。他们俩小心地往里边观察。

城市还在那里,夹在冰川和冰河之间,下午的核爆战争没有把它摧毁,可是它已经发生了变化。

摩天大楼继续升高和演变,变成了高大精致的棕榈叶形态,散发出柔和的金色和绿色光芒,这些仙境之塔中间出现了天桥。"看,"罗布指着在城市中编织出复杂形状的线状结构说,"单轨!"

高楼间的空中出现了闪烁的光点,罗布心想,它们是飞车还是更有可能实现的个人飞行背包?没办法弄清楚。还有那些闪烁的圆顶,像郊外雨后生长的蘑菇一样,到底是什么呢?

"看起来好像《绿野仙踪》里的翡翠城,"盖尔说,"只不过不是绿色。"罗布点头赞同。也就是说一些新科技被发明出来,城市再次改变。此刻建筑仿佛由凝结的光或者雾状的发光结晶组成。不管是什么，它们都不完全是固态，而是隐现于不存在的维度。

"我觉得时间的速率在加快。"盖尔小声说。

这座城市仿佛随着天外的爵士乐切分音脉动和舞蹈，它如花朵盛放，如新芽生长，它的色彩、精髓以及快乐神奇之光在天空绽放出烟火的形状，它是一座不可思议的欢乐之城。

冷冻室里还隐约传达出什么，某种广播。罗布和盖尔识别出色彩的闪现，辨析出无法理解的快捷讯息，也许是对他们大脑或神经网络直接广播，甚至还有可能单独传达给身上的每个细胞。他们俩完全无法理解，然后又发生了技术的更迭，广播的效果停止了。

不过城市还在变化，变化的速度还在提高。非实物质感的高楼被飓风裹挟，像海藻的叶子一样摇摆，晃得越来越快。此时的城市半径向外迅速扩张，又向内急剧收缩，不断如此，仿佛大小不停脉动的圆形光斑。巨型机器在空中搏动，又不见了踪影，条条公路上的光线流向城外，升入夜空，快得难以看清，只留下一种令人难以置信的巨大空间感，仿佛有东西笼罩在城市上空。

现在变化来得更快了——似乎城市在寻找什么，不断选择尝试，拒绝备选构造，追求某种特定的目标。建筑变成了一堆堆橙色钻石、多色球体组成的矩阵，如同一大团藤蔓有机体纠缠在一起。城市变成一座蜂巢，自成一体，没有任何特征，仿佛一块超现实主义的生日蛋糕。

城市的寻找持续了整整五分钟，然后在一瞬间达到一种水晶的完美,所有变化、所有运动都停止了,它静止在瞬间与永恒的神圣边界。在那短暂又永久的一秒钟,没发生任何事情。

然后城市爆炸了。

光的线条和阵列像欢快舞动的激光射向空中,经过冷冻室的冰霜之间,射到了外边的厨房里。仅由颜色组成的极其华丽的结构闪现在水槽和烤箱上方,它们逐渐消失,然后再次隐约出现,最后完全消失。城市腾空而起,分解成二维成分投影和颗粒。它非常短暂地歌唱,在极短的时间里,它同时存在于冰箱和厨房,仿佛它的存在过于庞大,哪一个地方都搁不下它。

然后它消失了,不是向任何他们可以理解的方向移动,它只是……不见了。

他们站在那里眨巴着眼睛,城市的光和亮色消失以后,冷冻室似乎恢复了黑暗和寂静。盖尔疑惑地摇头,罗布轻抚冰霜。城市原本所在的位置只剩下几堵死气沉沉的城墙和少量半掩在积雪下的古老遗迹。

正在他们观察时,这些文明的最后痕迹也粉碎成尘埃,被无情的时间摧残毁灭殆尽。

"我好奇他们去了哪里,"罗布关上冰箱门,"某个另外的维度?"

盖尔没有立即回答,后来她说:"我怀疑我们不一定能理解。"她睁大了眼睛,表情严肃。

不过,罗布绕到冰箱后边拔下插头时,盖尔并没有反对。他们站在那里,静静地看了它一会儿。

"我们用氨水把它清理干净再启动。"罗布说。

盖尔拉起他的手。"走吧,小子。我们去睡觉。"

罗布第二天睡眼惺忪地醒来,脸上出现了晒伤。他摇摇晃晃地来到厨房,泡好咖啡之后,无意识地拉开冰箱取牛奶。

冰箱里闻起来潮乎乎的,气味很重,是那种食物开始腐败的难闻气味。罗布皱起鼻子,又要关上冰箱。然而他一时冲动——只是为了安全——又瞅了瞅冷冻室。

冷冻室里绿意盎然,雾气缭绕,一只比他拇指还小的雷龙眨着眼睛,若有所思地在丛林植物中露出了头。

潜在未来的信函1：或然历史搜索结果

约翰·斯卡尔齐

亲爱的客户：

感谢您在多元宇宙™这家美国领先的或然历史研究公司尝试进行历史样本搜索。因为有了我们的多元视野™专利技术和能够以更快的速度和更高的精度搜索多个宇宙的算法，所以多元宇宙™能够以相同的成本访问比交替视野或超级历史多出近50%的替代时间线！而且，我们对自己的或然历史研究提供100%的退款保证——我们希望您对我们的或然历史的准确性感到满意，这样我们就可以一起建设共同的未来。

在您的历史搜索样本中，您要求查看1908年8月13日在奥地利维也纳发生的阿道夫·希特勒之死。碰巧的是，阿道夫·希特勒之死是我们最受欢迎的搜索请求之一，多元宇宙™已经开发出一个关于此主题的预存索引，这非同寻常，覆盖了此主题整个有效期的大部分日子。这对您意味着什么呢？其实就是作为一项预研事件，如果您为这项历史搜索付费，我们可以在大幅折扣的基础上为您提供这些信息。一些热门的搜索可以在"新搜索"价格的基础上打三五折！

由于您没有指定1908年8月13日在奥地利维也纳发生的阿道夫·希特勒之死的具体细节，我们很荣幸地提供与您搜索主题有关的随机抽样内容。您将在其中看到，您所选事件的细节变化如何能极大地影响历史的进程。这就是著名的"蝴蝶效应"——我们相信，你会喜欢了解这些蝴蝶产生的风暴。

由于这是一个历史搜索样本，很遗憾我们目前只提供摘要。但是，如果您想更详细地探索这些或然历史中的一个或多个，多元宇宙™很荣幸为您提供一份详细的历史描述——价值300美元——只需59.95美元。请联系我们的销售代表来享受这项特别优惠！

再次感谢您选择多元宇宙™——精诚合作、从此开始™。

情况1

事件：阿道夫·希特勒在维也纳美术学院的台阶上遭遇抢劫而亡。

结果：第一次世界大战继续进行；魏玛共和国没有覆灭；第二次世界大战推迟到1948年；美国于1952年在柏林投放原子弹；尼尔·阿姆斯特朗[1]于1972年成为登月第一人。

情况2

事件：阿道夫·希特勒被寻财的鸦片瘾君子所杀。

结果：第一次世界大战继续进行；魏玛共和国没有覆灭；第

---

[1] 尼尔·奥尔登·阿姆斯特朗（1930—2012），美国宇航员及大学教授。在美国国家航空航天局服役时，阿姆斯特朗于1969年7月20日踏上月球，成为第一个登上月球的宇航员，也是第一个在地球外星体上留下脚印的人类成员。——译注

二次世界大战得以避免；德国和英国形成经济同盟，并于1958年对法国宣战；1975年，马尔科姆·埃文斯[1]第一个登上月球。

情况3

事件：希特勒被满载香肠的失控马车撞死，这是六天内维也纳发生的第四起同类死亡事故。

结果：维也纳通过严格的马车法案，促使汽车被迅速接纳；奥地利成为汽车工业强国；第一次世界大战继续进行，由于掌握先进技术，德国及其盟友取得胜利；三十年代的全球大萧条得以避免；1958年，维利·勃兰特[2]第一个登上月球。

情况4

事件：阿道夫·希特勒被嫉妒的同性恋刺伤数刀而死，凶手认为自己的男朋友在和希特勒偷情，实际上希特勒是完全无辜的，他几个月以来没有任何性行为，更不用说同性恋采用的维也纳式性行为。

结果：对涉案的未出柜同性恋谋杀犯，维也纳国家歌剧院艺术指导费利克斯·冯·魏因加特纳的审判，震撼了维也纳社会，同时也被津津乐道；希特勒的水彩画此前滞销，但是没等民众的新鲜感消退，就成为拍卖场上的热门作品。希特勒的妹

---

1 马尔科姆·弗雷德里克·埃文斯（1935—1976），甲壳虫乐队的经纪人和私人助理。——译注
2 维利·勃兰特，亦作威利·勃兰特（1913—1992），德国政治家，1969年到1974年任西德总理。希特勒上台后，被迫转入地下工作。后在异国坚持反法西斯斗争。——译注

妹[1]获得了一笔赔偿金；第一次世界大战继续进行，德国及其盟友获胜；三十年代的大萧条没能避免；38%的欧洲人口死于病毒性流感；美国成为世界强国；1956年，约翰·格伦[2]第一个登上月球。

情况 5

事件：阿道夫·希特勒莫名其妙地被裹在一块巨大的无味凝胶中窒息而死。

结果：希特勒只是凝胶包裹武器的随机测试对象，俄罗斯贵族从1908年6月30日造成通古斯事件的宇宙飞船中获得技术，研制出这种武器；凝胶包裹武器随后被用于暗杀沙皇尼古拉二世的敌人，然后是世界领导人。弗兰茨·斐迪南大公在萨拉热窝乘坐1911年的格拉夫斯蒂夫特双座敞篷旅行车时，自然也被包裹在凝胶中，波斯尼亚青年团借机声称对此负责；第一次世界大战随后在1915年结束，当时整个德国军队都被凝胶覆盖；俄罗斯成为唯一的超级大国；1988年，弗拉基米尔·普京第一个登上月球。

情况 6

事件：回来刺杀希特勒的反纳粹时间旅行者和阻止刺杀的纳粹时间旅行者交火时，阿道夫·希特勒中弹而亡。

结果：因果循环造成维也纳周围时空湮灭，把城里的每个

---

1 保拉·希特勒（1896—1960），出生于上奥地利兰姆巴赫地区，阿道夫·希特勒的妹妹。——译注
2 约翰·赫歇尔·格伦（1921—2016），美国首位环绕地球飞行的宇航员。——译注

人都送回了1529年第一次维也纳之围[1]前夕；当二十世纪的维也纳人用他们的历史知识帮助十六世纪的维也纳人时，穿越时空的亲维也纳未来势力出现，并与穿越时空的亲土耳其未来势力展开了激烈的战斗，结果所有人都被送回到了955年的莱希费尔德战役[2]。穿越时空的亲马扎尔军队出现时，被厌倦了不停穿越时空的其他所有人屠杀，因果循环从而被打破。维也纳成为世界强国；1155年，亨利·雅索米尔戈特[3]第一个登上月球。

情况7

事件：阿道夫·希特勒在跟六名维也纳妓女进行马拉松性爱时死亡。

结果：妓女被逮捕，原来她们是来自色情未来的时间旅行荡妇，她们向维也纳人传授未来的天体愉悦之道；1996年，珍宁·琳德茂达[4]成为第一位登上月球的女性。

情况8

事件：阿道夫·希特勒正好被流星击中，气化而死。

结果：事件根本没有造成明显的历史变化。不过，流星是

---

[1] 1529年的维也纳围城战是奥斯曼帝国第一次试图占领奥地利维也纳市的战役。——译注
[2] 奥格斯堡战役又称莱希费尔德战役，公元955年8月，1万到2万名马扎尔人的轻装骑兵自匈牙利侵入巴伐利亚，并攻陷奥格斯堡，德意志国王奥托一世率兵1万到达战场，大破马扎尔人，从此结束了马扎尔人侵袭西欧的时代。——译注
[3] 亨利二世（1107—1177），莱茵普法尔茨伯爵、奥地利藩侯、巴伐利亚公爵、奥地利公爵。奥地利藩侯利奥波德三世与第二任妻子德意志的阿格妮丝的次子。——译注
[4] 珍宁·琳德茂达（1968—   ），美国演员。

一颗巨大的小行星飞向地球的前兆，人类历史在终结之前只剩下22小时16分钟可以发展。人类连同希特勒和93%的物种一起被消灭；鼠类社会崛起又衰落；蛙类社会崛起又衰落；球潮虫社会崛起又衰落；乌贼社会崛起并持续；2973004412年，杜格斯聂杜格成为第一只登陆月球的乌贼。

秘密战争

大卫·W. 阿曼多拉

死亡潜伏在这座小村庄里，遍布各处。

尼古拉·扎哈罗夫中尉能感受到，却闻不到——温度顶多有零下三十度，所以任何死去的东西都会迅速冻硬——但他知道，死亡就在那里等待。跪在森林边的一根风倒木后方，他透过望远镜观察空地上结实的木屋群，查找和倾听活动的迹象。

什么都没有，甚至连炊烟都没有。一切都很平静。

作为死亡的另一个标志，乌鸦栖息在附近的树上。他注意到，乌鸦保持着诡异的沉默，以及跟小村庄的距离。

包括扎哈罗夫在内，他的队伍有十个人。他跟另外七人都配备了波波沙冲锋枪。瘦削的下士奥赫钦更喜欢配有 PE 光学瞄准镜的莫辛-纳甘狙击步枪。眼神凶狠的红头发二等兵卡明斯基是个大个子，负责 DP-28 轻机枪。这件武器在他手里就像一件玩具，就连通常由助手为他携带的沉重备用弹盘他也轻松地背在肩上。另外每个人还有一颗 RGD-33 木柄手榴弹。

他们穿着抵抗极寒的服装：棉袄和棉裤、羊毛秋衣、绒线帽、毛皮手套和毡靴。为了伪装，他们在最外面套上了白色的连帽雪衣。

紧张的情绪让他们的感官更加敏锐，格外关注周围的环境，最轻微的气味或声音都能让他们警觉起来。他们对敌人的特征非常了解。

扎哈罗夫吹出一声鸟叫引起大家的注意，然后做了一个手势。他和另外六人走出隐蔽处，小心谨慎地接近村庄，积雪在他们脚下嘎吱作响。

这个聚在河岸上的极小型定居点曾是一座古老的贸易站和几家商店，近一个世纪以来一直在开展本地毛皮贸易。

仅仅几分钟的疯狂杀戮就灭绝了这里的所有人口。

在泥泞结冰的街道上，战士们发现冻住的苍白尸体和尸块躺在僵硬的衣服碎片中，一摊摊血液和血块已经凝固成暗红色的冰。村民们都被撕碎：头颅、四肢和内脏到处散落。所有的人都遭到啃噬，骨头被掰断，骨髓被吃掉，头骨被砸开，脑髓也被吃掉。对食腐动物而言，这是一场可怖的盛宴。不过正如扎哈罗夫所料，没有一只动物在附近游走。跟乌鸦一样，狼也躲得远远的。

一只狗蜷缩在木棚后面，吓得连呜咽都不敢，它应该是某个人可怜的宠物。杀死并吃掉村民的家伙不喜欢狗肉。

战士们冷静地审视这场残杀，对这样的暴行已经司空见惯。这不是他们头一次出任务。他们都是上过前线的老兵——身经百战。每人都获得过战斗奖章，有几个人还获得过至少一枚负伤勋章。

扎哈罗夫再次伸手示意。卡明斯基俯卧在地上，用机枪瞄准这条街道。然后，上士谢尔盖·克拉夫琴科率领三个人，悄悄来到最近一间木屋的后方，躲在窗户的下面。谢尔盖是扎哈罗夫的副手，一个来自乌克兰的矮胖子。随着一声巨响，门被踢开，他们手按着扳机冲了进去，也做好了随时投掷手榴弹的准备。确认小木屋里没人后，他们继续检查下一栋建筑。

全部搜查完毕之后，克拉夫琴科迅速回来，把结果报告给一直待在卡明斯基身边的上司。

"没见到敌人，中尉同志。"

"我猜没有幸存者。"扎哈罗夫说。

"没有。"

扎哈罗夫朝奥赫钦点点头，后者开始检查被杀村民身上的爪印和咬痕。他蹲下来研究被血染成粉红色的雪地上的一个脚印，从不同的角度观察。这个脚印大约是男性脚掌的尺寸，有三个带爪的脚趾，让人联想到鸟。他绕了一圈，仔细检查村庄外围的其他足迹，然后回来报告。

"中尉同志，一共十个。夜间发动袭击。"

"它们来自哪个方向？"扎哈罗夫问。

"东北方向。它们现在正朝西南方向走。"

扎哈罗夫点了点头，然后转向克拉夫琴科。"我们开始行动吧，往东北方向走。"

"我们不追踪它们？"克拉夫琴科问。

"不，其他部队将要拦截它们。我们的任务是找到它们的洞窟。发信号说我们发现了袭击的迹象，它们正往西南方向行进。"

"是，中尉同志。"克拉夫琴科招来一名二等兵，大声说出命令。

红军拥有的无线电台比较少，这支队伍没有。为野战电话铺设电线往往不切实际，所以团队之间的沟通通常靠信使和信号弹来实现。这名战士根据他的信号图装好信号枪，对准天空发出一颗紫白双星信号弹，弧光高高地划过天空。

秘密战争断断续续地进行了近四分之一个世纪，从未在苏联媒体上提及，苏联领导也从未公开承认。国内安全事务向来如此。

扎哈罗夫记得他从第一次搜索和摧毁行动中归来，得到了上级的祝贺，被授予红星勋章，然后被直截了当地告知，要是把看到的东西传到所在部队之外，他将被送到劳改营。

秘密战争中出现间歇，但随后那些东西又会回来。只不过没有人知道它们到底是什么。在隆冬时节，夜晚最长的时候，西伯利亚北部会出现神秘的洞窟，那些东西会出现，渴望吃到人肉。它们从不猎杀动物，只猎杀人。莫斯科不得不再组织一项行动来根除这些嗜血的生物。

它们没有正式的名字，因为它们不符合任何已知的物种。苏联科学家争论它们是否就是神话中的野人——高加索的雪怪，西伯利亚的丘丘尼亚[1]，或者乌拉尔山区的门克[2]。不过传说把它们都描述得跟猿类或人类相似，甚至可能是存活下来的尼安德特

---

1 丘丘尼亚，也称丘丘纳，是俄罗斯雅库特地区的一种神秘生物，一般被描述为六至七英尺高，全身黑毛密布。——译注
2 俄罗斯乌拉尔山区传说中的雪人。——译注

人，而袭击村民和牧民的可怕生物绝对不是人类或猿类。在民间，它们只是被称为乌比，这是俄罗斯人对吸血鬼和饿鬼等吸血怪物的通称。

苏联境内的安全行动通常由内务人民委员部——NKVD——的内卫部队，即约瑟夫·斯大林冷酷无情的秘密警察负责。但这些准军事部队缺乏必要的专业训练。猎杀饿鬼完全不同于大规模逮捕和驱逐所谓的"人民的敌人"。1936年，内务人民委员部的一个团在通古斯河中游被歼灭后，搜索和摧毁行动由红军接手。

一支特别的非正规部队成立了。X特种部队，通常简称为X部。X不是西里尔字母，而是拉丁文，取自未知变量的数学符号，因为他们对抗的生物是未知物种。该部队由经过冬季战争适应性训练的士兵，最好是那些在生活中曾是捕猎者或猎人的士兵组成，其独立支队设在西伯利亚的前哨基地。每当有饿鬼入侵，战斗小队就会追捕这些生物，消灭它们，并摧毁它们的洞穴。

不过，克里姆林宫在一九四二年末收到关于饿鬼重新开始活动的报告，将其标注为低优先级。前一年纳粹德国发动大规模入侵，当时苏联正与其陷入惨烈决战。所有可用的部队和装备都需要补充到在殊死战斗中遭受重创的明斯克、基辅、列宁格勒和莫斯科，X部被削减为一支象征性的部队。战前，扎哈罗夫的队伍有一个排的规模，现在只剩一个班。

扎哈罗夫用六分仪进行太阳观测。这个地区没有准确的地图，他把他们的行动和位置记录下来。

当其他人都不在旁边时，克拉夫琴科问道："请求自由发言，中尉同志？"

"没问题，谢尔盖·帕夫洛维奇。"尽管他们的军衔不同，但私下关系很熟。聪明的下级军官会听从并学习他们的高级军士的意见，扎哈罗夫非常看重克拉夫琴科的经验。他的年龄几乎是扎哈罗夫的两倍，曾参加过第一次世界大战和俄国内战。

"支队的队伍部署间隔太远，"克拉夫琴科说，"我们没法相互支持，无法协同巡逻，不能充分扫荡每个区。如果一个小队遇到了太多的饿鬼，可能还没等其他小队前来帮助，它就被消灭了。"

"我提出过这个担忧。"

"请问少校怎么答复？"

"他说，如果我们这样分散开，就可以覆盖更大范围。报告的饿鬼不多，所以他相信每个小队如果遇见都能处理得了。"

"到目前为止只发现了几个，这是不假，但谁能保证不会有更多呢？我们没法知道每年冬天会出现多少。"

"我明白。"

克拉夫琴科叹了口气。"为什么莫斯科给我们派来一个新的支队指挥官？他没有这类行动的经验？我们人手不足已经很艰难了。"

"我们执行命令。"

"明白，中尉同志。少校至少说过我们请求飞机支援的事情吧？"

"没说，我也没指望过。支持我们的同志在斯大林格勒作战是莫斯科现在的首要任务。"

他们回到了树林，死去的村民被留在原地，以后别人会来处理。村庄本身将被荒废，现在没人愿意生活在这里。

附近山沟里的三名战士牵着这支队伍的马，动物们从结霜的嘴里呼出雾气。西伯利亚的大部分地区仍然是原始的荒野，机动车无法通行。这些马匹是毛茸茸的小型雅库特马，属于耐寒品种，在这种残酷的气候中成长起来，主要靠野草为生。

队伍挂上武器，跨上马鞍，向饿鬼来的方向骑行。在呼啸的西南风中，脚印一直延伸到河岸，越过平坦光滑冰面。每年这个时候，冰层很厚，骑兵踩上去也没有问题。到达对岸后，他们扎进了森林里。

奥赫钦在前面侦察，他那双漆黑的杏眼能识别出饿鬼经过的痕迹——折断的树枝、磨损的地衣和雪里的脚印，但没有粪便，饿鬼不会留下排泄物。队员们排成一列纵队，谨慎地沿着脚印骑行，而不是越过它们，以免毁掉任何线索。追踪很容易：他们的猎物没有努力隐藏。

被分配到 X 部，扎哈罗夫觉得自己很幸运。其行动的性质意味着战场上指挥官必须拥有比他们在红军中通常享有的更多的自主权。这种相对的独立性随着最近政委的降职而增加，政委们被降为顾问的职务，不再与军官实施双重指挥。

不过，能否保住自己的指挥权仍然取决于结果。在苏联，从来就不允许失败。即使你是元帅，也有可能被判到劳改大队刑罚营或古拉格服役，或者被处以极刑。

不是说好结果能保证安全。在"大清洗"期间，成千上万人被监禁或枪杀。

每个师都有一个附属的内务人民委员部特别机构。幸运的是，X部中这个机构的负责人是个酒鬼，他的妻子对资产阶级的奢侈品颇有眼光。部队指挥官谨慎地提供了大量的伏特加和皮草，以确保每周都得到光鲜亮丽的报告。

队伍随足迹穿过荒凉的针叶林。灰色的落叶松像一副副站立的骨架，去年秋天就已经落下了针叶。林中鲜有灌木，空地上有几丛褐色的草从茫茫白雪下支出来。西伯利亚不仅极其寒冷，而且也非常干燥。许多地区其实很少降雪，不过一年中的降雪会在地面存留至少六个月。人类在这里的唯一痕迹是小型重物陷阱，冬季是狩猎紫貂的季节。

每年这个时节，白天都很短，蓝色的天光只持续四个小时左右。金色的太阳直到上午将尽才升起，勉强维持在地平线上方，然后下午过半就会再次落下。

在某个地方，战士们都听到远处传来一阵长长的哀号，尖厉的叫声不像是人或动物发出的。他们不时听见这个叫声从不同的方向传来，互相投去心照不宣的焦虑眼神。

"饿鬼。"克拉夫琴科喃喃低语。

扎哈罗夫举手示意停下。他瞥了一眼周围的树木，一棵近五十米高的树耸立在其他树木上方。他把望远镜递给奥赫钦，说："上去看看能不能发现它们。"

奥赫钦把尖钉绑在靴子上，沿着树干往上，爬到最低的枝丫，再攀着枝丫爬上去，最后坐在靠近顶部的一个分杈处，慢慢扫视各个方向，然后迅速爬了下来。

"中尉同志，十二个饿鬼在东北方向两千米处沿着足迹向我方移动，"他说，"还有十个饿鬼在西南方向一点五千米处追踪我们，来势凶猛。第二组可能是袭击小村庄的那群，它们一定是发现了我们的踪迹。"

"它们现在要捕杀我们，"扎哈罗夫若有所思地抚摸着下巴说，"我们可以挖战壕备战，同时召集其他队伍。"

克拉夫琴科摇了摇头。"等人赶来天都黑了，我们相距太远。那样饿鬼会有优势，因为它们能夜视。"

"那我们最好趁现在还是白天，而且敌方两股势力还没有会合，立即发起进攻，消灭身后那些，然后再消灭余下的。"

克拉夫琴科咧嘴一笑，露出了一颗金牙。"我们会打它们个措手不及。"

队伍掉头向他们来时的路快马返回。不久，马匹发出嘶鸣，它们嗅觉敏锐，捕捉到饿鬼的难闻气味。

在一座高地后面，战士们下马，交给三个人牵着。奥赫钦和卡明斯基爬到顶部居高临下的观察位置，而其他人则在扎哈罗夫的带领下，在高地前排成一个小规模战斗的阵型。

十个饿鬼在前面的树林中奔跑。

它们是瘦长结实的生物，有着灰色皮革般的皮肤，完全没有毛发。像猿猴一样向前俯身奔跑，如果完全直立的话，身高都会稍微超过一米五。瘦骨嶙峋的长臂几乎伸到了地面上，末端是长着黑色弯爪的粗糙的手。它们是两足动物，每只脚有三根脚趾，也都长着利爪。狭窄的头部有尖尖的耳朵，狭长的鼻孔，斜挑的黄眼睛里暗中闪烁着贪婪的饥饿感。它们龇着沾满口水的獠牙，飞快地吞吐着蓝色分叉的长舌头。

即使是微弱的日光也会影响它们的视力，所以它们没有立即看到战士。

一颗黄色的信号弹发射出去，提醒其他队伍发现了饿鬼。然后，奥赫钦的狙击步枪开火，响亮的声音打破了沉寂。一个饿鬼蹒跚了一下，一百四十七格令[1]的七点六二毫米子弹洞穿它的左眼，将其后脑炸开，喷出黑色的汁液。它向后翻倒。

其他饿鬼愤怒地四处寻找火力点，同时第二、第三个接连被爆头消灭，最后它们发现了人类。伴随着一阵令人毛骨悚然的怒吼，它们冲了过去。其中一个仰起头，发出一声飘忽不定的长鸣，叫声在森林中回荡，让战士们不寒而栗。

"开火！"扎哈罗夫喊道。

饿鬼迅速而且灵活。战士们站在原地开火——他们的冲锋枪发出迅疾刺耳的嗒嗒声，身后高处的DP-28轻机枪发出稍慢一些的击发声，不时点缀其间。

这些生物冲进铅弹组成的风暴。它们被数十发子弹打成筛子，跌跌撞撞地倒下，它们的体液喷溅到地上时哗哗作响，瞬间融化接触的雪。一对饿鬼向左转，试图包抄队伍，但是无济于事，这招早被预料，它们也被击倒，最后一个倒下的距离战士们仅有几米之遥。

大家停止射击，重新装弹，肾上腺素缓缓从血管中消退。

---

[1] 格令为重量单位，一百四十七格令约为九点五克。——译注

扎哈罗夫注意到克拉夫琴科正在平静地包扎一个手腕。

"受伤了?"他问。

"它们的血溅到我身上一滴,"克拉夫琴科说,"像酸液一样灼人。"

饿鬼的尸体开始闷燃和分解。数分钟后只会剩下几堆灰烬和萦绕在凛冽空气中的恶臭。没有骨头,而且这些地方以后什么也不会生长。这种加速的分解使人类无法获得用于科学研究的标本,所以饿鬼的生理解剖细节不为人知。

扎哈罗夫收集一点灰烬,封在一个信封里。他收到长期命令,要在条件允许的情况下采集样本。

试图活捉饿鬼的尝试被证明难以实现。它们无法被制服,而且对镇静剂具有充分的抗药性。人类只能依靠目击者的描述、模糊的照片、脚印的石膏模型和灰烬残留物的实验分析。饿鬼似乎没有任何形式的社会结构或领导阶层,没人看过它们的后代,它们的繁殖方法也无人知晓。它们看起来都很相似,没有明显的性别差异。

这支队伍匆匆上马,出发去截击另一队敌人。

树林越来越密集,迫使他们放慢脚步。他们沿着山坡上的足迹,下山来到一条冰封的曲折溪流旁。小溪隐匿在阴影之中,橙色的天空映衬着树梢。

奥赫钦突然勒马,示意其他人停下。他狐疑的目光四处打量。

微风变了方向,马匹尖厉地嘶鸣。

"有埋伏!"奥赫钦喊道。

空气中充斥着尖叫,饿鬼突然从对岸藏身的岩石和灌木丛后一跃而出。

一名战士被利爪一击斩首,他无头的尸体喷着鲜红的血液,像个可怕的破布娃娃又继续骑行了一会儿,最后从马鞍上摔落。另一名战士从坐骑上被拽下去;他的冲锋枪和手臂被扯掉了,头顶也被削掉。第三名战士的马嘶鸣着抬起前腿,把他甩到地上,摔断了他的腿。一个饿鬼立即将他开膛破肚,并咬断了他的喉管。

一个饿鬼蹿到扎哈罗夫上方的一棵树上,但是扎哈罗夫没等它扑向自己,便用波波沙冲锋枪向它一阵射击。饿鬼重重地摔在地上,有几根树枝被它压断。

战士们很快从最初的措手不及中恢复过来,催马向前冲。他们设法骑马离开伏击区,然后掉转方向从马背上无情地射击。这群饿鬼很快就被消灭。

扎哈罗夫跳下马来,和队伍中的军医一起冲向倒下的士兵。

两个人已经死亡。第三个人少了一条胳膊和顶部头骨,虽然可怕而且令人难以置信,但他仍然活着,而且没有失去意识。他没有喊叫,展现出俄罗斯战士惯有的坚忍克制的精神。但他已经救不回来,除了注射吗啡以缓解最后的痛苦外,军医无能为力,只能将他搂在怀里,直到他幸运地结束痛苦。

扎哈罗夫发射了一枚绿色信号弹,表示所有看到的饿鬼都已被消灭。然后,他面无表情地收集了牺牲战士的身份识别手册,以便妥善保存。尸体上的武器和装备被取走,每具尸体都松散地堆上石头,建起一座粗陋的石冢。坚硬的永久冻土把挖掘坟墓变成一项艰巨的任务，他们无暇处理。他们阴郁地默哀了一会儿，然后骑上马，牵着多出来的马匹继续前进。

由于这些行动的保密性质，政府没有为行动参与者颁发参战勋章。扎哈罗夫甚至不得给家属写慰问信。他可以推荐值得表彰的人追授勋章，但褒奖本身是保密的。亲属们永远不会得知他们所爱之人的死亡情况，只知道每个人都是"为了保卫他所爱的祖国而英勇战斗"至死。

他们回到了原来的路径。夜幕降临，星辰的寒光微微照亮了黑暗。气温继续降至零下五十度。这道足迹很清楚，队伍可以借星光沿着它继续行进几个小时，然后再停下来扎营。

营地设置了一名哨兵，外围挂上了信号弹的绊线。每个人都会轮流站岗，其他人睡觉。扎哈罗夫再次利用六分仪观测北极星确定他们的方位。

与往常一样，骑兵部队优先考虑马匹，拴好并照顾它们，检查伤情，让它们吃些牧草。最后战士们搭起帐篷，坐在里面吃饭，挤在温暖舒适的野外小铁炉周围取暖。

扎哈罗夫看到手下先得到了照顾，然后才狼吞虎咽地用热茶顺下自己的黑麦面包、荞麦粥和硬香肠。他特意拒绝了军官口粮，和士兵们吃一样的食物。根据规定，伏特加的配给也获得批准，但他严格禁止。在基地，战士们可以随心所欲地喝酒狂欢，但在任务中，他需要每个人都保持清醒和敏锐。

后来，他们清洁了武器，涂上低温天气下的润滑油，以防止机械装置冻结，并重新装满弹匣。他们有说有笑，用新闻纸卷起浓烈低劣的烟草，制成粗糙的烟卷，享受着抽烟的乐趣。

金属的闪光暴露出一枚基督教的小十字架,一名大兵把他戴在脖子上,隐藏在外套下面。扎哈罗夫像往常一样,装作没有注意到。

他见过太多好人无谓地牺牲——而且英年早逝——所以一点都不相信上帝。不过和他的战士们一样,他也是农民的儿子,理解他们的方式——他们粗俗的幽默,突兀的亵渎,他们的禁忌和迷信——只要有可能,他就会迁就他们。他也不理会他们对政权偶尔的抱怨。扎哈罗夫是一个务实的共产主义者,只要他的人在战斗就好,这才是最重要的。

扎哈罗夫在马匹疯狂的嘶鸣和跺脚声中惊醒。就在他和帐篷里的其他人摸索着寻找武器时,绊索照明弹刺眼的白光突然照亮了营地,自动武器的两轮射击声打破了宁静。

扎哈罗夫冲到外面。卡明斯基正在放哨,他的机枪枪口冒着烟。

"在那里,"他说着向那个方向点点头,"有两个,被照明弹晃得看不见时被我消灭了。"

当照明弹在咝咝声中熄灭,黑暗再次降临,队员们连滚带爬地进入营地周围的防御位置。他们在紧张的沉默中等待着夜视能力的恢复。漆黑的树林似乎充满威胁,一轮圆月在天上阴森地凝视。不过什么都没有发生,最后,马儿们恢复平静,又变得悄无声息。

"我认为不会再出现了。"奥赫钦说。

战士们都放松了下来。扎哈罗夫走到克拉夫琴科身边,他正蹲在一个饿鬼化成的灰堆旁,陷入了沉思。

"我们很幸运,"扎哈罗夫说,"只有两个,马匹没等它们接近就闻到了气味。"

克拉夫琴科哼了一声。"这正是我担心的。"

"为什么?"

"饿鬼似乎并不聪明,中尉同志,不是我们理解的聪明,但是也不傻。它们像任何捕食者一样狡猾,整天都在互相尖叫、交流,沟通我们和其他队伍的情况。我们的信号弹暴露了我们的位置。"

"不幸的是,我们没法不用。我们没有无线电。"

"可以肯定的是,饿鬼知道我们的所有情况——我们是什么,在哪里,有多少人。那么,为什么它们每次只有几个或一小群来攻击我们?如果它们没有那么多,那么为什么不完全避开我们,去猎杀更容易的猎物?"

"我不知道。你这么说的话,就讲不通了。"

克拉夫琴科站了起来。"对,讲不通。"

余下的夜晚平安无事地过去,可战士们睡得并不踏实,在黎明前就起床了。匆匆吃过早餐后,他们在月光下继续猎杀。踪迹折向正北。

当第一缕微弱的阳光透过树木,奥赫钦在远离踪迹的地方发现了某个东西,于是骑马过去仔细查看。他下马检查地面。扎哈罗夫也过去看他在看什么。奥赫钦拂去积雪,发现了泛黄的碎骨、卡其布碎片、几颗黑色纽扣,以及靴子和装备被割裂后的残骸。

"又一个饿鬼的受害者?"扎哈罗夫下马问道。

"对,中尉同志,但这个伙计死了很久。"奥赫钦弯下腰,从死者破旧的口袋里掏出一本身份证,它的红布封面已经褪色,还沾满了污渍。他不识字,所以拿给了扎哈罗夫看。

扎哈罗夫饶有兴趣地哼了一声:"内务人民委员部。"

附近有一把生锈的纳甘左轮手枪,扎哈罗夫把它捡起来,打开装填活门,转动弹巢,检查弹膛。所有七发子弹都已打光。"他并非不战而亡,"他瞥了一眼遗体,注意到一块头骨碎片上有一个小圆孔,"看来他把最后一颗子弹留给了自己。"

"他带着这个。"奥赫钦说着举起一个棕色皮革制成的地图盒,被自然侵蚀得破破烂烂,但其他方面都很完好。他向里面看了看。"里面装满了旧文件。"

扎哈罗夫接过盒子跟证件,放进自己的马鞍袋里。"我以后再检查,我们需要继续前进。"

他们匆匆赶路。在西边的远方,一颗黄色信号弹像彗星一样划过森林上空。此后不久,他们听到微弱的枪声越来越密集。

"另一个小组也发现了饿鬼。"克拉夫琴科勒住马说。

枪声渐渐平息、停止。一颗绿色信号弹在空中升起。

"他们消灭了对方,"扎哈罗夫说,"我们走吧。"

终于,奥赫钦又停了下来,观察地面。扎哈罗夫看到足迹在被踩踏的雪地上伸出分支。在前面,越过这条分支,足迹变得更宽更深,数量也更多。

"饿鬼们在这里兵分两路,"奥赫钦说,"那些往西延伸的足迹可能遭遇了另一支队伍。"

扎哈罗夫点了点头。"这意味着我们跟上了饿鬼主力的踪迹，很好。"

前方是一大片被野火烧毁的针叶林，可能在去年春天或夏天由闪电引发，摧毁了数千公顷的林地才最终烧尽。被火焰烧焦的孤立树干在一片绝对荒芜的景象中显得格外黑暗和突兀。马蹄踩在雪层下烧焦的木头上，发出噼啪的声音。他们停下来扎营。

吃过饭，扎哈罗夫检查了牺牲的内务人民委员部成员的证件。他翻开身份证件，里面有一个严肃的年轻人的照片，还有身份证号码、签发日期、签发机构、军衔和职务等等。

"那么他是谁，中尉同志？"克拉夫琴科卷起了一支烟问道。

"国家安全少尉鲍里斯·斯捷潘诺维奇·苏希什维利，内务人民委员部内卫部队第十三步枪团。"

"他们是六年前在通古斯被屠杀的人，离我们这里很远，没有生还者。他在这里做什么呢？"

扎哈罗夫把注意力转移到地图盒上。里面有一卷捆在一起的散页，组成了一份旧文件，纸张因为年代久远而发黄，因为潮湿而污浊。他把文件解开，从上面一张匆忙写下的纸条开始阅读。

"他正要返回基地，"扎哈罗夫说，"他是团长弗拉基米尔·奥尔洛夫的信使。当饿鬼进攻时，奥尔洛夫意识到他注定要完蛋，就想保住这份文件，让苏希什维利把它送走。"

"这份文件有什么特别之处？"

"奥尔洛夫不只是在领导一次搜寻和摧毁行动，"扎哈罗夫说，"根据这份文件，他还被格列布·博基委以重任，博基是一名对超自然现象进行研究的内务人民委员部高级官员。代号为'冥府行动'的任务是要对饿鬼起源进行调查，"他翻开到下一页，"在图鲁汉斯克的村庄，奥尔洛夫发现了这份文件。这是一位名叫格里申的白军军官的证词，他在一九二〇年三月被红军游击队抓获并审讯。"

克拉夫琴科吐了口烟，注视着发亮的烟头。"那是饿鬼袭击的首批报告之后不久。"

扎哈罗夫仔细翻阅了文件，原本的证词是手写的，然后打出了一个摘要。有些部分已经褪色，污迹斑斑，难以辨认，但他仍然能够阅读，足以拼凑出基本事实。

最后他说："格里申是一个贵族，在革命前属于反动的黑色百人团，所以在内战期间，他加入了白色反革命分子，成为高尔察克海军上将的参谋。一九一九年十一月，在鄂木斯克沦陷和高尔察克的白军被迫撤退后，格里申被派去执行一项秘密任务。"

战士们全神贯注地听着，外面的风像迷失的灵魂一样低吟。尽管帐篷里很暖和，但他们还是不由自主地颤抖起来。

扎哈罗夫继续说，他的目光扫视着页面："作为一个公认的神秘主义者，格里申声称他的任务是在北极地区进行黑魔法仪式，召唤饿鬼，其目的是让白军利用它们来对付布尔什维克。据称，高尔察克在第一次世界大战前参加的两次极地考察中发现了这些生物存在的证据。"

"那么，如果这是真的，那肯定会适得其反，"克拉夫琴科说，"饿鬼不受人控制，它们不管政治立场如何，只知道屠杀所有人。不过，假如这个疯狂的军官召唤了它们，为什么他在意识到自己的错误后不遣返它们？"

"他说没有能力纠正自己的错误。即使他能，审讯后他也被处决了。高尔察克一个月前在伊尔库茨克被捕，不过在审讯期间，他从未被问及饿鬼，没有人怀疑白军与此有关。当然，高尔察克也被处决了。由于某种原因，这份文件从未被送到莫斯科。它被遗忘，最后在图鲁汉斯克蒙尘，直到奥尔洛夫发现它。"

"那冥府行动呢？博基没有跟进吗？"

"他在'大清洗'期间被清算了。没人再热衷调查超自然现象。"

克拉夫琴科厌恶地摇了摇头，把烟头扔进炉子里。"他们枪杀了所有能给我们提供情报的人。"

扎哈罗夫小心翼翼地把文件塞进盒子里。"好了，可以肯定的是，我们的上级会愿意看看这个。"

他们进入了梦乡，但扎哈罗夫只让他的手下休息了宝贵的几个小时。在被烧毁的区域之外，森林继续延伸，但随后又逐渐稀疏起来。很快，针叶林就完全消失，让位于荒芜的冻土平原，在晨光中，一片空旷的蓝白色地带延伸到地平线。这里生长的只有苔藓、地衣和野草，所以呼啸而过的刺骨寒风无可阻挡，抽打着他们这支队伍。

他们遇到了一个穿着皮大衣的人，他用一根长杆驾驭两头驯鹿，拉着木制雪橇赶路。他是涅涅茨人，属于生活在北极的本地部落之一。近年来，政府曾试图逼迫他们放弃传统的游牧生活，所以当他看到士兵时也很警惕。

奥赫钦是埃文基人，另一个以放牧驯鹿为生的民族，他骑马上前打招呼。奥赫钦说了那人的语言，然后涅涅茨人用他的杆子朝远处的蓝色山脊线比画。最后，那人继续前进，奥赫钦回来向扎哈罗夫报告。

"他来自一个逃离饿鬼的部族，中尉同志。他说它们的洞穴在那些山丘的另一边。"

扎哈罗夫点了点头。"那是足迹延伸的方向。"

黄昏来临，天上出现了北极光，闪烁的绿色光带在黑色的天空中飘动，投射出异样的光辉，亮得足够让人阅读。伸向山脊的上坡变得崎岖不平。扎哈罗夫在光秃秃的岩石上看不到任何脚印，但奥赫钦仍能辨别出模糊的踪迹——脱落的石头、碎裂的冰块、踩伤的苔藓——他们沿着踪迹一直走到山顶。山的另一面急剧下降，形成陡崖，踪迹伸向一条狭窄的山沟。

他们列队下到山沟里，马匹小心翼翼地在山底松动的碎石上选择道路。奥赫钦骑在前面，然后停了下来；他招了招手，又指了指。

前面的踪迹终于消失在它的源头——一个直径约为三米的不规则洞窟，周围堆满了冻土。他们探头望进洞口，一股恶臭从下面飘来，马匹变得惊惶不安，打着响鼻往后退缩。战士们下马，从肩上取下枪支，往后拉回枪栓。

"波戈金！"扎哈罗夫说，队伍中的工兵走出来，"轮到你上阵了。两个人跟他一起下去，掩护他。"

波戈金从自己的马裤裆中取出两包炸药并背在肩上，在两名战士的协同下爬进洞里。

"上士同志，有没有人试过从这些老鼠洞里一直钻到最里边，查明它们的去处？"卡明斯基问道。

"有一支队伍曾经那么干过，"克拉夫琴科说，"他们再也没有回来。"

"奥赫钦认为他们一路到了地狱，那里是恶灵居住的地方。他说饿鬼在下面产卵，然后钻到地面。"

克拉夫琴科耸了耸肩。"谁知道呢！在白军出现之前，他的族人早就在这里生活。他们比我们更了解这片土地。"

爆破小组打开了手电筒。在光束中，他们发现这座洞窟是一条粗糙隧道的入口，隧道以一定的角度延伸至地下的黑暗中，穿过永久冻土，深入坚硬的岩床里。这种地质特征在西伯利亚的喀斯特地貌中并不罕见，但这显然不是侵蚀形成的自然结构。它太直了，样式太过一致。只不过饿鬼到底如何挖出隧道，这是另一个未解之谜。

波戈金在入伍前曾是一名地质学家。他咬着自己的小胡子，用富有经验的目光仔细查看粗糙的灰色石灰岩，注意到墙壁上的裂缝、从顶部掉落的碎石堆，以及其他不稳定的迹象。他放下背包，开始拆开一卷引线和TNT炸药包的包装。

他的两个护卫手持武器，若有所思地在旁边警戒。因为空气寒冷潮湿，充满了刺鼻的饿鬼气味，他们俩都皱起了鼻子。然后他们紧张起来。

在隧道的深处，他们可以听到不断接近的脚步声——扁平脚板拍打地面、形成回声，利爪在地面上摩擦。

波戈金手脚利落，迅速把高爆炸药安放在隧道的关键薄弱点。没有时间钻孔盛放炸药，也没有时间进行双倍装药。他在每个炸药包中插入一个起爆雷管，然后在雷管上各接一小段引线，又轮流把两条引线的另一端绑在一条长长的环形主引爆线上，这样所有炸药就可以通过一根引信同时引爆。

他的护卫用手电筒照着漆黑的隧道，但是照不到下面潜伏着的东西。脚步声越来越响，越来越近，还可以听见咝咝声。然后，脚步声加快，又有人加入其中。战士们瞥见一眨不眨的眼睛发出险恶的寒光。

"它们来了！"一名战士喊道，"瓦西里，快点！"

"拖住它们！"波戈金说，"我快弄完了！"

随着凶恶的号叫在回荡，战士们将照明弹扔进隧道，晃瞎敌人的眼睛，然后开火。冲锋枪的沉闷响声在隧道有限的空间内震耳欲聋，子弹在墙壁上弹跳时溅出火花。钢制空弹壳哗哗地掉在地上。号叫声停止，照明弹燃尽。战士们停止射击，耳朵里嗡嗡作响，鼻孔里充满了无烟火药蓝色烟雾的刺激气味。

形势缓解只是暂时的，跑动的脚步声再次响起。

"小心爆炸！"波戈金说着拉动了环形主线末端的拉动点火器。一根三十秒的引信开始燃烧，发出剧烈的咝咝声。

他的同伴们以最快的速度爬上隧道并爬出洞口。波戈金努力跟上，然后滑倒了。外面的两人慌忙伸手把他拖了出来。在地面上，其他队员已经撤到了安全距离。三人争先恐后地跑向他们。

在他们身后，伴着一声闷响，一股浓烟和碎片从洞口喷出。

扎哈罗夫等空中的烟尘散尽，小心谨慎地冒险走到摇摇欲坠的洞窟边缘，仔细观察。洞口已经坍塌，完全被碎石填满。他满意地点点头，回到其他人身边。

"干得好，同志们，"他说，"洞口封住了。"

他拿出六分仪，所有已知的饿鬼洞窟的位置都得被记录下来。当他在笔记本上标注时，远处传来隆隆声，大地在他脚下颤抖。

奥赫钦惊呼了一声，他平时高深莫测的亚裔面孔因为惊恐而绷紧。他指向北方，扎哈罗夫皱了皱眉头，举起望远镜。他的心中一沉。

"那是什么？"克拉夫琴科问。

扎哈罗夫没有说话，只是把望远镜递给他。

克拉夫琴科自己看了看，用乌克兰语狠命诅咒。几百米外，一座巨大的山口突然喷发，尘土飞扬。饿鬼像猴子一样从里面爬出来——一波又一波，瘦削的身影在北极光的照耀下聚成密密麻麻的一群。他发出一阵叹息，把望远镜递了回去。

"这是一次全面入侵。"他说。

扎哈罗夫严肃地点点头。"就跟六年前一样，在那个团被屠杀之后，内务人民委员部不得不调来空军，用毒气弹轰炸这些洞窟。"

"所以饿鬼每次只攻击几个。它们是诱饵,引诱我们的支队北上,过度延长我们的战线。我们是这里的唯一防线。"

扎哈罗夫意识到这个问题可能有多严重。德军已经占领了苏联西部的大部分地区,因此重要的工厂已经被拆除,并撤离到乌拉尔山脉以东更安全的地方。这些工厂的原材料来自西伯利亚。一次大规模的饿鬼入侵可能会威胁到对战争至关重要的基础设施。古拉格的许多强制劳动营和流放地也位于那里,饿鬼的攻击也很难让这些可怜的囚犯获释。

他翻身上马。"撤退!"

队伍向山脊退去。远处传来震耳欲聋的激烈嚎叫,饿鬼们看到他们,追了上来,它们的眼睛泛起邪恶的光。扎哈罗夫知道,它们冲刺的速度跟马匹一样快,而且有更强的耐力。

这是一场他赢不了的赛跑。

他们骑着马冲上山沟,到达山顶时,扎哈罗夫示意停下。他抓住波戈金的袖子说:"快马加鞭!警告少校!"他把装有文件的地图盒和记录洞口经纬度的日志本塞到他手里。

"明白,中尉同志!"波戈金用鞋跟踢了踢马,飞驰而去。

扎哈罗夫转向克拉夫琴科,他把蓝眼睛眯成一条缝,目光坚定。"我们必须拖住它们,为波戈金争取一个逃走的机会。"

克拉夫琴科略微点点头,下马转向其他人。"同志们,我们在这里坚守,一步也不能退。"

其他人知道这个命令意味着什么,但还是毫不犹豫地服从。他们不是为斯大林而战,甚至不是为俄罗斯母亲而战。他们战斗的初衷跟自古以来的所有士兵都一样,他们为彼此而战。

翻身下马之后，他们匆忙在山沟一侧的巨石堆中各就各位，卸下所有的备用弹药，放走所有马匹；没有多余人力牵马。悬崖峭壁过于陡峭，难以攀登，所以除非饿鬼从两侧走十几千米，绕过山脊的远端，否则它们只能从这边过来。

尽管人人都知道这没有用，但还是发射了一枚红色紧急信号弹。救援不会及时赶到。几名战士在自己身上画十字，这是东正教在战斗前的古老风俗，红军中的许多普通士兵出于习惯仍然在沿用。最后一发照明弹被打出去，它乘着降落伞飘在空中，饿鬼们愤怒地号叫，咬牙切齿，试图遮住眼睛，不看闪烁耀眼的光芒。

奥赫钦将他的狙击步枪架在一块岩石上，开始以最快的拉栓速度进行射击，远距离击杀那些生物，只有重新装弹时才会停下射击，用拇指把更多子弹压进弹匣。

很快，卡明斯基的机枪也加入战斗。随着他的射击，机枪的弹盘慢慢旋转，空弹壳从底部飞出，曳光弹的红色线条从空中划过。

照明弹燃尽，黑暗又像雾霾一样笼罩下来。

"稳住，同志们！"扎哈罗夫喊道。

尖叫的死亡浪潮涌进山沟。

"开火！"

冲锋枪猛烈射击。前面的饿鬼跌跌撞撞地倒下，但后面的没有动摇。这些生物不顾伤亡，跳过倒下的饿鬼，继续冲过来。战士们陆续射杀它们，当分解的尸体堆积在陡峭的山坡上时，他们被不断升起的恶臭熏到呕吐。他们投掷手榴弹，爆炸射出致命的弹片，切入灰色的身体。当他们的非人类敌人拥入山沟时，这里变成了一座屠宰场。

可这些生物似乎无穷无尽：还有更多争先恐后地从山口中拥出，只要他们还有弹药，就能挡住疯狂的敌群。很快，他们咬牙切齿地用力插入最后的弹匣，一个接一个地打光了子弹，那些流着口水的饿鬼在嗜血的尖叫声中贪婪地向前涌来。

有两名战士在这些怪物扑过来时，用手榴弹炸死了自己，也炸死了自己的敌人。

克拉夫琴科丢掉了没有子弹的冲锋枪，用军刀刺入一个饿鬼的肚子里，直插到刀柄处。他恶狠狠地向上撕扯，但没有内脏撒出，只有一股黑色的酸性汁液涌出。钢刀溶解，他也尖叫起来，因为酸液侵蚀了他的衣服，灼烧了他的肉体。

奥赫钦用自己的最后一颗子弹打穿了一张邪恶的脸，然后握住步枪的枪管，像挥舞棍棒一样用木质枪托砸碎了第二个敌人的头骨。下一个饿鬼把他的头撕了下来。

卡明斯基抗拒地大吼，站起来把冒着烟的 DP-28 轻机枪抬到腰间，用子弹扫射饿鬼。当子弹打光以后，他把枪扔到一边，挥起一把军用铁锹。锹刃的一侧被磨得很锋利，所以它也可以被当成斧子使用——或者作为一件武器。他像挥舞战斧一样挥舞着铁锹，像古代的武士一样劈砍饿鬼，笑着用犹太人的意第绪语咒骂它们，把它们的血溅到岩石上，直到最后它们把他淹没并肢解。

扎哈罗夫的托卡列夫军用手枪有八发子弹。他向最近的饿鬼射出七发，将其击倒。然后，另外三个饿鬼向他扑来，他把枪口对准自己的太阳穴,扣动了扳机。

一周后,满载弹药的图式轰炸机在山脊上方的高空飞行,机组人员无法看到扎哈罗夫和战友们被咬碎的骨头,不过他们可以看到冻土上的山口。

秘密战争还在继续。

图书在版编目（CIP）数据

爱，死亡和机器人. 1 /（美）刘宇昆等著；耿辉译. —南京：译林出版社，2022.6（2025.6重印）
（译林幻系列）
书名原文：Love, Death + Robots: The Official Anthology : Volume One
ISBN 978-7-5447-9111-3

Ⅰ.①爱… Ⅱ.①刘…②耿… Ⅲ.①短篇小说 - 小说集 - 美国 - 当代 Ⅳ.①I712.45

中国版本图书馆 CIP 数据核字（2022）第 059889 号

Love, Death + Robots: The Official Anthology
Anthology © Cohesion Press 2021
Stories © Individual Authors
Simplified Chinese edition copyright © 2022 by Yilin Press, Ltd
All rights reserved.

著作权合同登记号 图字：10-2021-440 号

爱，死亡和机器人1 ［美国］刘宇昆 等／著 耿 辉／译

责任编辑	吴莹莹
特约编辑	竺文治
装帧设计	韦 枫
校　　对	孙玉兰 蒋 燕
责任印制	闻嫒嫒

原文出版	Cohesion Press
出版发行	译林出版社
地　　址	南京市湖南路 1 号 A 楼
邮　　箱	yilin@yilin.com
网　　址	www.yilin.com
市场热线	025-86633278
排　　版	南京展望文化发展有限公司
印　　刷	南京爱德印刷有限公司
开　　本	850 毫米 ×1168 毫米 1/32
印　　张	8.5
插　　页	2
版　　次	2022 年 6 月第 1 版
印　　次	2025 年 6 月第 9 次印刷
书　　号	ISBN 978-7-5447-9111-3
定　　价	59.00 元

版权所有·侵权必究

译林版图书若有印装错误可向出版社调换。质量热线：025-83658316